沉浸在读写的海洋里

吴福木 著

中国华侨出版社
·北京·

图书在版编目（CIP）数据

沉浸在读写的海洋里 / 吴福木著 . -- 北京：中国华侨出版社 , 2025.1. -- ISBN 978-7-5113-9431-6

Ⅰ . I267；I206.7

中国国家版本馆 CIP 数据核字第 2024Z6R373 号

沉浸在读写的海洋里

著　　者：吴福木
责任编辑：罗路晗
封面设计：王　璠
经　　销：新华书店
开　　本：710 毫米 ×1000 毫米　1/16 开　　印张：19　　字数：298 千字
印　　刷：武汉鑫佳捷印务有限公司
版　　次：2025 年 1 月第 1 版
印　　次：2025 年 1 月第 1 次印刷
书　　号：ISBN 978-7-5113-9431-6
定　　价：88.00 元

中国华侨出版社　北京市朝阳区西坝河东里 77 号楼底商 5 号　　邮编：100028

发行部：(010) 64443051　　传　真：(010) 64439708

如发现印装质量问题，影响阅读，请与印刷厂联系调换。

谨以此书

献给有梦、追梦、圆梦的人们！

笔触故乡抒情怀

——《沉浸在读写的海洋里》序

晨　曦[①]

与福木兄相识，是在 2019 年应邀回老家参加一个文学活动。那时他在我的母校东阿一中担任语文教师。我 16 岁应征入伍离开家乡，所以他是我的真老乡，很自然有了一种特殊的亲近感。福木小我几岁，电话中他总是叫我一声哥，我却总称呼他为吴老师。他任东阿县作协主席一年来，我们联系更为密切，经常交流读书感悟、写作心得。他主持创办了《东阿文萃》，并希望我能为创刊写点东西，我欣然应允。后来他发给我一些他写的诗歌、散文和文学评论，我对他纵马放歌书写的家乡故事、寻找故乡诗意的精神很是欣赏。慢慢地，我为他对文学的执着坚守所感动。我曾戏言称他为师者，传道授业解惑，赠人玫瑰，手留余香，他听后嘿嘿一笑，说哥您过奖了。

前不久，他准备出版一本散文、评论集，分上、下两辑。付梓在即，嘱我为之作序，一时让我陷入两难的境地。按说能为福木写序，实乃吾之幸事，这并不是我不想写：一是给人作序如果不认真品读作品，怕对不起对我的信任；二是恐词不达意，加之才疏学浅，又怕有狗尾续貂之嫌。好在我们在文学创作上都有共同语言，审美阅世的美学趣味也比较一致。况且读其作品与我有心灵的共鸣，并能借此分享福木作品的喜悦，这也是我最终愉快受领为他新书作序的初衷。

福木出身于一个贫苦的普通农村家庭，靠着自己努力考上了大学，他深知农村教育的重要性，大学毕业毅然回到故乡，回到他的母校——东阿一中当了一名语文老师。也许正是怀着对故乡的深厚感情，对乡村故事的书写，

---

① 晨曦：军旅作家，中国作家协会会员，原《人民武警》报社编辑。

故园生活的流露，成为他文学创作的一大特色。他的散文洋溢着浓厚的故土情结，就像一棵树，根扎在土里，就能开花结果。他用优美的文字使故乡东阿处处充满了诗情；又似一个摄影师，将故乡的土地写满了画意。他朴素而不失优美的文章，成为抒写故乡美好的自觉行动，也成为他创作主题本身的构成。我这是第一次系统地读他的作品，我发现其驾驭语言颇具功力，如他的散文《郭口寻梦》：

郭口的美与清新，不止一处，即使犄角旮旯，也掩藏不住其秀质。不像有些地方，空有其表，经不起推敲与咀嚼。

这里清一色的农业文明，让你满目清爽，心旷神怡。你不近距离接触，你是体会不到的。绿油油的硕大的水萝卜叶，那样清亮，你一定会想：它下面的红萝卜该是怎样的峻拔？青幽幽的韭菜，随风飘摇，那透亮的水滴映着你的眼眸……老农拉着一大桶水，在浇刚冒出的麦苗，当你听到"有点旱，浇点水"时，你是否想到了自己的老父亲……行于田垄中，不敢多想——晚上，你尽可以做一个凄美的梦，与自己的老父亲说说知心话……

写人如此，写物亦如是，作者以拟人手法写他眼中的水萝卜，而对父亲幻想描述的字里行间，我却读到了一股血浓于水的亲情。情动于中而形于言，文章里充满了对父母的感恩，叙述了新时代乡村振兴给农村带来的变化，让读者犹如身临其境，难以忘怀。

散文的核心是言之有物，寡淡的清水之作是无病呻吟，所以要以墨汁的浓淡去描绘每一个故事和风景，只有这样才能将散文写作的艺术技巧把握得恰到好处。如他对黄河两岸表现亲情的描写刻画，寥寥数语，尽得精华。《黄河两岸一家亲》一文中写道：

一条大河愣是将东阿、平阴相隔。你也许觉得有点"隔"，但就因这河把两岸人民紧紧联系在了一起……两地像"走亲戚"一样来往，东阿人去平阴不说"去平阴"，而是说"到河东去"，那么，平阴人去东阿不说"去东阿"，而是说"到河西去"。一个"河东"，一个"河西"，这条黄河像血管一样流淌

笔触故乡抒情怀——《沉浸在读写的海洋里》序

在这片热土,无法割舍,血脉相连。70岁的平阴县知名作家尹燕忠老师说:"生活困难时,两岸联姻不少,至今情深似海……我们从心里近!"

朴实的话语道出了"黄河两岸一家亲"的深刻内涵,也道出作者的信仰、人格和对人情的感知。正如福木做人,既传统、厚道又不失新文人的浪漫和豁达,字里行间都散发出一种朴实的人间烟火味。他告诉人们,万象更新的社会巨变,却永远不能改变人们对美好生活的向往与追求,福木在创作中以积极的态度探索散文在新时期的写作新路径,从不同视角观察和思考岁月、人生、亲情、人性所带来的乐趣。

福木散文创作的另一个特点是朴实的语言和丰富的哲理。他的每一篇文章,虽不见华丽的辞藻,每一个字词都朴实无华,娓娓道来,却让人陷入思考,能直戳读者心窝。也许这与他长期从事教师职业的严谨有关。福木写散文,每篇都是一个心灵的港湾,他写的《像风一样自由》这篇散文,语言简练,情真意切,技巧娴熟,思想深邃。由此可见,坚守不是故步自封,而是踏破铁鞋地行走,是一路追寻地跨越。在《像风一样自由》中,他写道:

春天是多风的季节。春天的风不像夏天裹挟着热气,不像冬天那样钻心,它让你敞开心扉,尽情感受到自然的亲切与柔和,也能与自然亲密地对话。

"你好,小鸟儿,你能告诉我你为什么那么欢快吗?"我抬头望向天空飞翔的啁啾声声的鸟儿。

"忘掉一切,为自己飞翔……"它回应我。

我羞愧,我竟不如一只小鸟。

我问路旁的花儿:"每逢春天,你就绽放,你仅仅是为了自己吗?"

"为自己,也为别人,自己有香,才能香及别人……"花儿从容地回答。

也许最能体现福木对生命和生活状态自觉选择的两种感受:一是从容面对自己无愧于社会;二是学会馈赠和享受属于自己的孤独。像这样经典的段落和篇章,在这本书里随处可见,足见福木对文字驾驭的扎实功底,以及对写作之道的深谙。由此可见,福木不愧为中文系毕业的高才生,这是对他几十年

语文"教书匠"生涯最好的诠释。

通过文字的桥梁,我顺着福木的思路,渐渐走进了这位思维敏捷老乡作家的内心世界。不可否认,他的散文很有韵味,不生涩,不牵强。但这本书毕竟是散文和评论的合集,对其下辑评论文章,我想还是就我个人浅薄的见解简单作一评述:坦率地讲,直到前几天我收到他送来的评论书稿,才第一次读他写的评论文章。我一直以为,文学评论是一种极其严肃的文本,既不能按照市场炒作的要求和媒体的商业立场来写,也不应该以功利化专事卖弄,片面且不讲事实,以自己喜好对作者作品进行批评和褒奖。要从所写作品的实际出发,从文学的特性出发,对作品的创作特点进行解读,福木当属于后者。

从他写的评王涛的《大河》三部曲、从维熙的《梦回故园》,到张中信、杨芸滔的长篇非虚构作品《红旗漫卷大巴山》等,可以看出福木对作家作品投入全部的生命体验来细读文本,与作家一同体会遭遇灵魂挣扎和内心煎熬,敏锐发掘文学作品所蕴含的意义,呈现自己富有见地的审美价值判断。其囊括的评论对象既有对古今诗词大家、伟人著作的评论,也有对诗歌、散文、小说及教学语言研究的评论,还包括很多读后感,汇聚了作者在日常工作生活阅读中的诸多心得思考。他系统地把文论美学的理论融入其中,生动贴切而通俗入理,读他的评论,觉得很亲切,让人一下子就把握住了被评作品的实质与精髓。

书评不是学术的附庸,也不是软广告,它是有文体、温度与活力的。优秀的书评同样具有思想价值和学术价值。细读福木的评论文章,我发现其每篇文章都以自己认真研读的领悟为基础,用智慧的眼光去发掘作品的要义,对作品价值进行个体自我的评论,从而体现他独特的发现与独到的感悟,生动呈现他在阅读中发现的美丽风景。如对长篇非虚构作品《红旗漫卷大巴山》,福木认为:

非虚构作品必须有文学性,而不能口号充斥,语言直白无味。如果在非虚构作品的创作中偏离了文学性,恐怕也看不到霞彩满天,遑论浸润心灵了……在张中信创作的很多小说中,读者都能领略到浓郁的山歌情味的大巴山风情。这应当是他的独特创作手法,也是他的一大文学贡献。

笔触故乡抒情怀——《沉浸在读写的海洋里》序

文学是语言的艺术。散文之美，美在情感，美在语言。情感之美是通过语言之美传达的。他在对从维熙散文《梦回故园》的评论中写道：

语言是别致的、清新的、柔美的、温婉的、入心的，是经得起咀嚼的。我被其独特的美吸引了去。独特之美何在？三言两语，引你入其境也。

可见，福木所写的文学评论，我认为不是来自作家作品，而是来自他对文本的细读和独立思考。

福木在发给我作品集的同时，也发来几篇他对学生作文所写的点评。都说"师者，所以传道授业解惑也"，看完点评再读书评，几乎有异曲同工之妙，谁的选择都是最好的，只要发乎天性，源自热爱，我觉得作为学生能与福木这样的一位良师益友相伴，无疑是一种幸事。文学评论的文字表达，也是因人而异。因其性格及其审美态度和审美兴趣的差异，如同其肢体语言一样，其评论语言也呈现出不同的色彩风貌。趾高气扬者，其语言往往给予人以"居高临下"之感；温文谦和者的语言，在平实的表述中常常蕴含深刻的情思哲理。由于"教书匠"的特性，因而福木从不张扬，总是踏实做人。这也影响着他的评论写作。其评论文章没有花哨的语言、时髦的概念，更不拿"大帽子"唬人。读其评论，让你感到轻松、舒适，仿佛坐在老家黄河大堤的树荫下，泡一壶香茗，听他讲述文学的故事。你会不自觉被他对文学的执着和热爱感染。

为文、为人实为一体。所谓文学之真，在斯也。读福木散文和评论，我能深切感受到一篇篇的文字皆是他人生和业余创作路上的勤奋结晶。我认为一个优秀的作家，应该让读者的思维融进自己的文字。在读福木散文时，我的思绪会情不自禁地随着他的文字，迂回到老家黄河岸边桃红柳绿的小村，感受在落日的余晖里与乡亲们共享丰收的喜悦。这也许是福木文字所具备的魅力。他带着家乡泥土芳香的语言，孤独行走在故乡人文和自然中，书写家乡一草一木一山一水，书写父老乡亲的痛苦和幸福。在这本散文、评论集里，精彩的篇幅真的不少，我在这里不便过多地浓墨点缀了，还是让读者自己去

感悟。

　　当然，作家不可能每一部作品都是精华之作。福木也不例外。我希望喜欢他作品的读者，能用爱心包容他作品中存在的不足；也祝愿福木在今后的文学之路上，创作出更多具有时代风貌的文学佳作，让更多的人通过他灵动的文字走进东阿，走进他文字书写的美好世界！

　　通过以上所述可知，福木的评论也如他的散文一样，让人有一种如沐春风的感觉，让读者通过读了他的毫无"学院派"气息的评论，就想急不可待地读原著。也许这就是别人所说的"吴氏评论"的特点吧。也正因这样，福木将散文和评论"合集"在一起是很有道理的，是很合宜的。

　　是为序。

2024 年 7 月 5 日于北京玺文斋

目 录
CONTENTS

上篇　像风一样自由

像风一样自由	002
我的乐园	004
踏雪寻梅去	010
立　秋	012
这场雪	014
五点多的清晨	015
良辰美景	016
真正的英雄	017
郭口寻梦	018
腾飞吧，金牛	020
我的鱼山情结	023
"盛丰"盈心	026
邓　庙	028
曲集之美	030
心灵的约会	031
黄河两岸一家亲	037
小年·雪	041

I

铜城大集…………………………………………………… 042

初二女婿节………………………………………………… 044

大年初四吉祥来…………………………………………… 046

吃趣四题…………………………………………………… 048

家的方向…………………………………………………… 052

回老家小记………………………………………………… 053

我是农民的儿子…………………………………………… 055

多给了40元………………………………………………… 059

大爷·叔叔·哥哥………………………………………… 061

拔　草……………………………………………………… 062

苦乐编辑…………………………………………………… 064

感谢生活…………………………………………………… 066

每天都有惊喜……………………………………………… 067

躲进小楼成一统…………………………………………… 070

我的歌唱…………………………………………………… 072

我喜欢这样的状态………………………………………… 074

低调，最牛的炫酷——我与王涛先生的交往…………… 076

久违的声音………………………………………………… 082

曹植与鱼山后人…………………………………………… 084

我的文学梦………………………………………………… 087

文学的天空………………………………………………… 091

为了忘却的记念…………………………………………… 092

四十三年前的今天………………………………………… 095

我与教师节的故事………………………………………… 097

我的高考故事……………………………………………… 099

我的山水·九月…………………………………………… 101

精神的丝丝缕缕…………………………………………… 103

念念不忘，必有回响……………………………………… 105

爱生说 ··· 111
"唤醒"的力量 ·· 112
青花郎的故事 ·· 115
固"本"得"妙"境界开 ··· 117
这就是我想要的生活 ··· 119
故事浸润心，力量沛然来 ··· 121
我的高考我做主 ·· 123
共圆大学梦，拼搏正当时 ··· 125
理性三题 ··· 128
人文环境二题 ··· 131
爱与幸福三题 ··· 133
艺术与灵魂 ·· 136
马克思的金钱观 ·· 138

下篇　沉浸在读写的海洋里

我讲《道德经》 ·· 142
魏晋风度，知之由心 ·· 144
勾魂摄魄之《洛神赋》 ··· 145
曹植受《诗经》、屈原影响最大 ·· 147
在东阿，曹植并不寂寞 ··· 148
如此之惨：妻子象禽兽——读曹植诗《泰山梁甫行》 ······················ 149
曹植慨叹人生短暂 ··· 150
难道只是"妇"之过？——读曹植《弃妇篇》 ······························· 152
夜读李泽厚《美的历程》 ·· 153
白居易不应被冷落 ··· 155
千年苏轼 ··· 156
吾心自有光明月 ·· 158

心明则万事明…………………………………………………………160

鲁迅是个演讲家………………………………………………………162

鲁迅也是文学批评家…………………………………………………163

你所不了解的郁达夫…………………………………………………165

一篇令我心动的散文——浅谈从维熙《梦回故园》………………167

沧桑厚重《人世间》…………………………………………………170

贾平凹的散文味儿……………………………………………………172

长篇可以这样美——读迟子建《额尔古纳河右岸》………………174

文章思想要有深刻性…………………………………………………176

"砰的一响"——《玩偶之家》主题浅说…………………………178

夏目漱石《我是猫》之多彩性………………………………………180

东阿文坛赋……………………………………………………………184

曹植诗社五周年记……………………………………………………185

让"东阿作家"走向全国……………………………………………186

东阿文坛霞彩满天……………………………………………………189

一篇"讲好黄河故事"的力作——读王涛散文《母亲与河》有感……193

小题材,大主题——浅评王涛短篇小说《小喇叭》………………196

不变之情结与剧变之茫然——王涛短篇小说《万象更新》浅析……198

巅峰相见风景异,大河奔流沛然来——评王涛《大河》三部曲……201

王涛小说创作的新高度………………………………………………207

继农老哥和他的《远去的岁月》……………………………………210

伟大的父爱,永生的怀念——简说张军《怀念父亲》……………214

群山回响,余味悠远——读童村中篇小说《群山》………………217

一部执法力作,浓浓黄河情怀——简说张道强长篇小说《步步较量》……219

短篇精品,气节荡魂——简析武俊岭《断路》……………………222

复杂的人性,巧妙的构思——武俊岭小说《大水》主题初探……225

一首工业题材的好诗——浅析崔梅英《火与冰的相伴》…………228

高铁精神,山河作证——观电影《高铁作证》……………………230

目 录

以小见大，大爱润心——观电影《沸腾吧，沉沙池！》……………… 232

灵魂的碰撞，真情的倾诉——读王应槐《张中信创作论》(修订本)……… 234

非虚构作品必须重视文学性——以张中信、杨芸滔长篇非虚构作品《红旗漫卷大巴山》为例…………………………………………………… 238

爽辣的文字，人性的呼唤，真善的回归——张中信散文集《抚摸，或呼喊的村庄》面面观……………………………………………………… 244

巧思深致，韵味无穷——简析短诗《敲》……………………………… 250

一粒米，金灿灿的启示——简评《一粒米掉在了地上》……………… 251

语文之美……………………………………………………………… 253

"寂寞如一间空屋"…………………………………………………… 255

缘情造景……………………………………………………………… 257

对话的智慧…………………………………………………………… 259

文言文究竟学什么？………………………………………………… 261

写作之悟两则………………………………………………………… 264

作家往往不走"直线"………………………………………………… 266

"点燃"孩子写作激情——浅谈如何指导学生作文………………… 268

语文学习中的哲学思考……………………………………………… 271

语文与英语的默契…………………………………………………… 272

新起点，新目标，新征程……………………………………………… 275

在"他们从东阿出发"座谈会上的发言……………………………… 277

犯其至难，图其至远——在新书《大地的召唤》首发式上的答谢词……… 280

在东阿县作家协会 2023 年会上的讲话…………………………… 284

后　记……………………………………………………………… **288**

上篇
像风一样自由

沉浸在读写的海洋里

像风一样自由

你将像山上的风一样自由。

——莎士比亚《暴风雨》

关掉手机，好好享受一下属于自己的自由。

甲辰年的春天，因身体原因，我没怎么享受她的诗情画意，就渐行渐远了。失却了那么多与大自然的亲密接触，一个人在房间里孤独地"运转"，或读，或思，或写，流淌了几万字……

还好，今儿距离立夏还有十几天，我不能再憋在家里，我要走出屋门，像风一样自由地不管东西南北无目的地逛逛，走走，甩甩胳膊，踢踢腿，惬意地呼吸新鲜的空气。

春天是多风的季节。春天的风不像夏天裹挟着热气，不像冬天那样钻心，它让你敞开心扉，尽情感受到自然的亲切与柔和，也能与自然亲密地对话。

"你好，小鸟儿，你能告诉我你为什么那么欢快吗？"我抬头望向天空飞翔的啁啾声声的鸟儿。

"忘掉一切，为自己飞翔……"它回应我。

我羞愧，我竟不如一只小鸟。

我问路旁的花儿："每逢春天，你就绽放，你仅仅是为了自己吗？"

"为自己，也为别人，自己有香，才能香及别人……"花儿从容地回答。

我从花儿这里提升了自己的境界，而有所悟。

我行走在风里，看着路两旁的花树，我急切想知道每一棵花树的名字；知道了它们的名字，我就会感到无比的踏实。可惜，很多花树我还不知其名。这对它们是不公平的，因为每一个生命都应该被知，都应该受到尊重。我想，它们可否知道我，认识我？这样想着，我有些羡慕起风儿，风儿肯定知道每一棵花树的名字，因为，丝丝缕缕的风日日夜夜抚摸每一棵花树，彼此相知。

所以，我看到一些不知名的非常精神的花儿，我就用手机拍下，用APP识别它们的相关知识与性情，走进它们的心里。即使一些很一般的花儿，我也会驻足观赏一番，不能冷落它们。

像风一样自由，像风一样洒脱，像风一样无惧，高山，沙漠，戈壁，湖泊，大海……它什么都不惧怕，什么都在它的下面。风吹过，一切归于平静。

我喜欢一个人行走在风里。一个人的行走不受限制，什么都可以想，什么也挡不住我。《诗经》里的"国风"，刘邦的《大风歌》，杜甫的"细草微风岸"，李白的"长风破浪会有时"，都会与你耳语，让你聆听关于风的故事。

像风一样自由，没有比这更美的事儿。

鲁迅说："当我沉默着的时候，我觉得充实；我将开口，同时感到空虚。"风也许就是这样吧，任你怎样说，它从不争辩，依然顾自地吹着，行使它的权利，一如既往地前行。

我打开手机，有好几篇文稿正等着我修改，编辑……我能从每一篇文章里听到各自不同的风声……

2024 年 4 月 16 日

我的乐园

1. 小公园

这是一个很不起眼的小公园。我每天从它身旁经过,总爱不经意地看它几眼,偶尔走走,因而产生了感情。

说它是公园,其实就是一片树林。松树、柳树最多,还有一些不知道名字的树。堆起的小土丘高低起伏,杂花生树,疏疏密密,与外面宽阔的大道完全是两个世界。路不是多么平整,也不宽阔,土路大概有一多半。下雨天,路上有些微的泥泞。一个个小水洼是难得的点缀,能照出人影儿。我并不与之为敌,在这喧嚣的城里,这样的宁静是少有的。我打着雨伞,独享这美的雨趣儿。

以前,我也知有这样一个去处,但很少踏进;而今,我是这里的常客,似乎"黏"上它了。主因是我遇见了一株梅。辛丑之春,乍暖还寒时,我无意走进了小公园。我沿路往里走,只见公园的深处,独有一棵梅树,一枝俏丽的梅绽放于枝头,凌寒而来的芳香把我吸引了过去。"真香啊!……"我嗅着她的时候,不禁说出了口。我想,于百千绿色中为什么独有这棵梅树?又为什么让我发现,因香气沁心而难忘怀呢?莫非这梅是专等我的?或者,我是专寻她而来的?这样的邂逅,竟成了我最美的记忆,馥郁着身,撵她不走……

我读过,也写过关于梅的诗文,只是鉴赏,或者说想象。然而,如此具象、生动、入心的还是这株梅。我走近她,或者远远地望她,不敢触碰,生怕惊扰了她。因为,在我心中,她不只是一棵树,一株花,而是一种温暖,一种精神,一种心灵的慰藉。她告诉我:怎样抵御严寒,怎样于纷扰中保持理性,怎样散发属于自己的馨香……我欣幸于自己的感悟,更得益于她给予我的"法门"……这样说来，我们已经相融了，只是有或远或近的空间距离。

这株梅，我遇上她已有大半年，总也割舍不掉。她给予我汹涌的灵感，青春的蓬勃，人生的哲思……都是我此生享用不尽的。这美好的不期之遇而生发的力量，注定是我后半生奋进的泉源……我怎能不感谢，不珍惜，又怎能不好好地奋斗呢？

有了这样的机缘，这样的思悟，我与这株梅的相会就渐渐多了起来。无论晴天，还是雨天，只要得空儿，我就会漫步小公园，轻轻地到属于我的那株梅身旁，轻嗅她的花蕊，浸润她的灵魂。

现在，这株梅成了我诗中的意象，诗情画意起来，以至于幻化为一个美妙的意境，或者说绮丽的梦……

2021 年 10 月 9 日

2. 东郊美

这个小县城的东郊，以前对我来说，很陌生。现在，是我每天之所往与所在，越发的有感情了。

与之亲近，自然与工作有关。新学年伊始，老校东迁，便开始了与东郊的每天顾盼和接触。早上，迎着晨曦，骑车去学校。路经我钟爱的小公园，美美的笑意漾在脸上。因为，小公园有我深深浅浅的脚印，有我钟爱的一株梅……无论什么样的天气，我都会经过小公园。雨雪天，更是坚定，只怕——耽误我的学生。

琅琅的读书声，这人间最美的吸引人的声音，如一杯忘情水，让你陶醉与快适。我所在的教室，位于学校的最南边。墙外，是一片黑黑的宽阔的高粱地，美丽的喜鹊常云集于此，你追我赶，嬉戏玩闹，叽叽喳喳，与读书声汇成和谐的交响曲……清晨与傍晚的校园，最美，绝美的图画是你在其他地方见不到的。

上完课，我也并不寂寞。偶尔出校园，骑车而东，寻觅别样的风景，听风声鸟鸣……"荒忽兮远望，观流水兮潺湲"（《九歌·湘夫人》），置身其中，如临桃花源。这是一个幽静的去处。说其幽静，是言其人少，甚至一下午也见不到人。我喜欢这样的地方，一个人也不怕。这片地，树很多很密，直直的，参耸入天，特像一片白桦林。冬天，不像春夏。落叶满地，踩上去也不沾泥，抬起脚，净净的，如在家里一样，感觉很美。斜阳照过来，缕缕暖意袭身，似暖暖的拥抱……

虽然独处，可也并不孤寂。我对着一棵树，端详，凝视，如读一本书，每一个细节，每一个动词、形容词，我都读得出，吮吸芳香，如饮琼浆。也如欣赏一个人，与之相视，对话，心有灵犀，幻化出篇篇优美的诗文……我更渴盼一场雪，雪多大都行，最好是暴风雪，我好融入这天地一色，忘却自己，直到云霄。雪是文人常咏的对象。梅也是。若有一枝梅，就会有一段香，扑鼻，沁心。可惜没有。我想总会有的。

流连忘返是不行的。毕竟我不是陶渊明。"云无心以出岫，鸟倦飞而知还。景翳翳以将入，抚孤松而盘桓。"还是陶渊明洒脱……

太阳西下，月亮升起，白天隐去，星夜而至，骑车西回。才离东郊，又归喧嚣。喧闹与幽静，对人都是不可少的。

"东郊美，东郊美，美景依偎，一切葳蕤。"我吟咏道。

这样零距离地与大自然相触相抚，鲜亦奢。因为，我的生活远不止这些。生活不仅仅有美丽的诗意，还有灿烂的现实。回归现实，青春奋斗，我们要迎接更美好的未来。

2021 年 12 月 22 日

3. 东郊树

小城的东南西北，我最爱东郊。那儿，我去得最多，孑然一人。

东郊，我爱去的原因不为别的，而是树多，一片片茂密的、参天的树，确切地说，应该称为——林。而称为"林"的，小城这样的所在，少之又少。

这片林，杨树最多，修颀，俊美，少许的阳光射进来，给你暖人的气息。这里极少有人来，落叶满地，所以，脚印常常是新的。我一忽儿仰望，一忽儿靠树，来回走走，和你对视……有时鸟儿欢快的鸣声直传到我心里……心想，即使一个人也不寂寞，因为小鸟儿也依人，只不过离我比较远，但我也享受这样的同声相应。

　　东郊树，每隔一段时间，或者几天，我就来拜望，或骑车，或步行。这样笨拙的出行方式，也许是你所不齿的。然而我只能如此，我不会开车。但我认为，越是笨拙，越显诚意。开车来，与这静谧的自然也似乎不大和谐。

　　我这人很简单，没那么多道道，没有人为的捉弄，或者故意地复杂化，只要心惬意，什么都行。

　　东郊树，你给我性灵，让我益然，我不会忘记你。每到一次，我便不愿离开，总想多待会儿。可是，很多事儿还催着我，让我去做——我必须走。

　　生命不能没有依托。谢谢你，在很多人认为没有青春的年龄，我遇到了你。

　　你要问我："这棵树是什么？"这棵树是性灵之树、文学之树、精神之树、爱之树，也是力量之树！

　　每个人心中都要有一棵树。

2023 年 6 月 1 日

4. 自由地

　　我有散步的习惯，不是群出，而是独行。一年四季都爱，春秋最好。

　　我喜欢自由自在地独行，仰望天空，对话清风，笑语盈盈，巧思冥冥……

　　既然是散步，没有固定的路线，没有必去的目的地，也许更好。我喜欢这样自由地行走。然而，走得多了，也就有了些许的挑剔，现在的我爱上了一块自由地。

　　小城最长的一条街熙来攘往，车水马龙，最美的风景基本在这儿。这是当地人心中的"经十路"。我出小区不远就能遇到它。很多人偏于西行，因为

有一汪水——洛神湖，有一土山——药王山。我却避开热闹的地儿而东行——东郊，有我的所爱。

走了一两千米路，就到了我的自由地了。孟夏的早晨，那里最美，最灵动，最让我爱恋。那是一块很小的地方，虽然在小城的边缘，却真的像世外桃源。不错，就是世外桃源。你只有融入，才能体会得出。进入那儿，有一个必经之地，那儿有个小喇叭必有两次提醒——"水深危险，请勿靠近！""水深危险，请勿靠近！"不知道的，肯定吓一跳，而我却十分熟悉而亲切。说"水深危险"，其实已没有水——原来肯定是有的。

说它是世外桃源，必然有陶潜笔下的美景，"芳草鲜美，落英缤纷"的意趣自然是有的。然而，我钟爱的是它的另一番意趣。这几天，我几乎天天去。亭亭的硕硕的蜀葵，向我招手，素的，粉的，红的，直入我的眼。我靠近嗅着，真有一股香气，直抵我的心。几棵茂密的柳树，确切地说一大棵，把这里独立出来，成为一个小小的自由的世界。东边的阳光透过花树照过来，迷着我的眼，好不享受。这里居然还有一大片我平时见不到的芦苇，足有两人高，把我裹了个严实。芦苇里面，有一小片平地，那么酥软。这样的一块，如果没有鸟儿的鸣声，是不和谐的。大大的喜鹊，高低翻飞；麻雀最得意，上蹿下跳的；不知名儿的鸟儿欢快地叫着，像是为我喝彩。你说好不好，这里还有供我歇息的石头，坐下来，听鸟儿欢，喁喁细语，天下最美的意境就这样被我撞上……

每每离开我的自由地，我都会回首，恋恋不舍。

我说它是自由地，不仅是身体的自由，更是心灵的自由。人到中年，不为物所累，不为名所缰，为心灵而寻一片静地，为安适而得一方避难所，无远弗届，心之所向。

朋友，我不愿一人独行，邀上你，走吧。

2023 年 6 月 8 日

5. 阳 台

我家的阳台很宽阔，是诗情画意的所在。这与我无关，功在另一半。

阳台，对每一个家庭而言，是一个独立的空间，恰似世外桃源，总让人流连忘返。可以赏风景，闻花香，也可以读书写诗，偃仰啸歌，吟诵舒展，后者更惬意，更有味儿。

我不会侍弄花，只是每天的赴约，轻嗅，或者轻抚，不敢有丝毫大意地亵玩。我是真正的"花盲"，不要说各种花的习性如何，就连一些花的名字我都不知，岂不好笑。然而，并不尴尬，因为另一半给你收拾得井井有条，别有韵致。

她尽管比较柔弱，但不惜力气，把花架从一楼拿到五楼。也不知什么时候从何处弄来的新土，放在塑料袋里，一袋一袋地，非常规整地排开，像几个小兄弟。大大小小的花盆，经过她半个上午的侍弄，顿时呈现了生机，各种花儿各就各位。按比例浇上水，园丁一般。从此，绿萝更绿了，长长的枝条像摇曳的裙摆，晃着你的眼。

一年四季，阳台无疑是最受宠的地儿。春天自然是最好的所在，各种花儿竞相开放，绿绿的叶，簇簇的花，尽显生机。夏天的晚上，立于阳台，感受南风的抚摸，也蛮有趣味。到了秋天，静静地，远处望去，有一种充盈感。冬天的阳台，是必须与之相拥的，这时太阳的暖意让你浑身舒服，真想多待一会儿。

人到了中年，自然有些说不清的孤寂，而阳台也许是你思绪驰飞的赏心悦目之地。什么都可以想，什么都可以不想，任你而思，遐迩，高邈，天上，地上，东郊，南园……和你的另一个自己飞到无垠的天空。

2023 年 1 月 10 日

踏雪寻梅去

雪没有打招呼，也不哼一声，就悄声地来了。推开窗，"哇，下雪了……"那个惊喜！

清晨，雪停了，风静了，太阳出来了，清爽怡心呀……那野外是不是更美，是不是更惬意？这样一个时空，这样一种心情，不出去赏景儿，撒欢儿，是不是对不住这大地，对不住自己？岂非辜负了这美好时光？

"踏雪寻梅去！"我的意识很强烈，就是没有说出口。今天最高温度零下5摄氏度，雪融化不了，"踏雪"肯定没问题，至于能不能寻到"梅"，那就另说了。

妻也"哭着闹着"说"踏雪寻梅去"。她不知从哪儿来的灵感与诗意，也不知从哪儿知道的这词儿。还问："这个时候，我们东阿有没有梅？""也许有——肯定有！"我说。说着，她又忙她的去了。看来，只是说说而已。

我耐不住寂寞，出户下楼去寻梅。也许一个人更能领略梅的情韵。

我不会开车，骑车也滑，索性步行到东郊，去寻那片梅。我也顾不得路上的风景，心，只一个方向——东郊寻梅！

到了东郊旷野，那片梅林出现在眼前。满地的雪，却没有满树的梅花，大多是几枝梅，或一枝梅。一枝梅最好。越是这样，越有意味，既有科学的真实，又有文学的浪漫。我走到一枝梅前，那鼓鼓的花苞恰似红红的脸庞，又如眨巴的眼睛，说着花语，互通性灵，越发娇美可爱。这是我的一枝梅，我伫立良久……

"梅须逊雪三分白，雪却输梅一段香。"雪梅不分，风姿各异，大自然就这样神妙——中和者，至美也。人不亦此乎？所以，"踏雪寻梅"，这是世上最美的所在，最诗意的所在。

我走在雪地里，徜徉在梅林中，宋人写雪咏梅的诗句不禁冒了出来：

有梅无雪不精神，有雪无诗俗了人。（卢梅坡）

玉骨那愁瘴雾，冰姿自有仙风。（苏轼）

驿外断桥边，寂寞开无主。（陆游）

更无花态度，全有雪精神。（辛弃疾）

暖雨晴风初破冻，柳眼梅腮，已觉春心动。酒意诗情谁与共？（李清照）

……

据我所知，宋较之于唐更爱梅，看来确乎如此。

我不是在做梦吧？

2023年正月初三记

沉浸在读写的海洋里

立 秋

今天立秋，树叶纹丝不动，一丝风儿也没有。我憋不住，出去走走，体味一下秋的感觉。

高高的云朵静静地镶在天空，天地间空阔疏朗，路边的法桐、柳树没有风的吹拂，也有几分肃穆，但是生机未失，没有一点老气的样子。知了声声，一阵一阵地依然疯狂地叫着，不管人们烦还是不烦……矮矮的稀疏的几棵葵花，精神抖擞地立着，好似没有察觉秋天的到来……

我拍了一张照片发给朋友。

"这是什么？"

"葵花呀，不认识了？"

"是吗？"

"没错，就是葵花！"

这一问一答传递着秋的讯息……

这夏秋之交的景致，似乎渐渐理智了些许，不再荒长，不再喧闹，也不再像人那样为了芝麻粒大小的事儿大肆渲染，肆无忌惮地占据人们的心灵空间……"人法地，地法天，天法道，道法自然。"人，真的应该从大自然那里学习些什么，不能孤芳自赏，自欺欺人。

好久没有去我的自由地了。在这立秋的当儿，我自然想起了我的自由地，也必然到那里去看一看我的"子民"，我有些想它们了。

立秋了，草上的露珠鲜鲜亮亮的，脚踏上去，鞋子通身的洁净，低头看着，不觉会心地笑了。芦苇密不透风，若有风的造访，定会摇曳成一片汪洋……蜀葵，已无春夏时节的繁多鲜艳，只有几朵点缀在亭亭的枝干上，倒也精神。浓浓的香气不逊以往，我俯下身，吻着它，好似吮吸它的灵魂，从鼻孔直到心里。我小心翼翼地摘下一朵，留作美好的记忆，怕再也嗅不到这独特的味儿。

我作别自由地，又一阵知了声声，传入耳畔……

立秋了，一切应沉静下来。是的，应该如此。春华秋实，谁不渴盼金灿灿的果实呢？没有"秋实"，"春花"岂不是徒有其表、空余感性了吗？

一个转身，夏天成了故事；一次回眸，秋天成了期待。在这秋天里，我也要活出诗意，寻觅香甜的果实！

2023 年 8 月 8 日

这场雪……

北国的雪,说下就下。

"下雪了。"我打开手机,一条短短的温暖的消息映入眼帘。

我推开窗,"呀,真下雪了!"楼顶,屋顶,车上,比比皆是。漫山遍野,也应该这样吧。若是,我便被雪包围了。我高兴,我爽适,因为这是洁白的雪。

近段时间满地的污浊,差点让我窒息。我需要这雪的洁白与通透,这雪来自天上,没有人间的可笑与可怕……

任怎样多变,我都能看透。"万变不离其宗",我的判断力空前准。这可不是高抬自己,正如古人所言:"经验是由痛苦中萃取出来的。"唯有这漫天的雪将一切肮脏覆盖,哪怕暂时放缓,我也能得片刻的喘息,如此甚好,甚好。

该去的去,该来的来。这场雪就很及时。没有一个人不这样说。如此说来,还是"老天爷"让人心悦。"验之天而益信。"于是,我舒服了些许。

这场雪,不知道的,肯定以为下了一夜。其实,凌晨三点多才下。我的一个距离我百里之遥的朋友告诉我。看来,他在那个时候就起床了。而我却安睡到六点多。

若不是有点小事儿需要我去做,我肯定与朋友偕行,来一个梅花还没有绽放、意念上的——踏雪寻梅。我跨过那条著名的河,登上那座也算有名的山,看喜欢的风景,赏人间的美景,思心中的景致……然后,稍微酝酿,写一首小诗,一首意味隽永的现代诗,一篇散文,或者情理兼之的小散文。我的格局还很小,气概还没有那么大,请不要哂笑我,目前只能如此。

我的思绪还没有跨过河,也没有登上山,雪就停了。停就停吧,终要停的。我是最理解你的那个人。

我走到街上,扫雪人已经开始了劳作……朴素的劳动人民,我最喜欢!

这自然的雪与心中的雪相连、相融,就是一片海,一片汹涌的海,沛然的海……

2023 年 12 月 11 日

五点多的清晨

立夏后，天明得越来越早，五点已是通亮，我会自然醒并准时起床。

五点钟的清晨，别提多惬意，最美的事儿就是坐在书房读上几页书，或者写一首小词。我的"一半诗意，一半清欢"就这样开始了。

王小波的犀利，鲁迅的深刻，充盈了我的脑海。弓车、微紫隽永的诗句，让我羡慕。我有些自惭形秽，而又起哀兵之意，努力追赶，怕是怎么也赶不上——我知道我还不是一个诗人。眼前一首首清丽的小词，如同到了桃花源……

短篇高手武俊岭兄八千多字的小说《大水》，我利用两个早晨仔仔细细读了两遍，圈圈，画画，写写，为我写两千多字的评论《复杂的人性，巧妙的构思》做足了准备。没有这样的清净，怎能写出烧脑的评论？

五点多的清晨，我不单是在家里，我也会骑车去学校，享受一人在办公室的美趣，一人独处，脑子亮，效率高，如在自由的王国……我也许只能这样，因为，此时很多人在看朋友圈，或者在发活蹦乱跳的视频，不把人搅乱，似乎不甘心。

若是没有课的五点多的清晨，我会步行到东郊，呼吸新鲜的空气，凝视高高的树木，和鸟儿对话，与大自然亲密接触，舒展心灵，或许给朋友发去美丽的问候……

夏天五点多的清晨，一切都是美的，一切都是清新的。"恋窝"者自然是欣赏不到的。

2022 年 5 月 6 日

沉浸在读写的海洋里

良辰美景

  一年中最寒冷的时节来了。我没有丝毫的惧怕,多穿衣服就是了。

  军哥告诉我,13号以后最低气温连续二十多天,创中华人民共和国成立以来纪录的最低极限——零下20摄氏度。今年夏天热的时间长,冬天冷的时间也长。看来,这话不会错。

  即使这样,我也没有"恋战"蜷缩于被窝,还是早早起床,睡懒觉可不是我的习惯。看几页书,是我清晨最美的享受。打开《论语》,边看边画边咀嚼。看过自己圈圈画画思考的痕迹,就像脚踏过的山岭,立在身后。"君子坦荡荡,小人长戚戚""君子和而不同,小人同而不和""君子喻于义,小人喻于利"……一句句箴言那样入心,给我指明前进的路……

  或者写几行文字,记下生活的点缀,思想的火花。灵感袭来,什么也挡不住。这样的文字,我称之为"语丝",有时写成"丝语",意思差不多。我喜欢这样的浪花朵朵……

  天气好的时候,我便出去散步,一个人,或两个人,或东郊,或西行。一个与我年龄相仿的同事说,你俩总是形影不离——不这样,还是两口子吗?你说是不是?

  想改改口味,索性喝"两掺"——豆腐脑、胡辣汤合在一起。这是我的最爱。饭毕,再给八十多岁的岳母送去一份,外加一个烧饼、一个鸡蛋。对她来说,也许是最好的享受了。对于年长者,最美的莫过于心灵的慰藉。

  清晨,难得清静,能够做好多事情。你可不能错过这样的良辰。

  不仅有良辰,还有美景。那就要走出去,闻花香,听鸟语,看风景,人与自然相谐的风景最美。

2023年12月12日

真正的英雄

年与时驰，随着年龄的增长，不知怎的对什么都用理性的眼光去看待，不再那么感性，那么激动，凡事都有一个基本的判断。最喜欢哲学家黑格尔的话："美是理性的感性显现。"记住了，前提是——理性。

不仅如此，而且越发地严格要求自己，自律性更强，生怕走错路，有什么闪失。上课也好，查自习也好，都不马虎，心里总想着提高效率，抓住时间的手。表面上看似不在意，其实"上好每一节课"已立在心里。有时候，偶尔忘了查自习，那是真的累晕乎了，没有丝毫的主观。

"人之患在好为人师。"而我总喜欢帮助他人，朋友的诗文不厌其烦地改，有时候为一个瑕疵的疏漏懊悔不已。我不求他人多么感恩自己，只要进步了，比什么都高兴。我时时经验这样的幸福。

距离正式退休还有三年半时间。三年半，对一般人不觉什么，而于我则是非常的宝贵。"别酒坛，战杏坛，冲文坛。"酒坛，似乎真的别了，绝没有先前的恣意而饮。杏坛，确实在战，毫不逊色地战，个性十足地战。文坛，却怎么也冲不上去，写不出自己满意的诗文。读书太少了，诗味太淡了。总想追求恬淡和随意的味道。

虽是快奔花甲的人，可心里也不那么轻松，满脑子是年轻人、下一代，心里没有自己，吃什么，穿什么，都不在乎。只要心情好，精神充盈，就轻松许多。至于有人晋升了，表扬了，我也不会有多大的涟漪，只喜欢做自己喜欢的事。这样说来，距离心如止水，也快不远了。

有规律地生活，不受拘束，又有所创造，最好。不然，这个生命就会少了很多生机。

"真正的英雄是那些看清了生活真相，却依然热爱生活的人。"我愿做这样的英雄。

2022 年 9 月 17 日

郭口寻梦

沿黄村，我去过不少地方，然而让我动心的地方不多。这并非虚妄，而是真切的感受，这感受是11月4日去了郭口之后才有的。换句话说，郭口让我心动。这看似矛盾的话，正说明我对郭口的喜爱。

鲁迅年轻时曾做过很多的梦，最大的梦当然是救国救民的梦，弃医从文，"横眉冷对千夫指，俯首甘为孺子牛"，而成"民族魂"。我虽然有先生当时的年龄，却没有先生的深邃。我现在爱做田园的梦，陶潜的梦。"纵浪大化中，不喜亦不惧"。我的思想境界逐渐升华了。我庆幸于我的改变。

郭口，让我寻梦，如同不谙世事的少年，那样新鲜，那样好奇，那样诗意。因为，这里远离了喧嚣与尘染，难得心灵的宁静。看见的人，触碰的景，都是我喜欢的，都是我久久寻觅的。郭口，遇见你，真好！

郭口的美与清新，不止一处，即使犄角旮旯，也掩藏不住其秀质。不像有些地方，空有其表，经不起推敲与咀嚼。

这里清一色的农业文明，让你满目清爽，心旷神怡。你不近距离接触，你是体会不到的。绿油油的硕大的水萝卜叶，那样清亮，你一定会想：它下面的红萝卜该是怎样的峻拔？青幽幽的韭菜，随风飘摇，那透亮的水滴映着你的眼眸……老农拉着一大桶水，在浇刚冒出的麦苗，当你听到"有点旱，浇点水"时，你是否想到了自己的老父亲……行于田垄中，不敢多想——晚上，你尽可以做一个凄美的梦，与自己的老父亲说说知心话……

要说郭口的田园之乐，莫过于那一百二十亩苹果园。这里的苹果，真是一个脆，一个甜，有冰糖味儿。几乎没有人不爱吃苹果的，可你吃了这里的苹果，你才知道什么是等级，什么是区别，才知道伪饰与真实之遥，就像人一样。拎一袋苹果而归，你脸上肯定挂满笑意，甜在心里……

郭口的每一处，都精心运思，精心打扮，且有内涵。芳华堤是必须去的。

不到此处，你肯定遗憾，特别是年轻人。漫步于此，你会体会到自然与文化的融合。老豆腐坊，让你顿生乡愁。各色的鲜花摇曳，招你沉醉。高耸的树林飒飒作响。若到周末，年轻的爸爸妈妈带着孩子到此同乐，荡起秋千，唱起儿童的歌谣……这些还不够，诗意的文字让你流连忘返，"我在郭口很想你""未来可期，因为有你""热爱生活与自由"……这样的诗情画意，谁不爱呢？诗和远方并不遥远，就在这里。

　　我不禁问道："这里怎么这么高端？"

　　"山东大学设计的。"大桥镇政府的人员说。

　　"怪不得呢。"我随口道。

　　好多人都惊叹于郭口村翻天覆地的变化，有些不相信自己的眼睛。杨士江说："以前挺烂的村，没想到现在这么美！""经我们一写，推介，会更美，要相信文字的力量，文化的力量。"我说。看来，梦想成真不是假话。

　　顺着芳华堤东行，就是黄河大堤。你立于黄河岸上，自然会想到陶渊明的诗："登东皋以舒啸，临清流而赋诗。"只不过，这里不是"清流"，而是黄河，但是，这里想必比当年陶公所在处更高远、开阔……

　　寻梦？撑一支长篙，向黄河郭口处漫溯……我在郭口等你！

2023 年 11 月 7 日

腾飞吧，金牛

先是，我对牛角店镇知之不多，或者说比较模糊。9月17日的采风，刷新了我的看法——明朗，清晰，富裕，美丽。

上午8时，县作协一行十人，从广场大石头出发，来到了山东省文明镇——牛角店镇。仰望着高高矗立、腾空欲飞的金牛，我的心情欣喜而振奋，开始探寻它的"基因密码"……

当年县文科状元、乡村发展与建设服务中心主任秦祚龙和宣传委员王丽丽早早地在遐迩闻名的草莓名村黄起元等候。我们一下车，立刻被耸立参天、威风凛凛的红高粱吸引住了。好久没有见到这么高的红高粱了！莫言小说中的红高粱也没这么高吧。轩哥闹笑说："要是九儿在就好了。"他的聪明无时不显。我们在高高的红高粱下拍照，并不觉得渺小，反而觉得更亲近大地。

黄起元村党支部书记尹承荣在3号棚饶有兴趣地给我们讲草莓的种植、管理、采摘、销售，如数家珍，津津有味，让我们开眼界，长知识，提兴致。原来小小草莓竟有那么多道道，那么多故事。苗儿青青，整齐端庄，绿意盎然，煞是精神。黄起元村种植草莓已有10多年历史，一年五茬果，收入相当可观，人均2万元，种棚户可达4.7万元。而且，已形成规模，326个棚，2000亩地。空中拍摄的草莓大棚，星罗棋布，好不壮观。这在鲁西决然是独一无二的。众所周知，草莓贵在一个"鲜"字。村民凌晨3点摘果，22辆车浩浩荡荡北上，下午就进入了北京、天津等城市的各大超市，市民就能吃上鲜甜可口的草莓。产销一体化，是黄起元做大做强草莓产业的重要保障。

在县城，经常听到"草莓，牛奶草莓，黄起元牛奶草莓"的吆喝声……当时我就纳闷儿，这草莓怎么就成了"牛奶草莓"了呢？听了尹书记的介绍，这才明白，原来是牛奶和水稀释——"水乳交融"在一起进行喷滴、浸润，久之"入心"，就有了牛奶味儿。哈，黄起元人真够聪明！我们不禁又疑问：

为什么独独黄起元村的草莓那么质美、大受欢迎呢？一个重要原因，与水有关。尹书记说："黄起元村水质好，有丰富的矿物质。"这就没办法了，不是哪个地方都有这么好的水。因这草莓，黄起元村富裕了起来，村民腰包鼓鼓的，草莓真正成了"甜蜜果""幸福果"。

有一个萦绕在脑海的问题是：既然草莓这么能致富，为何不能带动周围村庄共同走向富裕之路呢？耿攀一直在思考。她的追问不是无端的，也是很难解决的。因为，国家的土地政策不允许随意占用耕地，必须保住粮食耕种面积，粮食是国家战备。这样说来，种植草莓也必然受到限制。

看罢草莓，到了村党支部。路两旁的山楂树挂满了果儿，养眼养心，真是一个美。梅英说："美丽乡村就应该是这样的啊。"徐哲说："比单纯种花好。"各有各的审美。院子宽敞、洁净。因为是周日，没有人办公，平时可是忙得很，热闹得很，四邻八乡的村民都可以在此解决种种疑难问题，省却很多麻烦……真是为老百姓着想呀。"现在乡村变化真大，以前想都不敢想。"家乡一级作家王涛感叹道。

我们向尹书记挥手致谢。我说："到摘果的时候，我们再来。"大家都笑了起来……

作别黄起元，直奔红布刘。

红布刘，你听这村名就有来头。精神矍铄的老支书刘善科在村口迎接我们。写着"红布刘"三个字、织女织布的红色写意画映入我们的眼帘。

我问刘书记："红布刘，都姓刘吗？"

"都姓刘。"刘书记说。

"在全县也是少有，我们村那么小，还七个姓呢。"我说。

不得不说，这也是这个村独特的人文现象。

红布刘，最著名的便是"红布刘传统纺织记忆馆"了。这里可写的东西很多，又唯恐写不好，片言以记。缯、杼、络子、木梭子……一一展列。织布机，20世纪80年代的农村，很多户有，我家也有。我母亲织布、与婶子大娘们切磋技艺的情形如在眼前……而"80后""90后"很少见过织布机。耿攀、梅英看了又看，觉得很是神奇。耿攀干脆坐在织布机旁，有模有样地"织"起来，也过一把织女的瘾。鹿老师、庆池抓住这一难得的镜头，赶紧拍下。

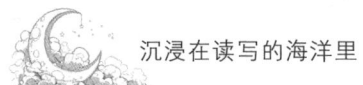

刘书记说："你就是红布刘村的形象大使了。"织布机在中国有很悠久的历史，不然怎会有"唧唧复唧唧，木兰当户织"呢。我们都认为，红布刘保存的传统纺织物件以及相关文化记忆，全县无二，鲁西鲜有，有必要申报非物质文化遗产。这不，随行的民俗专家单清林就给刘书记联系上了，兴许就能打开一扇门，提升红布刘的形象与知名度。有一点不能忘记的是，红布刘生产的红布曾大量用于五星红旗的生产。红布刘，无上荣光，名副其实啊！

刘书记在村口向我们一一招手，可亲可敬。

最后一站是牛角店镇乡村记忆馆。

乡村记忆馆投资了400万元，二层设计，六大主题。山东圣土影视邀请省专家并参与制作，实物视频，动静结合，图文并茂，全方位地展示了牛角店的历史沿革、经济发展、民生建设、风土人情、名人风采……创意、档次、气象，无疑全县唯一。镇党委副书记李保法全程陪同，并给大家当起了解说员。一行十人无不赞叹牛角店人杰地灵，物华天宝，到每个"点"都驻足流连，探寻个究竟。最有意思的是，清林兄和庆军兄端坐在八仙桌椅子上，一个拿着矿泉水瓶，一个拿着扇子，惬意得很，美得很……梅英迅速拍了下来。

临近中午，不允许我们待更长时间，其间李保法副书记介绍了很多关于牛角店的美好故事。

乡村振兴战略是国家战略。我相信，牛角店镇在张兴龙书记的带领下，必定会借势发展，乘胜前进。有班子的引领，有智慧勤劳的百姓，有红色文化的传承，牛角店这头金牛，一定会脚踏大地，奔向更加美好的未来！

腾飞吧，金牛！

上车前，我又回望一眼镇中心仰头而立的金牛……

2023年9月18日

我的鱼山情结

2023年10月14日的"乡村振兴采风行"第二站——鱼山镇，勾起了我关于鱼山的美好联想。

鱼山岩岩，黄河滔滔。人文郁郁，林木妖妖。

我的家乡——辛庄，现在隶属刘集镇，先是关山乡，再前是徐屯公社。东阿合作化运动时成立了53个小公社，徐屯公社便是当年的小公社之一。崔庄、辛庄、于庄，有"崔辛于""北三庄"之称。而崔庄、于庄，就是现在鱼山镇的两个自然村。我出生于20世纪60年代中期，很清楚地记得当时全县有14个人民公社。关山乡就是其中之一。到了90年代，关山乡又归并到刘集镇。

鱼山镇，前身为单庄乡。2006年11月，更名为鱼山乡。2010年8月，乡改镇。众人皆知，单庄乡因曹植之故、鱼山之名而改。这是经得起考证的。

我与鱼山镇，不仅有地理之便，更是血脉相连。

我的外祖母就在鱼山镇司庄村。辛庄与司庄距离不远，十多里地。小时候，我经常去——当然是走着去。有一次，我和福顺哥用绳子捆着肉从结冰的河面上拉着去外祖母家，那时10岁左右吧。司庄村西头有两排瓦房，那时竟然天真地认为那里就是济南。外祖母虽然不识字，但是很爱讲故事，我对《隋唐演义》中罗成的印象最深。让我终生难忘的是，外祖母给我唱《小木碗》："小木碗，转悠悠，俺上姥娘家过一秋。姥娘疼俺，妗子瞅俺，妗子妗子你别瞅，楝子开花俺就走……"外祖母是个苦命人，外祖父很早就去世了，她拉扯我母亲和我姨长大、成人……她热心、敞亮，爱帮助人，什么该说，什么不该说，都很有分寸。1986年，我参加工作，从铜城回家，我都要经过外祖母家，买些好吃的带给她，她在胡同口和邻居们说笑，我说："姥娘，我把买的东西放在你蚊帐里了……"说完，我就骑车往家赶。只听一声声"你外孙真好……"，我想，外祖母一定是高兴的。后来，外祖母年龄大了，就在我家和姨家轮住。2000年春节没过几天，她老人家就去世了，享年97岁。过去了这么多年，大家提及外祖母，都念她的好。和外祖母同村的司姑姑，是我本院姑姑，我爱称呼她"司姑姑"。司姑姑对我外祖母特别好，经常看望她。

外祖母的娘家，也就是我母亲的外祖母家，在鱼山镇宋集村，是姓张的大户人家。老辈都不在了，年轻的不认识几个。爱旅游、拍照、制作美篇的淑贞，算是很熟的了。淑贞的爷爷，也就是绪先舅在世的时候，经常到我家，因为我家里有他养的蜂。小时候，我可没少挨蜇。

我的大姐嫁到鱼山镇河口村。姐夫曾在后殷教书。我的知己朋友淑荷姐，就是我姐夫的学生。殷家大院，莫非就是当年的学校吧。姐夫、姐姐身体不好，已去世10多年。小我2岁的外甥在黑龙江同江，已儿孙满堂，日子非常滋润。

我的姑姑家就在鱼山脚下。小时候去姑姑家，房子都是石头的，在半山腰。现在已无处可寻了，想来真是可惜。

鱼山镇的范坡、朱毛屯，都有我很近的亲戚。

鱼山，我去过多次。而这次却有新的感受。新在何处？鱼山得到了很好的开发，有了新的艺术设计，给人以全新的感觉。不再从西门进，而是从北面开辟了两条新路。一条是平路，这里有与曹植有关的文化长廊，曹植诗句、名人题字、碑林石刻，让你目不暇接，熏陶渐染，叹服曹植之奇才。不得不说，曹植是我国文学史上极有天资禀赋的文学家，一篇《洛神赋》，可谓才气氤氲蒸腾。"远而望之，皎若太阳升朝霞；迫而察之，灼若芙蕖出渌波"，那该是怎样的一种美，无法想象，也只有想象。另一条是山路，修筑台阶，拾级而上，本来只有82.1米高的山，却真的让人有了登山的感觉，曲径通幽，逶迤而上，美不胜收。好多同行者心生此感。到了山顶，黄河一派，尽收眼底。今年春天，莫言登鱼山就有无限感慨，手书："鱼山寂寞黄河悲，八斗才华七步诗。盖世风流何处觅，荒榛野草掩残碑。"现在的鱼山绿化已不是过去之濯濯，而是林木参天，郁郁葱葱。

说到绿化，鱼山全镇绿意葱茏，生机盎然。仅经济林就成规模，王古庄的梨，张庄的水果柿子，远近闻名。这次采风，诗人作家们被张庄的80亩柿子树震撼住了——第一次听说有水果柿子。文友们平日里的文雅也飘然而去，有的上树摘果，黑黑的头，绿绿的叶，红红的果，真是一幅绝妙的秋景图！我和鹿老师摘得最少，14.4斤，就图个美味儿。谢谢善良的村民，还有可亲的大志兄。

　　鱼山人文渊薮，为东阿独一处。这肯定与曹植1800年之遗风息息相关。但也不尽然，与鱼山人长久的人文积淀及修文立德甚为密切。

　　今之东阿文化，于斯为盛。王涛、晨曦、房义军、单清林、王继农、司尚营……一个个名震鲁西。中国散文学会会长、著名作家叶梅祖籍东阿鱼山，经常前来拜谒。他们都是我的至善良朋。

　　我是一名教师，自然想到我的芬芳桃李。鱼山镇三任书记——贾连勇、于霞、程传鹏，他们都是上高三时我教过的学生。这是不是巧合？抑或偶然？

　　现在的鱼山到处焕发生机，文化发展与绿色经济是必由之路。我登上鱼山，看到滚滚黄河，一股激流在我心中汹涌澎湃……

　　鱼山，我心中的山。

　　我的鱼山情结永远不老。

2023年10月15日

沉浸在读写的海洋里

"盛丰"盈心

盛丰庄园距离东阿县城不远，在姜楼镇西杨村。

2023年初冬的一个周末，我和几个文友来到了这里。盛丰给了我一个惊喜——一个鲁西小县居然还有这么大这么美的庄园，我不曾听说过。

董事长王昌伟40多岁，干练、健谈，他如数家珍地给我们一一介绍。从他娴熟而又充满感情的话语中，我能掂得出盛丰在他心中的分量，他对盛丰爱到什么程度，又付出多少。他的妻子李坤对我们的到来满心欢喜，脸上总是笑容满面，能看出她对文化人的钦慕。夫妻俩对这个庄园倾注太多太多，就像自己的孩子。我从镇政府向导那里得知，他们经营这个庄园已经10年。10年的光阴与心血，以及逝去的青春，都倾注于斯，怎能不牵系于心呢？

庄园正在发展与完善中，呈良性循环态势。从王董的介绍中，我感到些许的轻松与喜悦。因为，不仅有思路，更有可观的可以预见的未来，正在逐渐地显出效益。"想，都是问题；做，才有答案。"他正在做，扎扎实实地去做。

为什么说盛丰庄园有可以预见的未来？因为，它与学生研学紧密相连，是聊城市三家实训基地之一，而且有聊城大学的鼎力相助。学生研学，是国家"五育"必不可少的，盛丰赢得了先机，也必然走得更远。

这里有高大宽敞、能容纳几百人的大厅，也能满足就地饮食之需。这里有便于学生亲近自然的菜地、果园。白菜、菠菜、辣椒、番茄等常见菜都有。虽说是冬天，菠菜却绿油油的。成片成片的梨树、苹果树的叶子青青的，可以想见花开时节的胜景……在学校待久了的学生们到这里撒欢似的跑，放飞自我，呼吸新鲜的空气，学到鲜活的知识，疗养封闭的心灵……

培养动手实践能力，是现代教育的特质之一。无疑，盛丰庄园是一个好去处。好动的孩子们可以学茶道、捏泥人、摘果儿、浇水施肥……这里还有成群的鸽子，悠闲的羊儿……他们一定会流连上这块地儿。

这里不仅有爽爽的田园风，还有浓浓的诗意。盛丰庄园5年前就被评为

"齐鲁美丽田园"。初冬的天气自是有些寒冷，却无丝毫的萧索。绿意还在，生机依然，再加上主人诗意的点缀，我满是兴奋，且有点点沉思——偌大的庄园何时可转化为可见的效益？王董和他熟知的民俗文化学者单清林聊了很多，思路清晰，加之研学队伍的到来，我想，就不"愁人"了。"愁人"的事儿，莫过于没有人来。有人，就不愁人。对此，王董很有信心。

既然是"美丽田园"，就不应只是外表，还要有内涵，有文化。这是盛丰庄园的灵魂所在。王董虽然比较年轻，但他是聊城大学的客座教授，有知识，有远见。他身上有文化味儿，我开始见到他时就感觉到了。庄园有一景致很吸引人，两三米高的石头上刻着"耕读"两个字，保准儿这里是留影最多的地方之一。几乎所有的文友都拍了照，我也凑热闹，凑上前去，拍之——虽然读书不多。这使我想起了一副对联——"一等人忠臣孝子，两件事读书耕田"。这是很好的注脚。这副对联就挂在王董的办公室里。

庄园里有一种植物，叫巨菌草，生长快，叶嫩多汁，产量高，种植一次收割20年。它原产于北非，有"三高"特征——高营养、高产量、高效益，据说是国家大力提倡引进的品种。王董饶有兴趣地给大家解说。

快出庄园时，同行的文友被呛鼻的醋味儿"招引"了过去。好几个写着大大的"醋"字的大坛子立在那儿。一个文友执意照相。我说："不行，小心——吃醋！""别掉进醋罐子里了……"另一个人大声喊。

盛丰庄园较之于其他庄园的奇异处在于，它是省级"农村闲置宅基地盘活典型案例"。西杨村是一个小村，不足200人，只有34人在家。王董把闲置的房屋修葺一新，让沉寂的村子来了一个"华丽转身"，是那样的靓丽！晚上，可以看电影，也可以游园。想一想，就美……

行于庄园，长满路旁、沟畔的矢车菊，在小雪节气后的冬天依然郁郁青青，我心生怜爱，蹲下拍了几张照片留存，暖意顿时涌遍全身：盛丰庄园——齐鲁美丽田园，正在这个冬天积蓄力量……

若不是还有行程，就会再仔细地看一看。由于我坐的车在前边，也没来得及和王董打招呼，握手言别，真有点遗憾。

"近者悦，远者来。"我想，盛丰庄园馥郁花开的春天必将到来，永驻每个人的心里……

2023年11月26日

邓 庙

邓庙，是除了家乡之外我去得最多的村庄，因为我姨在邓庙。

邓庙，我一年至少去三次：春节，八月十五，还有老姨的生日。我姨今年94岁，生日那天，我去了。她身体大不如前，也不认得人，你"启发"她半天，她才说出："是……木啊……"我的眼泪就簌簌而下。姨的生日是阴历六月二十三日，无论多忙，天气怎样，我都要去，尽管我不会开车，为亲情，也为心理的平衡。所谓平衡，就是要懂得报恩，要有反哺之心。

现在，我的姨哥性来哥身体也不好，他查出病以后，我一连看了三次。又有一段时间没去了，忙完这阵子，我会再去看他的。

我与邓庙的渊源与感情，不仅是我姨的原因，还有我的学生。黄性涛，山东大学特聘教授、博士生导师、前沿交叉科学青岛研究院院长，国家杰出青年科学基金获得者、教育部新世纪优秀人才、山东省有突出贡献的中青年专家，长期致力于高能物理实验技术研发和粒子物理研究。这是我很少写的一长串名号，没有别的，就是说明他现在的荣耀与过去的努力分不开。他和性来哥是亲叔兄弟。他上初三的时候经常到我家去。他现在有这么高的位置，还是来看我。儿子结婚时，他亲自驾车从青岛来老家参加喜宴，我真有些招架不住……言此，并无逗意，而是情之所至。今年暑假，他和上高一的心爱的女儿一起到了我家，我给她讲如何热爱语文、学习语文，他爷俩听得津津有味……性涛兄弟说："木哥，你讲得真好，大学教授也没这么精彩……"一个博士生导师这样说，我知道是在夸我，可是我怎能跟人家大学教授相比呢？我有自知之明。临走，我送了他我的两本书——《语文教与学浅论》《大地的召唤》，算是菲薄的礼品。

另外两个学生，是马艳红、马红坤姐弟俩。马红坤，烟台科技学院党委副书记、校长，烟台市人大代表。一个村有两个高校精英人才，不能不说是一种骄傲。很明显，他们能提升邓庙的知名度、影响力。我的学生遍布全国各地，拼搏在各行各业，我以他们为荣。"你们的吴老师想你们啊！"年龄越长，越有此念。

邓庙，我确实很熟悉，一个七八百人、不大不小的村庄，距离我们村也就是十里地，来去非常方便。现在住户都集中在陈店社区，原来的平房已夷为平地，片瓦不留，邓庙的老百姓经常回到原地，驻足良久……炊烟不再，鸡犬相闻只能在梦中……前几天，我随"乡村振兴采风团"又一次来到了邓庙。原来的宅基地，被绿油油的麦苗替而代之，是喜悦，还是伤感，我一个外乡人远不如邓庙的老百姓体会得真切……

邓庙比其他村庆幸的是，搬迁以后并非了无痕迹，而有一个永远的存在，那就是武当庙和汉墓群，省级文物保护单位。这也是邓庙的"镇村之宝"。现在能远远地看到武当庙与汉墓群，它们突兀在平地之上。武当庙和汉墓，几十年前，我就看过，只不过汉墓是在地下，一个大坑的下面，当时机器抽水时的情形还历历在目……现在的汉墓被移到地上，确切地说也不是地上，而是有意地凹下去。来一次就要看个究竟，里面黑咕隆咚的，我们借着手机的光、弓着腰进去，我不小心还是碰了头，很疼很疼——全是石头。不容许你看清楚什么，确有一些精美图案。

武当庙远比汉墓影响深远，观之可亲。我不是文化学者，讲不出所以然，但对武当庙里的天皇、地皇、人皇的造型以及文化意蕴，非常感兴趣。特别是后大殿所供神像，可真有讲究。中间一位，民间叫吾党（武当）爷。从造像特点可以看出是三教合一的产物：头上扎着双抓髻，是道童的装束；面部丰腴是佛像打扮；一手持念珠，两手抱太极，另两手捧《论语》。这样的蕴含大一统包容思想的神像，在全国也是少见。我感觉，这是它的神奇之处。地方文化学者单清林的讲解，让大家增长了不少见识，领首称是。

邓庙的远近闻名与武当庙有很大的关系。村党支部书记告诉我们，准备申报国家级文物保护单位。事若真成，邓庙就更厉害了。离开邓庙时，已十二点多。虽也饥肠辘辘，但是我的思绪还与邓庙相连，不只是武当庙，青绿绿的麦田，还有过往的回忆……

2023 年 11 月 27 日

沉浸在读写的海洋里

曲集之美

全国美丽乡村建设如火如荼，深入打造乡村振兴齐鲁样板蔚然成风。铜城街道曲集村走在东阿县美丽乡村建设前列。

玉兔吉祥，惠风和畅。近日，受画家、诗人徐哲之邀，我欣然复至。

造访曲集不止一次，而兹最亲切入心。虽非我家乡，而渊源颇深。若告知情缘，与老禅不脱干系。徐哲，东阿一中教师，我之同人，善画雄鸡，澎湃为诗，相得益彰，相映生辉。其人豪爽仁义，快言快语，毫无机心，甚恰我意。徐兄常言故乡事，日增故乡情，乐与人款曲。此次活动，功不可没，当志村史。

曲集之美，美在地利。曲集隶属北京店新村，位置优越，交通畅达。东依黄河，北临县城，南有青兰，西有铜鱼。村之东南，青兰、东阳交会，蔚为壮观。如此地利，举县鲜有。

而今曲集，文化弥漫，书画飘香。墙壁言语，处处生机。核心价值，雅然呈现。老禅雄鸡高唱，引八方宾客。摄影家赵广田先生桑梓情深，义捐精品，赢得热评美赞。我等受之艺术熏染，其乐陶陶。画家李广仁、徐哲、孙建强诸兄献画，蓬荜生辉。国家一级作家王涛大笔如椽，诗人刘轩、魏庆池、鹿清江诗集高处，才女高岩芳、范凌霞、崔梅英诗韵芬芳。摄影达人赵广学奉献美篇，令曲集美名传播。乡村振兴，文化为魂，曲集领先，继续前行。

曲集之美，美在自然。脚踏热土，馥郁缭绕。东有广场西有湖，百姓休闲好去处。林木茂密参天，四季景色各异。徜徉其里，神清气爽，如在画中。

曲集之美，美在产业。百姓富庶，产业兴旺，养殖业尤为发达。打造文化旅游，吸引外来观光，乃必由之路，曲集村委自有规划。

这与村委一班人辛勤付出密不可分，于此奉上由衷敬意。曲集村委定以百姓心为心，谋求更多福祉。

曲集之美道不尽，助力之行铭于心。期待再次相拥！

2023 年 2 月 2 日

心灵的约会

一

诗词班几个相投的朋友酝酿了很长时间,终于在金秋十月踏上外出的旅程,与美丽的大自然来了一次心灵的约会。

本想河北正定,疫情原因,改为省内游。潘佳小聚,一致确定黄河入海口和青州古城。

23日早晨6:30,从老年大学门口出发,接上梅英、珍姐、晓光兄(好久不见,晓光兄依然那样高大、英俊),乘"林肯领航员"直到陈集飘香阁老豆腐。老豆腐,真是香,香到心里,好多年没有喝到了。要不是冯哥推荐,我不知什么时候才能享到它的美味。

冯哥让我坐在前面。梅英年龄最小,感冒,又晕车,我让她坐前面。

7:30,从陈集高东高速直奔黄河三角洲。

二

"时间观念有点差。"芳姐在微信里说。看来,另一辆车上的五位有点急。所以,我们自然地认为他们赶在了前面(出发前未见其车而至),要加大马力赶。冯哥说:"韩局不知怎么了,开车真快,怎么也追不上……"

快到滨州西服务区时,我打电话问他们到底到了哪里。"已过滨州西。"冯哥以为过了滨州西服务区,只能在下一个服务区停("滨州西"与"滨州西服务区"不是一回事)。我随即做了转达。到了盐窝服务区,却不见其影——

原来他们的车在后边。这倒符合逻辑,林肯毕竟是林肯。

等了大约二十分钟,韩局打来电话,"车,爆胎了!"原来如此。庆幸的是,车已开到服务区路口。"好险哪,要是在半路,前不靠村后不靠店,可就麻烦了!"我们都呼叹道。

冯哥拿出千斤顶,和韩局一起运作起来。因不专业,力不能行。于是,我们让值勤寻来一个汽修员,三下五除二卸下爆胎与备胎。汽修员说,备胎气不足,须回家打气。韩局也一同前往。我们又足足等了二十分钟。我打趣地说:"韩局要是被扣下怎么办?""不会,他会拳!"念安兄说。大家哈哈大笑起来。珍姐拿出橘子给每个人吃,五位女士谈这说那,笑声四散。

怎么会爆胎呢?我们都纳闷。原来一个石子深深扎入,刘震怎么用力抠,也抠不出来,这石子也许不是一天两天了,只不过此时发作了。

换上轮胎,大家都很轻松,韩局笑得尤其灿烂。

有趣的是,冯哥以为他们在前边,就使劲儿地追,而韩局晓得林肯就在前边,也使劲儿地追。这一追二追,追出了一个小插曲。

这小插曲虽然有点沉重,但人无恙,也颇有趣。

三

一个地域有一个地域的特色。东营更有自己的特点。路面开阔,树木矮小。路两边的"磕头机"不时映入眼帘,足以明证这是一座石油之城。

到了黄河入海口,已 12 时许。我们一行人一下车,就被这里的景象惊呆了。一望无际的芦荻迎风招展,在欢迎远来的每一位朋友。"黄河入海,我们回家。"每一个人好似都成了东营人,亲近这片土地,融入这片土地。棵棵树,叶叶草,只只鸟,朵朵云,片片水……构成了一幅和谐自然而又浪漫飘逸的诗情画意图。人们沉醉其中,不禁赞叹祖国的壮美。

"今天是开园第一天,你们真是幸运!"中年男导游说。原来,入海口湿地公园 10 月 5 日至 22 日封园。

我们开阔了视野,收获了知识,陶冶了性情。我们经常从电视上看到黄河入海口的美丽景色，今儿才一睹芳容。"陆地在增加，渤海在减少，每年增加陆地两万亩。"导游的介绍着实让我们吃了一惊。的确够大，黄河三角洲湿地 1530 平方公里，比东阿县（729 平方公里）大两倍多。乘观光车，20.5 公里。路两旁芦荻飘摇，白茫茫一片。珍姐想起了一句诗："枫叶荻花秋瑟瑟。"问我谁写的，我脱口道："白居易《琵琶行》。"一个语文老师要是支支吾吾，那该多尴尬。到了此地，知晓了芦苇与芦荻的区别。在我们家乡，芦苇常见，芦荻不常见。芦荻之毛发像极了关公的飘飘美须髯。

下了车，"黄河入海口"五个端庄大字映现眼前。万里母亲河，在此入海，怎不感慨万千！人们纷纷拍照。我们自然不能错过这难得的机会。母亲河流经东阿 57.2 公里，我们从黄河到黄河，领略不一样的奇观，岂不美哉！入海口之黄河水，水面宽阔，波涛汹涌，直冲渤海。

每一个到入海口的人，都想观看黄蓝交汇之奇景，只可惜未能如愿，不能不说是莫大的遗憾。导游说："水大，危险，严禁。"为了弥补这样的遗憾，我们扫码五元，通过望远镜看黄蓝交汇之奇景。芳姐说看到了，我们好几个人怎么看也看不到。问了服务员，说："角度不对。"婷姐说："全是蒙人的。哈哈。"

临近下午 3 点，我们才吃了简单的中午饭。饭真的简单，四个菜，一人三四个小馒头（没见过这么小的）。伟姐听成了冯哥说的"四个菜"为"十个菜"。"四"与"十"区别可大着呢。

回途，坐在观光车上，我们唱起了《我和我的祖国》《让我们荡起双桨》，韩局在前面录像。芳姐、珍姐声音清脆洪亮，爱国之情荡漾。我不会唱，只能跟着哼哼。对我来说，这样的美遇还是第一次。

黄河鸟类科普乐园，不能不看。很远，我就能看到几只丹顶鹤一圈圈地飞过，有时低得在头顶盘旋。游人围在丹顶鹤旁，观其吃食。人与自然的和谐，在这里体现得淋漓尽致。东方白鹳是这里的宠儿，有"三高"——"个高、颜高、高傲"之美称，当然也寿高，48 岁，是东营市鸟。白鹭与苍鹭，迥然有别。白鹭俊俏秀美，苍鹭敦厚稳重。刘震见状不禁吟咏"两个黄鹂鸣翠柳，一行白鹭上青天"。这里人多，鸟儿多，乐园不虚也。同行的爱美的女士们拍照，步伐整齐，飒爽英姿，铿锵有力，与芦荻相映生辉。

天色暗将下来，大大的红红的太阳慢慢落下，似乎为黄河三角洲所独有。梅英拍下这独有的美景。我们乘着暮色，直向青州。

东营是一座年轻的城市，路宽而畅通，楼并不高，视野辽远，空气清新。

四

我们一行到达青州，已晚上7点。

青州，位于山东中部，古代九州之一。以前多次经过，从未亲近。而今感受到了它不一样的气息。虽是县级市，却相当繁华。我们联系了多家宾馆，都已爆满，好不容易才找到住处。由此亦可窥见青州之胜。我不由得想到柳永的《望海潮》："烟柳画桥，风帘翠幕，参差十万人家。"青州古城，许是这般。

外出旅游，吃好，住好，并非小事，虽不过分享受，但也不能亏了自己。芳姐、婷姐、梅英住520房间。"她们就520吧，反正都是女的，出不了问题。"几个男士逗笑。

距住处不远处，"有客来宴青州"吸引了我们的眼球。看名字，肯定有特色。一进门，惊住了，客人满满的，一茬一茬的，8点了，还在腾桌。你说，人家不发达才怪哩。时间够晚了，不再点菜，索性包菜，标准每人60元。一上菜，真是惊艳，盘大，菜多，色美，海鲜足，胶东味儿初显。"太值了！太值了！"大家满口赞道。满桌春风，觥筹交错，好不快活。

五

青州，国家历史文化名城，景点很多，我们只选了三个：古城、博物馆、范公亭公园。

青州古城最有代表性的是偶园街。阜财门雄伟威严，拍照者甚多。进入其里，"历史"与"文化"这两个关键词立时占据你的头脑。牌坊多，一门科第、大学士、桂国坊……名联多，"科第连绵彰显东州文运，事功卓著堪称北海世家""一门风雅多少芝兰玉树，几代书香无穷国栋良才"……店铺多，情缘客栈、长歌行知、鱼坊、木槿缘……民俗多，纺线、青州大鼓、扑蝴蝶……每一个字眼儿都闪耀着文化的光芒。还有天主教堂和基督教堂，全然哥特式建筑风格。中西建筑各领风骚。亦有小桥流水，荷花清波，青树翠蔓，蒙络摇缀，参差披拂。美丽女子总爱流连，巧笑倩兮，美目盼兮。

偶园街，南北狭长，景致几乎大同小异。未到尽头，便折返。韩局、刘震见有打拳者，也忍不住比画两下。他俩坐在青铜雕塑车上，神采飞扬，滑稽无比。芳姐、婷姐两个"老太婆"纺线有模有样。冯哥拍一些罕物，发到群里，以便回忆。各种小吃罗布，我无心关注。几位女士不时小憩，到哪里都是风景。

街的西边是楼房，似觉不搭，也不雅。总的看，逊于台儿庄古城。

走出阜财门，已近12点，径向博物馆。

青州市博物馆（舒同题写），首批国家一级博物馆，5A级旅游景区，公益性文化场馆。扫码进入则可。博物馆有青州历史（史前—1840后）、龙兴寺遗址出土佛教造像精品展、"文心丹青——馆藏明清书画作品展""星火燎原——青州近代革命历史展""汉梦华章——香山汉墓陪葬坑出土文物展"等展览。其价值难以估量，让人浩叹，眼界大开，恰如穿越时空的心灵之约。

我们十一人在博物馆台阶前摆姿拍照，去呆板，呈活态。韩局戴上墨镜，真是酷毙帅呆。

范公亭公园，是一座因纪念范仲淹（曾任青州知府）而得名的历史底蕴深厚的遗迹公园。这个公园很特别，高低错落，树木参天。有一种树的树皮如迷彩服，星星点点，光洁发亮。"忧乐关天下"五个字醒目端庄，令人登时想及《岳阳楼记》"先天下之忧而忧，后天下之乐而乐"之名句。因饥肠辘辘，未深入园中，寻午餐处。

微山湖老汤面、金牌面、招牌面……应有尽有。一碗老汤面下肚，汗水涔涔，好不爽适。

饭毕，不去朱家峪，直接回东阿。

六

回到家，6点，不早不晚。

两天"黄河入海口·青州行"，我打心里高兴，为我近几年之少有。开阔了视域，愉悦了心情，增进了友谊，提升了境界，美乐多多。一路风光一路笑，喜不自胜。在济青高速，伟姐问冯哥："太阳还多高？""老高。"冯哥说。伟姐又问："在哪？""天上。"冯哥道。"太阳不在天上，难道在地下？"我这样回道。夫妻就是这样的任性，这样的幽默。芳姐说他们车上侃天说地，像炸锅，我能想象得出。

同行的每个人都觉得此行不虚。芳姐写道："人说，人到五十走下坡，然而，我说，五十岁新的生活重新开始，养好身体，该吃吃，该喝喝，迈开双脚一路洒脱。背负了半辈子的行囊，装满了生活的酸甜苦辣，一路高歌，一路抛洒。人不但要有一个美丽、清新脱俗的外表，最重要的是要有一个善良、健康、向上的心态！"说出了我们这个年龄段人的心里话。多么超然，多么旷达，如苏轼。梅英诗情迸发："人生如万水千流归大海，一往情深在。朝夕奔飞腾，遇阻弯回，好似金腰带。俗尘看淡才精彩，向往自由界。烟火与诗情，快意人生，好比隐居仙。"多么洒脱，多么开怀，如李白。

我深悟：生活与文化结合多么美妙，人生遇得知己多么幸福，人生充满诗意多么精彩。

此行，最辛苦者当是两位司机大哥，还有金会计刘震，在此，特别送上敬意。

两天的心灵之约、完美之旅圆满结束。

期待下一次。

2021 年 10 月 26 日

上篇　像风一样自由

黄河两岸一家亲

一条大河愣是将东阿、平阴相隔。你也许觉得有点"隔",但就因这河把两岸人民紧紧联系在了一起,不可分,不可弃,丝丝连连,情意绵绵。

这条河,是黄河,中华民族的母亲河,两岸人民的生命之河。

这条河,是情感的维系,是心连心的纽带。

东阿、平阴原本就很近,不仅地理之便,更人文相通。东阿牛角店镇1912年属于平阴县第四区,1947年重新划归东阿县。现在,你如果到平阴说"这窝""那窝",他们就很可能断定你也是平阴人,或者说不会很远(实际上你是东阿人)。这是很有意思的现象。还有一个重要的因素,就是平阴县有个千年古镇——东阿镇。东阿镇曾是千年古县东阿县县城所在地。你在济南长途汽车总站买车票,你必须说清楚"去东阿镇还是东阿县城",不然,会闹出"笑话"。而这"笑话"还真的发生过,到了东阿镇才知不是东阿县城。这是不是也很有趣?

还有一个不能忽视的原因,就是阿胶。撇开那些"老生常谈"的不说,无论从哪个角度说,阿胶都是两县人民的骄傲,两县因阿胶而都有很多美丽的故事。这也是难得一见的"传奇"。阿胶若产在两县以外的某个地方,那就不大"正统"而"离谱"了。

两县的方言也是极其相似。如"胡咧咧""贫嘴呱啦舌"……一个"贫嘴呱啦舌",让你费好大劲儿也听不明白。一个东北小姑娘,我给她解释了大半天,才似懂非懂。

黄河两岸邻县多矣,但这样的人文相通却不多见。两地像"走亲戚"一样来往,东阿人去平阴不说"去平阴",而是说"到河东去",那么,平阴人去东阿不说"去东阿",而是说"到河西去"。一个"河东",一个"河西",这条黄河像血管一样流淌在这片热土,无法割舍,血脉相连。70岁的平阴县知名作家尹燕忠老师说:"生活困难时,两岸联姻不少,至今情深似海……我们从心里近!"朴实的话语道出了"黄河两岸一家亲"的深刻内涵。

现在,东阿县昂然融入济南都市圈,一切都在加快步伐,特别是飞架东西的几座黄河大桥使得黄河两岸联系更为紧密,以至于坊间有"将东阿县和平阴县合并为县级市"的"悬想",以及"东阿划归济南"的种种美妙说法,有的将"东阿融入济南都市圈"与"东阿划归济南"混为一谈:这虽有些滑稽,但也从一个侧面说明"黄河两岸一家亲"有着深厚的地理情结与人文渊源。

"平阴山水甲齐鲁",是我爱说的七个字。平阴山水,我熟悉不过。最高峰大寨山(海拔494.8米),不高,却有"爬趣"的狮耳山。不大,却清澈无比的浪溪河,有着江南情韵的书院泉,"和你看黄河落日,只谈玫瑰和晚霞"的邂逅谷,古朴幽静的贤子峪……都留下了我深深浅浅的脚印,以及爽朗开心的笑。

每游一处,我爱以多种形式表达我的心情,要么随笔散文,要么诗词,要么现代诗,质量实在一般,但总也安慰。

《黄河楼》:"万里黄河万古幽,平阴高处黄河楼。古人应叹今朝美,直看神州花海游。"

《永济桥》:"浪溪河水清又清,朋友相约春天行。永济桥兮沧桑去,游人拍照可否轻?"

《春天的邀请》:"你发出春天的邀请/趁夏天没有到来/我收拾行装/带上挚友,诗人/跨过黄河,周游平阴山水/不曾忘/狮耳山的爬山之趣/浪溪河的潾潾波光/书院泉的回廊/贤子峪的曲涧/洪范池的清泉……/一河之隔,竟有这般的奇异/你爱你的家乡/家乡的丝丝缕缕/幻化成美丽的文字/两个同人,同龄人/因了神的指引/走到了一起/我不是旅游达人/平阴山水还没有真正'逛遍'/看过的风景也总是那么肤浅/真的愧对了这美好风光/幸好,认识了很多平阴朋友/有他们在,定会把平阴山水看个够,赏个够。"

4月10日,融入济南都市圈,跨市域毗邻县文旅协同发展战略合作签约仪式在平阴县芳蕾玫瑰博览中心盛大举行。东阿与平阴毗邻交会,旅游联系紧密、互动频繁,互为重要客源地和目的地,合作基础深厚且广泛。两地得天独厚的人文资源、优美的自然景观和旅游产品有很强的互补性。我们有理由相信，东阿与平阴的文旅协同发展必将更为活跃。

近年来，东阿与平阴的诗文交流非常频繁，各种年会、座谈会、采风，确乎像"走亲戚"一样亲切自然，融融洽洽，如果隔上一段时间不见面，就像少了什么似的。三年前的春天，我等应平阴文友邀约，参加平阴县诗词学会成立大会，随即写诗一首："平阴山水甲天下，香远益清玫瑰花。不老诗词情韵远，黄河一脉焕烟霞。"

如今，我们熟知的平阴文友很多，王培静、王辉成、王京元、尹燕忠、牛存金、王美英、孙会昌、侯家赋、李子胜、齐书航、才来庆、王玉强、张玉忠、贾希芝、许甲明、丁明生、陈传政、张学兰、刘红、安心、陈伟、长青等都在"跨越黄河""东阿作家"公众号发表诗文，心之所向，馥郁馨香，毫无距离感，率性翩然。这不能不说是让人艳羡的事儿。翟建平、邢志强、柳金枝、王冠先、孔青、段红卫、翟国光等都是很熟悉的朋友。这不是偶然现象，而是文脉相通、情感相通的明证。老作家牛存金长达 30 万字的五十章长篇小说连载，他给我发来微信说："吴老师，你们的公众号连同《九天贡胶》影响很大，反馈良好。你们的贡献很大。"而且发来别人给他点评的微信截图："牛老师，所著大作已连载第十六章，虽然我是重读，但它强大的吸引力让人爱不释手。东阿老师识得金镶玉，我想反响绝非一般。"齐书航是大二学生，对文学情有独钟，公众号燃烧起他的写作激情。这是信任使然，这是真诚使然。

黄河两岸一家亲。以文会友，情韵悠悠。王辉成老师小我一岁，都是语文教师，个头儿一般高。2023 年春天，我有幸到他的工作室一看。他的工作室在美丽的东塘村，一个独立的小院，墙上有各个时期的伟人照片，领袖风采直入心底。更有意思的是，东塘村专辟一块"闲地"，让有文化的人来这里"认领"一小片地，种植各自喜爱的蔬菜，真有点当年陶渊明的味道，我真是有些羡慕了。

王京元老先生不知怎么就注意到了"东阿作家"公众号，一发而不可收，隔不几天就发布一篇美文，感情真挚，回味悠长。有趣的是，他和平阴的文友比赛看谁的文章阅读量大，一争高低，也真是太可爱了。他多次邀请东阿的文友到平阴一游。"五一"快到了，玫瑰盛开时节，我们就和老先生见面了。"悦亲戚之情话，乐琴书以消忧""春秋多佳日，登高赋新诗"，这美好的邀约，

定能再让我一览平阴山水，激发蓬勃的创作灵感，抒发东阿平阴山水情、两地情。

牡丹玫瑰枝枝艳，两岸人民心相连。

在文章最后，我讲一个小故事。

很多年前，我去济南，在饭店吃小吃，饭店里和我年龄相仿的一个妇女一听我的口音，就立马说："你和我们家离得不远。"

"你是哪里人？"我问。

"平阴。"她说。

"确实很近，就隔着一条小河……"我说。

"一条小河？"她有点莫名其妙。

……

"这条小河，就是黄河！"

——乡音难改啊！

至今，想起这段对话，我就想笑。

黄河两岸一家亲，就是这样。

写于 2024 年 4 月 17 日，后又改

小年·雪

今天是小年,下起了小雪。特别有味儿。

昨天天气预报说"有雪",我还以为她会爽约。我把她看得非常珍贵,因为,这是入冬两个多月以来的第一场雪。

昨晚的风刮了一夜。我缩在被窝里,也未凭窗看看下雪了没有。我惯常的6点钟起床,一看,果然下起了雪,且有愈来愈大的势头。

那就下吧,畅快地下吧。说是小雪,巴不得下大,中雪、大雪才好呢。

小年遇上雪,无论如何也接地气,也有些许的诗意。这样的天,和自己的另一半儿,踏雪寻梅那该多好。在家里不曾有的浪漫,到野外就得意忘形了吧。掷一把雪,你追我赶,满地地撒欢儿。或者,从后背偷偷地拥抱,亲一亲脸颊,来他个猝不及防——不骂死你才怪哩……

不出去,想想也很美。但是,还是出去得好。归途,围炉煮茶,火锅伺候,四目相对,谈天说地,也似在谈恋爱了。人到中年,我们的生活是不是也缺这点儿。

无论是男是女,最好带上另一半,来一次这样的"逍遥游"。现在下雪,毕竟是很金贵的。

望着窗外,雪还在下着。到底是出去还是不出去呢?请你告诉我。

2023年1月14日

沉浸在读写的海洋里

铜城大集

阴历腊月二十六,是铜城大集。这是年长一些的人都知道的。现在,几乎每天都是集。

小时候,对"东阿"不甚熟悉,而"铜城"常挂在嘴边,不时听到"上铜城去啊""从铜城来呀",而且有种很自豪的感觉。为什么?铜城是县城呗。现在则一律是"东阿"了。说起来,这"铜城"真的应该保留下来,安徽有"桐城",山东有"铜城",不也是有满满的文化感吗?我记得很清楚,原来的地图上"东阿"后面括号里就是"铜城"。我为什么对"铜城"念念不忘,因为我上高中时以及以后的很多年都是"铜城,铜城"地叫着。在这里写出来,算是对过去的眷念。

四十年前,我村承功爷、大哥他们,每到年关,特别是二十六这一天,一定到铜城赶年集,买年货。怎么来?骑自行车。再后来,开拖拉机。现在当然是开车或坐车了。所谓年货,也没有如今的丰富与高档,无非是韭菜(当时是罕物)、猪肉、鞭炮之类。吃个猪肉韭菜馅儿的水饺便是那时的高级享受了。女的,最爱买新衣服,也不很挑拣,图个精神。

二十六这一天,热闹非凡,人头攒动,摩肩接踵……我在学校给学生上课(那时高三放寒假特别晚),"嘣嘣嘣""咚咚咚"的鞭炮声不绝于耳,在告诉你——"年到了"。学生还怎能听下课去?

二十六铜城大集,是与我年龄相若者的共同记忆。铜城——东阿,从上高中到现在,我与它相识相知已四十二年,亲睹了它的前世今生。现在,我也偶尔去早市买菜。早市,天天有,不唯大集。蔬菜,水果,肉类,什么都有。卖东西的,各年龄段的都有。我最招架不住的是六七十岁的翁媪,天寒地冻,从早晨七八点到中午十二点多,这么长时间一直在那儿,不忍心讲价,非多要一点儿。特别是看到穿得寒碜、身上脏兮兮、吸着自卷烟的老者,酸楚味

儿袭上心头。天南地北，都有这样的情景吧！

年集，渐去渐远。可是，赶年集的画面总也挥之不去。我是不是有些怀旧了呢？不敢多想。

今天又是腊月二十六，我和妻两人去赶集。人真多，水泄不通。遇到了老县长程绪源同志。他快八十岁了，矍铄得很，卖菜的直摇头，真的不敢相信。程县长说："不相信？那还咋的……"他要了很多地瓜——吃地瓜长寿。我和程县长很熟悉，我主动打招呼，他是老年大学学员，就在我的班，书法，诗词，京剧，什么都学。妻说："你看人家这精神。"

集市上非常热闹，有讨价的，有直接要的，老老少少，男男女女，花花绿绿，应接不暇。最有意思的是，卖者都夸自己的东西好，即使不起眼，也要夸出花来。而且，往往带一个"大"字，大地瓜，大白菜……喊得好响亮。

"藕，多少钱一斤？"

"四元。"

"这么贵！"

"我这藕好吃，脆，不艮！"

脆不脆，艮不艮，有谁知道？你别说，还真管用，要的人就是多。不是说吗，从南京到北京，买的不如卖的精……

现在赶年集不同过去，无须什么都要。我索性要了土豆、白菜、藕、胡萝卜这些家常菜，和平时一样，没怎么用心思……

无论怎样，年集，肯定是大集，是一片乐土。它有着中国人关于"年"的美好记忆，承载着中国老百姓独特的家国情思。

铜城大集，腊月二十六，一辈子也忘不掉。

2022 年 12 月 26 日

初二女婿节

地方传统习俗称正月初二是女婿节，所有出嫁的女儿在初二必须跟有"半子"（半个儿子）之称的女婿和孩子回娘家探亲。而且，结婚第一年，女婿必须坐"上面子"。

中午，我等驱车前去刘集镇蓝天大酒店，为我侄女女婿设宴，特举办"女婿宴"。蓝天大酒店是方圆几十里有名的饭店。果不虚传，院里的车停得满满的，一辆接着一辆。车多，自然人多。男女老少，花花绿绿，于此齐聚。每个房间爆满，大厅也是满满当当，少说四十桌。先说菜肴。四百元可够丰盛的，量大，滋味也不错，要是在县城六百元也做不下来。春节期间，在四面八方混的人都回老家，都没见过如此"价廉物美"的菜肴。难道不赔本吗？其实，老板这样做很是精门儿，能起到"广而告之"的作用。做买卖，就应这样，薄利多销呀！

侄女女婿传成，按说该坐"上面子"，可是我们几个怎么推让，他也不肯坐（位子早已空出来）。我说："你坐下，怕什么呀，又不喝酒，原来怕坐上面子，都是因为喝酒，怕灌醉。"结婚第一年，新女婿坐上面子，是习俗，也是文化。无论我们怎么尽让，传成也不肯坐。无奈，他只好坐在我下一个座次。我又说："回家，你爸妈保准问你有没有坐上面子，你就说坐了。"大家哈哈大笑起来。

这样的宴会，自然说说笑笑，夸女婿多么好。

"传成，你给我们的印象越来越好。"我说。

"你们都会夸人。"传成道。

又是一阵笑声。

喝酒的只有大哥、二嫂、侄子吴桐，共一斤，不多不少。出去宴会厅的当儿，我听到一个年轻的在打电话，"我喝了三杯53度的……"看那劲儿，还能再喝。我只能望酒兴叹了，一滴不沾。这酒的故事，悲酸喜乐，多着呢……

由于人多，统一时间上饭。我只吃了半个馒头。现在的生活水平确实提高了许多，大鱼大肉，真是不稀罕，贪嘴的也越来越少。

我很享受这样的"女婿节"，和年轻人在一起，就是轻松活泼，谈这谈那，无不快活。家庭、工作、学习、婚事……在此，都可以说，都可以交流。大哥孙子吴天宇，现在上高二，学习还不错，明年就考大学。大家一致表示，明年喝喜酒！言外之意，就是随份子祝贺。这也是我们这里的习俗。

我回到家，有些犯困，休息了一会儿，又擦了一遍地。初一不能打扫卫生。侄女明明打电话，问我是否在家，我不愿她麻烦再跑一趟。她说，已经到楼下了。真是没办法。我们仨聊了不少。我就喜欢扎实肯干的年轻人。我执意留下他俩晚上在一起吃顿饭。传成说，晚上还串门儿。就这么紧。我早应该请请他们了。

初二女婿节，意犹未尽。

2022 年正月初二

沉浸在读写的海洋里

大年初四吉祥来

今天初四，又一次与妻子、儿子、儿媳回到了老家。从佳木斯回来的姐夫、姐姐，早一会儿到家。大年初四，我们约定好见面的日子。

姐姐、姐夫都已年过七十，岁月沧桑刻在脸上。二姐的皱纹多了，也深了——我不敢相信这是大我十二岁的姐姐。

侄子们都上班，不能前来。大哥早准备停当。他颠簸着脚，张罗饭菜，我们也拿这拿那，擦桌洗碗，不一会儿，十二个荤素相搭的菜整齐地放在茶几上，好不壮观。我们一一落座。菜的滋味蛮好，比饭店不知好上几倍。我本想去刘集蓝天饭店一聚，大哥说，还是家里好。是啊，还是家里好，能说上知心话儿，哪怕过激，也是心里高兴，心里温暖。我们姐弟仨好久没有在一起这么舒心地说话了，从老人到孩子，从小家到国家，从中国到外国，从工作到生活，说了个遍，没有想不到的。过年，不喝上点酒，似乎讲不过去，更何况好几年没有见姐姐姐夫了。我酒量也不大，也就是一两半吧，可就是这点儿酒也活跃了思维。"唯酒无量，不及乱。"孔子的话时时提醒着我。"知行合一致良知。"阳明心学也在支配着我。

我对姐姐、姐夫说："你俩都这么大年龄了，回家吧，我们能经常见面。"

"看看再说。"

他们在东北待了五十年，舍不得……真盼望他们能早日回来。人年龄大了，还是在老家好。

今天是小范围的相聚，过几天举家再聚，开开心心过大年，一年必须有这么一次。

大年初四，是迎财神的日子。这不，不到半夜，噼里啪啦、震耳欲聋的鞭炮声响彻整个天空，老百姓多么渴望"财神"到身边，幸福日子天天过呀……

因这样的心情，昨晚的鞭炮声格外响，持续时间格外地长，谁不希望自己的腰包鼓鼓呢。

鞭炮禁放多年，今年特别起劲儿，万物苍生似乎得到了某种宣泄与释放。鞭炮禁放的政策在不同地区有不同的规定。私以为，无须讨论对与错，自是各有利弊。无论怎样，要有适当的限制前提，顾及科学与人文，找到一个"契合点"，不能一味地忽左忽右。其他亦然。

今天阳光灿烂，气温直升 20 摄氏度，真的是春天了。正是：

春暖花开，
喜上眉梢来，
人人畅抒心怀，
妙笔生花由我栽。

2024 甲辰年大年初四

 沉浸在读写的海洋里

吃趣四题

1. 捏"五"

中国节日文化就是多。你听说过"捏五"吗？我早就听说过。今儿正月初五，就是"捏五"。

捏五，什么意思呢？老人讲，就是把缝儿捏住，一家人要团结。原来是这样，多好的寓意。既如此，那今天就要真的吃水饺了。

实际上昨天，八十多岁的岳母就说今天"捏五"，包饺子吃。老人都很讲究，无论再忙，他（她）都会记住有中国味儿的节日，正像记住孩子的生日那样准。而年轻人在乎的是自己的生日，把老人的生日抛之脑后，更别说"捏五"什么了。

于是，一家人忙活起来，压皮的压皮，包的包，砸蒜的砸蒜，很短的时间就"欧了"。我擅长的是压皮，供三个人包没问题。

吃着热腾腾的饺子，感受着家的温馨与温暖，作为一个中国人，被这"家文化""节日文化"浸染得越来越深了。

2023 年 1 月 26 日

2. 水饺

好吃不过水饺。

北方人爱吃水饺。不消说节日，平时也爱。不吃水饺的节日几乎没有。

048

每逢佳节，首选便是水饺。我经常说："能吃上水饺，再幸福不过。"朋友小聚，如果热腾腾的水饺端上，就上蒜泥，蘸上醋，喝上几口老汤，齿颊生香，直赛过神仙。

可是，若说吃水饺最美的还是在家里。美在多方面。夫妻俩三下五除二，一会儿就做好，并不怎么麻烦。什么馅儿都可，韭菜、白菜、水萝卜、胡萝卜、面条菜、三鲜馅，荤的、素的，尽可以包。无论什么馅儿，团在一起，成了水饺，就好吃。这也真够邪乎。

一切美在过程。包水饺更是如此。和面、整馅、调配、压皮儿……要的就是这个，吃现成的也抵不过。包水饺，我不大在行，就是压皮儿，那是一个快。

我是个粗人，虽识文解字，但不大讲究水饺的质地高下，只要是水饺就行。不挑食，也许是我的一大优点。

亲戚朋友到家，若奉上香喷喷的水饺，那真是很高的礼遇，胜过大鱼大肉。我以为。

水饺，有的地方称为"扁食"，很明显有地域特色。但我觉得还是水饺听起来舒服。

春节快到了，又该和亲朋一起享用好吃的水饺了。

为什么中国人（尤其北方人）钟爱水饺？思来想去，水饺，接地气，有烟火气，透着和谐，彰显圆满，是一种情结，更是一种文化。

2023 年 1 月 10 日

3. 吃席

朋友发来微信，说："下班了，今晚又吃席去！"

他说的"吃席"，是考上大学的升学宴。现在，升学宴很盛行。不说这吃席的各种滋味怎样，光"吃席"这两个字就让我欣喜——好久没有听到了。

吃席，是有年代感的。小时候家里穷，吃席是一种奢侈，几乎沾不上边儿。人们口中的吃席，往往是喝喜酒，也就是结婚喜宴。也有添孩子喝喜酒的，就是常说的吃面，吃喜面。20世纪八九十年代，农村办喜事是不下饭店的，而是在自己家里。主人叫上村里三四个做菜的能手，还有几个打下手的，在庭院里忙活起来。择菜、切肉、烧锅……各司其职，不亦乐乎。为了感谢他们，提前请他们吃饭；完事之后，再请他们一次。说"请"，也许有点儿俗，但就是这，也看出了美好的朴素的人性。

承功爷、福堂哥、福军哥、福国弟，他四人是主打，腰里扎着大围裙，忙碌的身影依然可见……我结婚时的席就是他们的杰作。

那时候，家里做的饭菜可比饭店里好，有滋有味。像蒸碗、红烧肉、糖醋鲤鱼，都是难得的佳肴，口感极好。现在，怎么做，怎么吃，也没有先前那种味道了。吃席就是这么来的。大人为了给孩子解馋，喝喜酒往往把孩子带上。小孩和大人几乎一样多。我小时候从无这样的待遇，因为没有这样的"家风"。

吃席之说渐行渐远了。让我记忆犹新的是，我参加工作不久，管业务的孟校长说："上课就要像吃席一样……"真好，吃席多美呀！现在，孟校长已八十多岁，我很少见他。前几天，我又想起了孟校长的话，记忆回到了三十多年前……

唉，不说过去了。现在也要培养吃席的好心情，因为吃席的事儿不少。你只要肯随份子，肯定吃上席；去不去，那是你的事。

我要感谢我的朋友，不然，这点滴的文字我也写不出。

2023年3月18日

4. 做菜容易请客难

"做菜容易请客难"，上了年纪的人都知道这句话的多重内涵。不论是物质贫乏的过去，还是物质丰富的现在，这种现象或者说这种情结，都客观存在着。

过去请客，大多在家里。主人为了请一次客，往往提前好几天准备，洗筷刷盘，买菜约人，都考虑得非常周至，甚至记在小本子上，生怕遗漏了什么。而且，家里的卫生也要打扫一遍，不仅自己的心情舒畅，也是对客人的尊重。这请客的好处（如果说有的话）也就客观地显露了出来。不然，平时忙得你抽不出时间或者想不到来一次彻底的清扫。

即使这样，如果客人悉数到场，也是满心的欢喜。就怕缺王少李，好几人爽约，面子上过不去。"做菜"虽不容易，但比起客人都能如约而至，也是容易得多。换句话说，还是"做菜容易请客难"，我也经验并耳闻了这样的"痛楚"。

现在请客，大多下饭店，而在家里则成了稀罕事儿。这很正常，不仅仅是因为不再囊中羞涩，也有时间的宝贵，饭食用具的便捷，等等。这是不是说下饭店就容易了呢？也不尽然。这要看特定的时间，你请的是哪些人。

春节期间的饭店，特别是比较上档次的饭店，很是紧张——春节前都提前预订了。你不禁抱怨道："这叫啥事呢，拿钱也找不到饭门！"无奈，你只好沿街寻找。饭店是一方面，算不上多么揪心。揪心的是，你请哪些人吃饭，不一定都叫到，叫上一半多点，就是好的了。因为，人家都提前"被约"了。由此看来，你要请一次圆满的客，你就得提前固定好时间与饭店。否则，夸张地说，比登天还难。

做菜容易请客难。最难的是，人为地制造的难。比如，请客者出于真诚，真心地请久违的同学、朋友，特别是上了一把年纪的人，欲与大家圆融无碍地交流，排除地域、地位等的因素……应当说，这是难得的机缘。可是，有的人就是偏偏不予合作，愣是不给面子，让请客者尴尬。

做菜容易请客难呀！人与人相交，怎么就那么多芥蒂，那么多框框？将心比心，何时才能不只是口头上的漂亮话。

2024 年 2 月 14 日

 沉浸在读写的海洋里

家的方向

"唯一正确的方向，就是家的方向。"

很明显，我的话有些绝对，但对于年长者来说，这是温暖而温馨的，也道出了很多人的心声。现实是，很多人心里没有家。

下午下班时间，我在办公室说完这话，便一溜烟儿骑自行车去广场与她"相会"——打羽毛球。

天渐渐地冷了，黄黄的叶子落了一地，旋即又干净了——清洁工一整天都不消停。我们享受每一天的好时光，这也要感谢他们。

约莫二十分钟，我便到了广场。她还没到。广场上人已不多，展览馆台上有站着打牌的，有坐着打麻将的，还有观看的……老曲、老孙、老庞，都是我的同事，在享退休之乐。

须臾间，她过来了，穿着红色的袄。初冬，往往有风，但不大，打打球还可以。我们不是为打球而打球，舒舒筋骨儿就行。

天色渐晚，球看不大清。球儿悬在空中真美。

"要不回去吧。"她说。

"出来一次不容易，再打会儿。"我说。

来的时候有些凉意，打了二三十分钟，身上就暖暖的，甚至要出汗。这就够了，稍微出点儿汗，挺好。

天真黑了，打麻将的也散场了。都是老朋友，说了几句简单的话。

"黑乎乎的，打球的感觉真好。"她说。是啊！要的就是这个。球也很默契，给力，总能接住。

此时，偌大的广场几无人影。我俩骑车便回——当然是家的方向。

2022 年 11 月 14 日

回老家小记

今天国庆节，少有的好天气，天湛蓝湛蓝的，心情爽爽的。带上儿子、儿媳，一家四口，回老家看望大哥。

父母不在，有大哥，就要回老家。有大哥，就有老家。这次回家，带了五样东西——鸡、酒、油、大米、饮料，意谓"五福"。

我给大哥打电话："我们半小时到。"

到了家里，大哥在厨房不知侍弄着什么。

家里的柿子树每年结的果很多，今年似乎少了一点点，但叶子很密很青，致使果儿有足够的养分。中秋节刚过，果儿大都泛黄，可摘果还得十天半月。大哥说："捂捂就好了。"昨天去长清马山，同行的朋友见到柿子树，也说了"捂捂"，看来这"捂捂文化"不止一个地方有。大哥登着梯子，摘了一些比较熟的。大哥腿脚不好。儿媳说："大爷，小心点。"你也许会说，怎么让他摘呢？回老家，他总爱这样……

摘石榴正是好时候，可惜很多被鸟儿啄烂了，裂龇八瓣的。我想，这也许是石榴很甜的缘故吧。超市的石榴个儿很大，能吓你一跳，"催生"使然吧。但无论怎样，都不如家里的可口好吃，虽然模样不怎么好。妻给我几粒，果然很甜。

院子里还有几棵辣椒树，簇拥在一起，红辣椒零零星星的，惹人的眼。妻摘了一些，作为炒菜的调剂。我是不大吃的，怕影响眼睛和嗓子。堂屋前一大棵无花果树，"匍匐"在那里，不成树的样子，所以无花果也就难见踪影了。这倒无所谓，院子里多一些绿色的点缀，也就多了一些生机。大哥说，明年修剪修剪。

妻、儿媳把柿子、石榴、辣椒装在袋子里，准备返回。大哥说："在家吃吧，简单点。"我说："不麻烦了。"因为大嫂去世多年，大哥形单影只，我不愿给

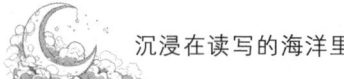

他添更多的麻烦。下次来时,带些肴馔,一定在家里吃。

临走时,大哥说:"我割韭菜去,拿着。"

"哥,不了,下次吧。"妻说。

不到一小时,说说笑笑,真好。这世界上,什么都不如家好,无论是老家,还是新家。

这次回老家,我特意让儿子一起回去——不能和老家断了联系。

我们并没有立即回家,而是迤逦东行,直抵平阴山水。

2023年国庆日

我是农民的儿子

我的祖辈父辈是地道的农民。我是农民的儿子,自然对劳动怀有深情。随着年龄的增长,我对劳动的理解更为深邃、宽广,劳动的内涵也赋予新的意义与色彩。无论怎样,劳动之美、劳动光荣始终映照我心。

我的父母是劳动的好手。父亲脾气不好,很倔,但很多人还是愿与他交往,就因为他是十里八乡有名的干石匠活儿的能手。砌墙,盖屋,样样精通。本村或邻庄有盖房子的,人们首先会想到他。父亲用錾子打石头的情形立刻浮现在我的眼前,一板一眼,精打细磨。我想,匠人精神也许就这样吧。以前,盖屋是农村的大事儿,马虎不得。至于耕种、莳秧等农活,就更不用说了,父亲也是老把式。

父亲给我印象最深的,概括起来三个字——闲不着!庭院,天天扫,明净敞亮。胡同,也是。总爱挎上筐子,拾粪。也许这样的"风景"让你怪异。每天一大篮(俗称"篮子")草,我家的棕色骡子经他侍弄得膘肥体壮。我经常梦到棕色骡子,它的大大的眼睛看着我。父亲大字不识,不善表达,很少说话,只是默默地去做。父亲若活到现在,已是一个百岁老人。他离开我已二十九年,真的想念他了。我的笔力不逮,也不敢往细处写,生怕控制不住自己。即使这样,我的眼眶也已湿润了……

父亲受的苦太多了。他因勤劳、能干,赢得了很多人的尊重。"二哥,二哥……""二大爷,二大爷……"老远就能听到同辈或晚辈的人问候他(父亲是村上同辈人中年龄最大的,故有这样的称呼)。他质朴的劳动者形象已根植在我的心灵深处。应当说,我受父亲的影响很大。

我的母亲最拿手的是针线活儿,经常见四邻八舍的婶婶、嫂嫂们前来切磋技艺,针针线线,缝洗浆补,一丝不苟。母亲的韧性、任劳任怨深深影响了我。父母经常教育(与其说是教育,不如说是教训)我们,要善良本分,

勤俭持家，靠双手劳动"发家"……

我上过大学，在教育战线工作了三十六年，写了大量诗文，出了四本书，也有一点小荣誉，但我最引以为傲的仍是我的吃苦耐劳精神。"我是农民的儿子。"我反复这样说。我并不觉得丢人，相反，这是动力之源、立身之本。"我最不怕吃苦。"我也经常给我的晚辈说，以言传身教。这自然受父母的影响。农民的善良、朴实、勤劳、仁爱，是中国人的底色。农民，中国人大多数。劳动光荣的本色与精神，推动了中国发展的进程。如今，农民工朋友对国家的贡献有目共睹，必将载入史册。

我的家乡村子并不大，有我可亲可敬的叔伯、兄弟、姐妹。改革开放初期，鲁西大地盛产棉花，全国有名。1980年11月17日新华社报道的山东第一个"万元户"赵汝兰就在鲁西。十多岁时，我有一个高于同龄人的"本领"——拾棉花，又快又多，双手齐下，左右开弓。虽然年龄小，都赶得上甚至超过大我十二岁的二姐她们。不过，保不住质量，留下的"眼子毛"也多。眼子毛者，拾之不净也。现在回家，大哥、邻居华哥还经常提起这事儿。种棉花，必须打药。背上药筒子，一打就是一上午，双肩都勒得肿了。现在回想，也蛮有意思。不光这，那时学校兴勤工俭学，割草、寻菜（喂猪），掐草帽辫……我都"干"在前头。没有丝毫的虚夸，都是真事儿。所以，我不怕吃苦。

我不避讳"我是农民的儿子"。虽然我现在有了几分斯文，但我身上劳动人民的本色已浸淫在我的血液中。作为一名党员教师、"三牛"先锋，我经常把"劳动光荣""劳模精神"渗透给我的芬芳桃李们，让伟大的劳动精神深入他们的心灵，让他们将来真正成为建设国家的栋梁，从而达到立德树人的目的。

我是教育战线上的一个老兵，但绝不倚老卖老，没有任何的"劳苦功高"虚妄之想。我不会开车，家距离学校有七里之遥，每天骑着自行车去学校上课、查自习，从不缺席。即使雨雪天，也风雨无阻，雷打不动，俨然一道风景。鲁迅先生说："有缺点的战士终竟是战士，完美的苍蝇也终竟不过是苍蝇。"我们的时代需要的不是嗡嗡叫的苍蝇，而是冲锋陷阵的战士。长期的教育教学实践，我悟出了一个道理：唯有劳动，唯有创造，唯有锐意进取，才能取得一个又一个胜利，才能成为对国家、社会有用的人。"学习、创造、谦虚、执着"，

是我的人生哲学。我要永远做一名战士。为此,我写了一首"十四行诗"《做一名战士》:

> 我虽然不再年轻,正奔花甲
> 鬓发斑白,两眼昏花
> 但我愿做一名战士
> 像鲁迅先生那样
> 不计私利,冲锋陷阵
> 哪怕荆棘遍布,电闪雷鸣
> 也要让一个个困难,一次次挫折
> 化为齑粉,变成风景
>
> 披星戴月,风来雨去
> 课堂尽情挥洒,课下润物无声
> 彼此绽放绝美的笑容
>
> 我愿做一名战士,尽管不乏
> 缺点,也抵得过完美的苍蝇
> 带上爱与坚韧,在清风里行

我写了一首词《菩萨蛮》:"三十六载杏坛水,中间多少血和泪。桃李艳神州,可心情意投。青丝变白发,事事不得下。晨起满星光,夜阑批卷香。"表达了真挚的师生情,也是对劳动光荣的形象诠释。

而今,神州大地如诗如画,日新月异。所以者何?那就是亿万民众的创造与奋斗精神汇成的磅礴力量。在新的时代,劳动不再是简单的双手劳作,也不仅仅是汗水的流淌,更多的是智慧之创造,科技之力量,团结之盛举……高铁驰奔,北斗笑傲。"九天揽月,五洋捉鳖"……没有什么力量能阻挡中国人民前进的脚步。中国人民伟大的劳动精神让"中国号"巨轮乘风破浪,驶向远方,领航世界!

　　我是农民的儿子。我深爱着我的教育事业。作为教育战线上的一匹老马（本人属相为马），一个老兵，发扬"三牛"精神，为党育人，为国育才，用爱心与责任谱写新时代的劳动者之歌。

2022 年 1 月

多给了 40 元

我正在楼上写东西，妻子喊我下楼。我知道她是让我把菜拿上来。这就跟对暗号一样。

我到了楼下，看到收废品的正给同楼道的过秤，我也顺便把自家储藏室不多的纸、箱子清理掉。须臾便毕。他不高的个子，黑黑的脸庞，壮实的身板，说很朴实、很接地气的话，很麻利，一看就知他干了很多年这样的活儿。

交谈中，我得知他是县城以北贺庄的，只有一个女儿，已出嫁，也有了孩子。

我就说："你真够幸福的，没有任何负担。"

他说："是的，还算轻松，挣点钱，过清闲的日子，没有多高的要求。"

我从他的言语与神情中判断，他肯定能喝酒。我就问："平时也喝不？""中午不喝，晚上喝，也就是半斤六两的。"他说。

好家伙，那么轻松，真不出我所料。他问我"喝不"，我说"不"。以前我是喝的，现在不喝了。男人相遇，总爱问这个，也许是酒之情结吧。

他属狗，是 1970 年出生，比我小 4 岁，真有些羡慕他了……他知道我的年龄时，有些诧异，以为我就是 40 多岁。也许储藏室暗而逼仄的缘故，他看不清我的真面目，只看到我比较白皙的面庞，错以为我的头发都是黑的。实际上，我这几年老得不轻，虽然自己觉得还那么精神。说话之余，他已算好给我多少钱：一共 75 斤，每斤 0.6 元，共 45 元。

他从厚厚的有些年月的钱夹子里给我拿钱，一并给我五张，我便放在上衣兜里，也没怎么看。男人往往这样，不怎么仔细。到了家，我拿出一看，惊了——85 元，多给了我 40 元！有一张 50 元的，原来他把 50 元错看成 10 元了，也与钱币太旧、有很多褶皱有关，我想。

"这可不行，人家不容易，不能白忙活，更不能赔本，必须给人家！"妻

子很赞同我的说法。

于是，我毫不迟疑地开门，噔噔噔地跑下楼，生怕他走了。一看到他还在忙活，我心里踏实了。我说明原委。他说了很多感谢的话，索性索要我的联系方式。

他比我小，我就叫他"贺弟"吧。我想，贺弟回到家，一定会告诉他的媳妇，他晚上也一定会喝上一顿高兴的酒……这样想着，我比他还高兴。

我到了楼上，妻子说了好多"好人自有好报"的道理。

2022 年 4 月 20 日

大爷·叔叔·哥哥

每周喝一次豆腐脑、胡辣汤,名曰"二掺",不多喝。

吃早点最爱去的地方,位于小城中心的一处平房,每天人很多,一个个地排号,都看准了豆腐脑好喝。

开早点的是夫妻二人,看上去是"90后",胖乎乎的,很爱笑,嘴也很甜。小伙子负责豆腐脑、胡辣汤、芫荽、酱油、辣椒、蒜,很是娴熟。他媳妇负责饼,看上去更忙乎。两人不住地流汗、擦汗,小伙子的父母——儿媳妇的公婆,每天都在那儿帮忙。

夫妻俩对我半生不熟。我每次去总是笑脸相迎,当然对别人也是这样。我开始去的时候,小伙子一口一个"大爷"地喊着,"大爷,放辣椒不?"他媳妇也跟着喊"大爷"。这一个"大爷",多少让我吃惊。"我有这么老吗?"我想,我头发白的缘故吧。小伙子的父亲最多比我大五岁,或者年龄相仿。小伙子的母亲也不会比我大多少,也许还没我大呢。仔细想想,喊"大爷"也很正常,这说明我的年龄真不小了。

又一次去的时候,小伙子喊我"叔叔",这也没什么大惊小怪,最正常了。喊"叔叔",更舒服些。我最高兴他喊我"叔叔"。

有意思的是,我今天照例去喝豆腐脑。小伙子喊起了我"哥哥",可把我喊傻了!——可能是我刚理了发,显得精神。吃完饭,我付款的时候,竟然又喊起了我"叔叔"。

10分钟的工夫,由"哥哥"到"叔叔",真是很有意思。要是换了个人,肯定憋不住,啼笑皆非,说:"小伙子,你到底……"而我一句话也没说,笑着就走了。

实际上,小伙子的父亲比我大2岁。这是后话。

2023年10月14日

拔 草

好长时间没有拔草了。确切地说，得有二三十年了吧。很有意思，今年的春夏之交，又拔草了，不是一次，而是两次。

一个偶然的机会，我有幸和小伙伴们一起拔草。你可以想象，一个工龄四十年、研读过《论语》《道德经》的人是怎样拔草的，那又是一幅怎样的画面……

第一次，时间短，草儿又小，有时你分辨不清哪是野草野菜，哪是供人观赏的绿植。这是对别人而言，对我可是容易，尽管我的眼已经很花了。我蹲在那儿，仔细地"搜寻"，"屋山头"西面的一小块地全被我"收拾"干净了，绿莹莹的全是观赏草儿，我"掐"着腰，看着自己的这一小块"领地"，不由得笑了……在我拔草的过程中，小伙伴们大多站着，一个劲儿地"傻看""傻笑"，即便是拔，也在那儿磨洋工。成年人只顾拍照，不拔一棵草。原来呀，拍照就是他的任务。小伙伴们说："老吴，你真是厉害，一句话也不说，只是拔……"他们的夸赞似乎和我无关。拔草于我而言，真的是小菜一碟，小时候可没少拔，不光是拔草，还寻菜（喂猪）——这肯定是一篇有写头的好文章，这里就不多说了。

现在我已习惯于沉默，有时不愿多说一句话。就是这拔草，我只愿蹲着或者撅着屁股在那里享受一个人的劳动，而不想多看别人一眼。不过，我的出现让很多人意外、惊喜，"老吴，你怎么来了？"难道我不能来吗？我不该来吗？

第二次拔草与上次相差大概二十天。这次比上次任务重，不仅面积大，草的个儿也高。我照例去拔草。

由于天气比较热，地也干，草儿们正享受清水的滋润。小伙伴哪里是去拔草，简直是去郊游一般，去玩儿，嬉逐，打闹……一看到有水，就都来兴致了。女孩纤细的手指与水接触，在那享受清凉凉的感觉，虽没有"竹喧归浣女，莲动下渔舟"之意趣，但也激起你满满的想象力，那画面只能用"美"来形容。男孩就不一样了，自然粗犷了些。一个男孩把另一个男孩推到满是水与泥的空地上，一双好几百元的鞋（我这么猜，也许上千元呢）愣是沾满了泥巴……

这算一个小插曲，正事儿还是拔草。这次活儿多，人也多，可是大部分小伙伴依旧在那儿磨洋工，或来回走动，或在那儿闲聊，或三三两两盘坐，或手抱着头只是看，真正拔草的没几个。我问其中的一个，"你拔了多少？""一棵。"他说。听见了吗——一棵。这是拔草吗？这是劳动吗？这孩子我原先还以为是个挺能吃苦的孩子，结果……我不是生气，也不怪他们，只是现在的年轻人越来越不爱劳动了。劳动光荣：这是一个人的本分。我经常说，不但说，更是做。

实事求是地说，我拔草是最卖力的，也是拔得最多的，尽管我的年龄最大。还是我一贯的作风——低着头拔草！他们走上前来，围观，"老吴拔草真专业，连根拔起……"像看洋景似的。其实，拔草是有学问的。按照我的经验，你不能太快，太快，容易从中间拽断，你要"试量"着拔，轻轻地就能连根拔起。你可以试一试。不过，小时候拔草比这要快得多，因为，速度快，拔得就多，斤称就多，斤称多，工分就多，工分多，酬劳就多，大人就高兴。不知你明白不明白，那就使劲儿想吧。而现在的拔草，是为了清除它，让位于观赏的草。

拔草真的是很有趣的。不说劳累，就说这拔草的过程，手与泥土接触的"温润"，数不清或者一无所知的草儿的名字，沾满泥的右手，满手是草的左手，发酸肿胀的胳臂（当时不觉，半夜才觉，原来是拔草所致）……都是原汁原味的生活道场。

说到有哪些野草、野菜，我搜肠刮肚，小时候见到的有这些：水稗子、抓豆秧子、青苔草、牤牛墩、茅草、芦苇、姜姜菜、荠菜、苦菜、曲曲芽、辣辣油、马棚菜、灰灰菜、苋菜等。这些现在当然也有，只不过接触得少了。

我拿出手机，拍下满是黄泥的右手。用水冲洗后，就像吸过烟一样——我从来不吸烟，这也许是我最大的优点。

草总算拔完了。不知什么时候再拔……

这是发生在老家的故事。是不是有点儿虚构？

2024 年 5 月 10 日

沉浸在读写的海洋里

苦乐编辑

毛泽东曾说:"诗难,不易写,经历者如鱼饮水,冷暖自知,不足为外人道也。"伟人的感受,同样适宜其他方面,编辑也是如此——"冷暖自知,不足为外人道也"。今儿不妨"为外人道也"。

我说的编辑,不是如何操作公众号(我是一窍不通,我要感谢制作者;我是纯粹的电脑盲),而是与文稿有关的方方面面。

首先是约稿。没有稿源,巧妇难为无米之炊,任你有"三头六臂"也无济于事。所以,稿源是第一位的。在这方面,我是动了我的资源和力量的。本土作家自不必说,彼此很熟悉,当然也不可强求,还是"姜太公钓鱼,愿者上钩"吧。要想扩大影响,提升品位,必须有外地且有影响的诗人、作家助力。我以极其坦诚的态度诚邀很多知名作家为平台赐稿。于是,北京、上海、成都、济南、聊城……四面八方的朋友的文稿云集东阿作家公众号,我的心情自是高兴。现在,稿源基本不愁。还有一个原因,也许是我的个人优势。那就是我的学生多,数以千计(这么多学生总有一些爱好写作的吧)。这个力量是巨大的,只是有很多资源还没有发现,没有利用。他们上高中时,是老师成就学生;现在,他们战斗在各行各业,是学生成就老师。这难道不是人间之美吗?所以,我庆幸于我的这些亦师亦友的同学朋友。我爱以此称之。

稿源是一方面,还必须质量上乘,这是无须多说的。但是,也应顾及不同层次的写作群体,很多写作者的水平不是那么高,也应给他们展示自己的机会。我想,一味地"阳春白雪"也是不好的,因为,搭建平台的目的就是让更多的人爱好文学,爱上写作,撑起一片澄明的天空,给自己一片心灵净地。如果偏离了这一点,平台的生命则不会久长。平阴县的年近古稀的牛存金老师说:"你们这个平台很受欢迎,不看年龄,发文快,你们都很认真,赞美你们!"

有了稿子，我每篇诗文都要认认真真、仔仔细细地至少看一遍。我这样做，请不要误解，不是为了"挑毛病"，一是学习与鉴赏，二是看看有无明显的问题。也请你相信，我不会随意地去改。理性地说，稿子还是要严格"把关"为好。错别字是难免的，但是一旦有很"碍眼"的，真是"大煞风景"。"的地得"的用法，虽然有很大分歧，但是基本的用法不能错。"象……""好象"，现在一律规范为"像……""好像"（年长者往往用错），这是必须改过来的。当然一些知识性的错误，就更要改正了。这方面的情形特别多。比如，"鱼山之高不及泰山的十分之一"，很明显是不对的。鱼山 82.1 米，泰山一般认为是 1545 米，一算就知道了。诸如此类，我都会认真核实。我这样做，既是对作者负责，也是对事实负责。由于我长期教语文，这个"顽症"不好改，尚希见宥。

　　编辑的职责不止这些。标点符号出现的问题也不少，一是不规范，二是一逗到底现象严重，乱用感叹号，不该用的也用，甚至一连用三四个（其实，这是很幼稚的现象）。文章段落的调整，也是很有必要的。有的段落过于零碎，那就要适当整合一下。有的段落太长，颇有压抑感，那就要使之明晰清爽，特别是结尾段，更要突出，惊艳亮相。散文和现代诗歌都存在这个问题。这就是英国形式主义美学家、当代西方形式主义艺术的代言人克莱夫·贝尔提出、李泽厚在其《美的历程》中多次提及的"有意味的形式"。

　　作为编辑，我们的目标是追求精致与完美。尽管这样，还存在这样那样的问题，作者或读者反馈后，我们会立即修正。

　　编辑之苦乐很多。编辑，确是一件苦差事，为了使一篇稿子完美呈现出来，有时真是到了废寝忘食的地步，夜阑人静伏案改文是常有的事，因而也经常惹得家人"责备"。当把制作出来的诗文推出、发到作者那里时，那种快乐与幸福，亦"不足为外人道也"。

　　最后，特别对公众号制作者表达由衷的敬意，为了不出现任何瑕疵，反复琢磨、订正，无私奉献，令人感佩！

写于 2024 年 1 月 25 日，6 月 25 日又改

沉浸在读写的海洋里

感谢生活

"热爱生活是我的全部。"这是我的微信签名。

不错，我是热爱生活的。毋庸置疑，我很有信心。"可是，生活热爱我吗？"你也许会顺理成章地反问。

这样的反问很是自然，但不应成为必然的逻辑。

热爱生活。确实，必须热爱生活。生活值得你去爱。不热爱生活，你这个人起码少了一半的情趣，甚或了无生趣。

既然热爱生活，究竟爱什么呢？不同的年龄，不同的职业，不同的性情，自然所爱不同。如我年龄者，自然爱孩子，享受天伦之乐。爱出游，聆听大自然之音，感受生命的美好。爱读书，徜徉文学之河，激起朵朵性灵的浪花。爱写作，独行于自己的世界。爱与家人围炉煮茗，说说平时不说的话，聊聊平时不谈的事……

可是，生活不只是如此的美好，总有不尽如人意的地方。越是这样，你越要热爱生活，感谢生活给予你的一切。

感谢生活，感谢生活遇到的不平事、不快事，因为它让你清醒理性，让你妍媸有分，让你前行得更加迅猛。

细节见人品，做事见人品，关键时刻见人品。这就是你从生活中悟出的道理。

感谢生活吧。生活能照出一切。

你只要热爱生活，没什么大不了的，一切都会过去。

2024年1月18日

每天都有惊喜

太阳每天都是新的。每天都有惊喜，也应该成为一个必然的逻辑。

每天都有惊喜，不是坐等来的，不是别人施舍的，是自己努力得来的，是一步一步地坚实铺垫而来的。

早晨，打开手机与邮箱，一篇篇优美的诗文给你发来，等着你修改、编辑、推送……你是怎样的心情？对于钟情于文字的你来说，是不是很惊喜？对于新作者、新面孔，是不是很兴奋？特别是精品力作，是不是让你喜出望外？所有这一切，都不是凭空来的，是集体力量吸引来的，是源于你的真诚、严谨、高质，是对你的厚爱、信任、支持。文字之爱，文学之情，创作之沛然不可御，已烙印在浩浩文学大军的心灵。

文学创作于我真是不行，文学的精细化表达总是蹩脚，写诗总不入行家法眼，语言表达不够新奇、形象……修改诗文于我则情深，大到篇章结构，段落调整，小到用词，一个字，一个标点，爱注意一些细节的拿捏，别有趣味。但是，须记住，不能乱改，"好为人师"亦不能如此。要有板有眼，有理有据，不影响文意句意，从效果出发。

本土诗人、作家大志兄近年来创作了大量接地气、有烟火气且有文化味儿的诗文，佳作频频。他爱把他的诗文让我先看看，找找"毛病"。他写的诗《鱼山，正在举行一场盛事》，受到好评。我给他修改了几处。题目，原来是《鱼山，正在隆重举行一场盛事》，我把"隆重"二字去掉，"盛事"不就"隆重"吗？——重复。文章标题不能"臃肿"。"兵戈剑影／已碾压历史的车轮"，"碾压"替代了"撵走"。他说，"碾压"改得真好！当时想了，没有找到更合适的。"一千七百九十多年后"，我改为"一千八百年后"，这样大气有韵味。曹植（192—232年），232年距离2024年是1792年，马上不就1800年了吗？所以，写诗既要注意科学性，也要有浪漫性，或者说文学性。"拥戴的掌声／

回荡——/风声雨声读书声/震撼——""回荡""震撼"后面我分别加了破折号（原来没有）。为什么加？也是为了效果。破折号的一个重要作用就是表示语意的逐步加强或深化。我经常说："标点会说话。"你读读就知道了。还修改了一些，就不再"逞"了。

我改完特别舒服，因为效果好了。一切不就是为了好的效果吗？你要是认为"谝能"，那就大错特错了！那么，于作者而言，也是应该"惊喜"的，尤其是从长远来看。这样的例子（确切地说，这样的故事），还有很多很多。

我每天的惊喜大都与文字有关。但是，仅止于此，生活未免单调了些。

去冬今春的雪还是不少的。正月十一晚上的雪下得大，下得美，下得野，下得味儿十足。白天，天空像撒盐似的，一粒一粒的，好多人不知其因。从窗户里看到这情形，我便对妻子说，"这是霰。""霰"这个字很生疏，读音都读不准，更别说什么意思了。有人在朋友圈里也亮出了视频，配上文字——第一次听说这"霰"字。我在评论区写上：屈原《九章·涉江》中就有——"霰雪纷其无垠兮，云霏霏而承宇"。朋友回应说，真是长知识了。

简单科普一下"霰"的知识：

霰是一种大气固态降水，通常形成于扰动强烈的云中，由雪晶或雪团与过冷云滴碰撞并冻结合并而成。在碰撞过程中，雪晶或雪团接触到过冷云滴，导致过冷云滴在雪晶表面凝结，形成霜状结构。随着这些结构的增长，原本的雪晶晶形逐渐消失，最终形成霰。霰的直径一般在0.3~2.5毫米，性质松脆，很容易压碎。霰不属于雪或冰雹的范畴，但它也是一种大气固态降水。霰通常在气温较低的条件下形成，当气温下降时，雨水可能会转变成霰。如果气温持续下降，那么霰雪可能会转化为大雪。

果不其然。晚上的雪越下越大。这是一次难得的美好际遇。我们一年一度的雷打不动的"八家家庭聚会"在老铜城进行，菜个顶个的好，酒也好，开怀与伤感交织，大都退休，或到了退休年龄，老态明显。我更不堪，头发白得多而快。人生啊……

饭毕，还下着雪。他们让我和妻坐车，我们没坐。我们是走着去的，还是走着回去吧。就是这走着，才欣赏到了这狂野的雪景。雪大，风大，风雪交织，天地茫茫……因这大风，路上积雪不存，干净得很，可是这大雪在空中炫舞的姿态和在路边飞旋的气势，以及朔风吹动的声音，多少年来没有见过。你若待在家中，任你怎样想象也想象不到它的疏狂之美……以至于我都误撞了小区。我和妻一个劲儿地赞叹这奇而又奇的美，可惜的是没有拍下视频。但是，这难得的雪景一定会在永存的记忆中。如果坐车，又怎能相遇这样的惊喜呢？

我想，《水浒传》"林教头风雪山神庙"中的"风雪"不会是这样的吧？

文学离不开自然，大地、天空、阳光、碧水……你若有发现美的眼睛，若有神会的灵心，你若有创造之神的助力，再加上你的扎实与执着，你每天都会有惊喜！

因为，太阳每天都是新的。

2024 年 2 月 25 日

沉浸在读写的海洋里

躲进小楼成一统

赋闲于家,也未尝不是一件好事。起码有时间清扫一下卫生,除脏垢,去灰尘,弄他个窗明几净,舒服,清爽。这个活儿,就包在了我身上。

直奔花甲的人,有时候销声匿迹,也不失为一种惬意。王志文说:"一个男人不吸烟,不喝酒,不巴结,不讨好,不会阿谀奉承,每天只会埋头工作,才是最聪明的,真正活得明白的人!"网上查了一下,我和王志文年龄一样大,都属马。开始,我对他的话有些不解,现在终于明白了,而且有点彻悟——生活中的一些尘染大概是不必沾染的,反而空气清新,耳根清净,鼻孔清爽,最关键的是眼光明亮,子虚乌有的事儿肯定与你远离。现在我很少出门,享得了独此的快乐。所以,有时候善意的拒绝,对人对己都有好处。

要是这样,不是与世隔绝了吗?不是的,这要看对谁来说。有的人半上午不出门就憋得慌,透不过气来。让他"躲进小楼成一统"是很困难的。这方面的功夫,我还是很自信的,三五天不出去也没有什么。若非家务事不多,肯定是读书、写作,或者修改文稿。这对我来说,是再正常不过的。

就说修改文稿吧。修改文稿,在有些人那里可能不重要,是无所谓的事,但是还真的有必要,而且很重要。即使是文章大家也可能出现一些硬伤,如若不改就可能(其实是一定)闹出笑话。兹举两例。众所周知,东阿县面积729平方千米,我在修改文稿时竟然发现多了个"万"字,成为729万平方千米,比澳大利亚面积(769.2万平方千米)稍小一点。作者说:"亏得你发现这个硬伤!"另一个是为一本书写的序言中有:"位山管区是全国第五、黄河第二大、山东省最大的灌区。"很明显,"管区"应该是"灌区"。我发现后,立即改正,并打电话告知。不然,书一旦出版印刷,负面影响何其大也(不要忘记,序言在书的最前面)。你说,修改文稿重要不重要?

编辑文稿,也是一件苦差事、重要事,花费很多时间,文章里或隐或显的错误，是作者所不知道的。一篇诗文的推出，背后的心血只有编辑自己知道。

这些都是"躲进小楼成一统"而就的。

随着年龄的增长，总想着夫妻二人多出去走走，看看祖国的美丽山川。到走不动、爬不动就晚了，后悔也来不及了——我那位经常在耳边"聒噪"不已。这样的想法，我是很赞成的，是时候享受一下了。试想，两口子相偕外出，十天半个月的，该有多好。我写不出脍炙人口的诗文，也许与这多少也有点关系吧。

租一小楼房，哪怕一橼破屋，带上笔记本电脑、几本心爱之书，愿走就走，愿歇就歇，愿读就读，愿写就写，纯乎恣意而为。临牖，置绿萝几盆，浇之以水，不时驻足，看得见大海，望得见群山，听得见涛声，闻得见鸟鸣……随之，键盘下流淌出篇篇美文……这是我求之不得的。我想，为期不远矣。

躲进小楼成一统，忘记了人世间的一切烦恼。生活就是这样的美。

2024 年 1 月 19 日

沉浸在读写的海洋里

我的歌唱

歌唱就是存在。

我的存在便是歌唱。当然，这歌唱不是唱歌。因为，我五音不全，我不会唱歌。

我的歌唱，是说话，是表达，是知识的传授，是文化的浸润，是心灵的交流，是思想的碰撞。这是我的生命存在形式，这是我独立个体的自由，这是我力量的不竭源泉。

因为我的歌唱，生涩的知识鲜活了，沉寂的生命唤醒了，冰封的河流涌动了，迟来的激情燃烧了，冷冰的面孔绽放了……

在老年大学语文课上，一位学员朋友朗诵完高尔基的《海燕》后，我即兴点评："这是一只矫健的海燕，这是一只勇敢的海燕，这是一只高大的海燕，当然，这也是一只美丽的海燕！"声音刚落，掌声响起，久久传诵……

一个长我几岁的大姐因丈夫遭遇车祸而无限悲恸，看到一只昆虫写了一首泪水而就的以物喻人的诗——《生命之光》，我泪流满面，"特事特办"，不到几分钟，就把这首诗在公众号上推出。

曾经的语文课上，为激励学生考好，我说，要相信"神的力量"（即精神的力量），神的力量一定会激发你、督促你，于是，"神的力量"在学生中口口相传。

话剧演出，我总结了三个关键词——激情、节奏、享受，激情演绎，把握节奏，好好享受。外行人说了内行话，还真管用。

深夜，我读《曹植文集》，写读后感，一篇文章改了三四次。

公众号上推出的美文，都浸透着我和编辑的心血，"主编推荐语"更是我倾情奉献的礼物。

……

茅盾文学奖获得者张炜说："做什么，说什么。"我想说，这就是我的歌唱，这就是我的生活，这就是我眷念的人生。

歌唱吧，尽情地歌唱吧！这是爱心的胜利，这是真诚的胜利，这是人性的胜利，这是不计怨毁、坚忍以行的胜利！

2024 年 4 月 25 日

沉浸在读写的海洋里

我喜欢这样的状态

窗台上特意放着一盆绿萝。

这是一盆不起眼的绿萝。三片叶儿，小小的，绿绿的，茎倾斜，叶子自然也是，精神得很。茶叶根儿依偎着它，与之相伴，是我每天不多也不少的轻奢相助。当然，我也会定时清理，让它不能有人为的干预。

一般的绿萝，都很茂密，臃肿，互相挤压，没有风骨。而且叶子不是通通的绿，有些黄的夹杂其中，有时也有枯的，不那么整饬，不那么和谐。窗台上的这盆绿萝，就像含苞待放的花儿，不妖媚，不张扬，有力量，干练，蓬勃，茁壮成长……这是我喜欢的状态，这是我追求的妙境。人也一样。

一个人，特别是处于学习阶段、追求进步的人，要始终保持昂扬的奋斗姿态，谦虚上进，不断蓄势，有创造的激情，有前进的方向，有努力的目标。做到了这一点，你才会有旺盛的生命力，才有无穷的美感。这种美感，是自身发射出来的，也是别人能感受到的。相反，你觉得自己已经很厉害，别人都不如你，不需要再学习，只靠一张嘴——"妄说"，越是这样，你别说前进，实际上你每天都在后退，你固有的美感也会逐渐消失，以致荡然无存。枝叶满满的蔫不拉唧的绿萝不就这样吗？

我喜欢我窗台上那盆小小的充满生机的绿萝。

我认识一个35岁的文旅人。他有两个孩子，一个读小学，一个读初中，父母也已古稀，可以想见负担之重。他已摸爬滚打十几年，一年一半时间"飞"往全国各地，参加文旅推介会，练就了好口才，学到了真本领，取得了小成绩，在圈内已小有名气。但是，他不满足，每天都保持学习的阳光心态，不断"充电"，形诸文字激励自己：生命应由内而外绽放，而不是依附于谁，你只能自己选择，而不是坐等被别人安排。加油，飞哥，遇见更好的自己！

对于树而言，根扎得越深，长得越高，枝叶越繁茂；对于人而言，私底下

074

付出得越多，光芒就越闪耀：愿你今后路上稳扎稳打。

　　这样的有感而发而非纯粹鸡汤的励志之语，他每天都有，正如我每天的灵感火花——"丝语"，全然是生活的哲思。

　　亲爱的朋友，你喜欢怎样的状态呢？

　　写毕，我又看了一眼窗台上的那盆小小的绿萝……

2024 年 2 月 28 日

低调，最牛的炫酷

——我与王涛先生的交往

一

本想用《黄河之子》或《东阿之子》作为标题，唯恐冲撞，遂改为《低调，最牛的炫酷》，也许更契合王涛先生之质。低调之意，无须多言。若无德无格，无学无才，那只能低调了，高调反而让人耻笑了去。而登山峰者，风景尽收眼底者，若低调，且长期低调，那就是一种境界了。王涛先生即是。

王涛先生是国家一级作家，山东省作家协会小说创作委员会委员，聊城文学学会副会长，著述700多万字，名副其实的著作等身。这样的一个作家，从无"高昂的头颅"，而是异常的谦虚，一贯的低调，韧性坚守自己的写作阵地，有着自己的审美追求和文学追求，正向着1000万字的宏伟目标挺进！我们不能不佩服，不能不敬畏，不能不学习！高山景行，是也。

"学习，创造，谦虚，执着"，是我的人生哲学，这与王涛先生是一致的，可是境界差得不知多少。我用人们惯用的一个词——沧海一粟——来表达我的心情，方觉安然。

二

我与王涛先生相识快二十年了。当然是从他主编的《东阿文艺》开始。

《东阿文艺》（创刊号是2006年第1期）在东阿文坛风行十数年，是东阿文学爱好者驰骋才情的一片天地。我曾在上边发表过古诗词、现代诗、散文随笔,以及评论。只可惜因种种原因停刊——这是永久的痛。如今《东阿文艺》复刊的呼声甚高。

王涛先生长我三岁,因他的平和与真诚,我乐以"涛哥"称之。我们开始是通过《东阿文艺》彼此"神交",而未谋面。与其"不可开交",是这七八年来的事。2017年春节甫过,我到工作所在地——县图书馆——与之晤面。我把我要为东阿县文学创作写篇综述的想法告诉了他。他非常支持我的这一"大动作",同时也告诉我此事之不易。换言之,他有些担心。我的个性是,只要说了,就要做,而且做好。覆水难收,那就必须做!那一天,我们聊了很长时间,我把重要的认真记下来,以便重点突破。如果不是涛哥告诉我东阿县文学的开山之人——张方文老师,我真的是一片空白。写文学综述,委实难之又难。难在两点:一是你对主要作家的作品必须读过、非常了解;二是评价要准确到位。这两点的"功夫"都必须做到,拿捏好。于是,我用了两个月的时间研读作品,边读边记。然后,用了一周的时间写就了近12000字的《文学不可小东阿》,整版刊登在7月12日的《东阿时讯》上(写作速度相对比较慢,必须细斟细酌)。一位资深的作家说:"这篇综述具有里程碑意义!"教育局老教研员韩长代老师不止一次说,这篇文章应该收录在《东阿县志》上。这显然是抬爱。从实说,我也确实花费了很多心血。这要感谢王涛先生,还有范玮和王庆军两位同好,没有他们给我指点迷津,我肯定写不出来,或者说达不到应有的高度。以文会友,以文交友,千真万确。我与涛哥他们的交往越来越深。

三

2018年冬天,我用了五天的时间,慢而快地读完了他的长篇小说《尺八》。说慢,是因为我一字一句读,圈圈画画,随时记下感受,为写评论做准备;说快,我心无旁骛,集中时间读完,接着写了2400字的评论《磅礴行文,绵密载道,哀婉抒情——读王涛长篇小说〈尺八〉》,很快发表在2019年2月22日的《聊城晚报》。读《尺八》,有一个插曲。为了尽快读完,我早起便去了

办公室。冬天早晨的五点,你可以想象天有多黑。我读了一个多小时,查早自习的年轻语文老师孙允高推开门,一看我在"里屋"(办公室有内外间)正读着书,他说:"吴老师,这么早啊,吓我一跳……"

我为王涛先生的作品一共写了四篇评论,七八千字,除去上篇,还有关于短篇小说《小喇叭》的《小题材,大主题》,关于短篇小说《万象更新》的《不变之情结与剧变之茫然》,关于长篇散文《母亲与河》的《一篇"讲好黄河故事"的力作》,分别发表在《聊城晚报》和《聊城文艺》。

由于我对涛哥其文其人有了太多太深的了解,终而积聚、爆发,写了一首600余字的长诗(姑妄言之)《黄河涛声》。在2021年曹植诗社年会上,我朗诵了这首诗。葛小晶大姐说:"深深打动了我,眼泪都掉下来了……"诗的结尾是这样写的:

你的身上积聚无穷的能量
如火山爆发,喷涌岩浆
你丰腴了这片文化土壤
引领东阿作家走向远方

你是黄河之子
你是东阿的骄傲
你是鲁西一方高地
你是一面不倒的旗帜
你是真正的谦谦君子!

激越的黄河涛声
一次次,一次次
在我的心里
升腾,升腾……

四

提及王涛先生的文学创作，人们首先自然想到他的长篇小说。在东阿，他有重量的几部长篇小说——《霍乱年代》《天河》《阿胶大传》《无处栖息》《尺八》《岁月之约》……无人不知。他的"乌龙镇系列"闻名遐迩，恰如"莫言红高粱家族"。他的长篇小说基本属于现实主义创作手法，但也有几分魔幻色彩，比如《尺八》。其长篇小说，结构宏大，腾挪跌宕，语言行云流水，自成一派。

人们往往忽略他的中短篇小说。其实，他的中短篇小说也颇富神韵，取材广泛，直击人的心灵，特别是底层劳动人民的悲酸与美质，总能曲尽其妙地表现出来。2023年是他文学创作的爆发期，丰收年，也是他挑战自我的一年，一连发表8篇，在中短篇创作上有了大的突破。他四十年的文学创作来了一个"井喷式"爆发，引发鲁西文学界的震颤。这样的文化景观不多。

知道王涛者，大都知其爱写小说，他的散文也是大气磅礴，殊可一读。他的两篇关于黄河的大散文，我永难忘怀，东阿人的黄河情结在他笔下阳光般暴晒，艳而生辉。而他总是说自己"不会写散文"。评论，他虽没有那么多的专文专论，但在我看来，他的文学创作理念鲜明，既先锋又接地气。因为，东阿作协经常举行文学座谈会，他的谦虚而有高度的宏论总是吸引每一个与会者。

我最喜欢王涛先生作品的结尾，有诗意，有回味，有光芒，总能把读者引向光明的境地，真正起到文学作品的教化作用和美感效果。

五

2024年2月3日上午，东阿首期文学大讲堂在东阿文化馆开讲，主讲人就是大家尊敬的王涛先生，标题是《现代小说写作探秘》。我有幸为王涛先生主持。

讲座的具体内容，我不再赘述。讲者津津有味，听者沉浸其中，收获满满。我说，这是难得的奢华享受，也是负担得起的奢华。为什么？因为，王涛先生身为国家一级作家，创作700多万字，他读书之多、见解之深令听者如"小学生"一般入迷，这难道不是奢侈的享受吗？但同时，听王涛先生的讲座，又是负担得起的奢华，因为，他的烟火气、天地仁心让每一个听者感觉是那样亲近，那样相融。他所讲，既通俗易懂又有理论色彩，既形而下又形而上。这样的授课才受欢迎。

2023年，东阿文坛空前活跃，异常活跃。2024年，王涛先生的开讲开风气之先，善莫大焉。听君一席话，胜读十年书，如见久违的阳光。这使我想起了周恩来1917年19岁时游览日本京都写的一首诗——《雨中岚山》。

一线阳光穿云出，愈见姣妍。
人间的万象真理，愈求愈模糊；
——模糊中偶然见着一点光明，
真愈觉姣妍。

我把这首诗分享给每个听者，引起强烈共鸣……

而今，我58岁，看到了"穿云出"的"一线阳光"，甚幸！

著名美学家、评论家高尔泰说："立足于未来方能把握现实，立足于现实方能走向未来。未来与现实之间联系的桥梁是梦。浪漫主义精神和现实主义精神不是对立的。"我们要有文学的梦，作家的梦，要有一个浪漫的梦，因为，我们要通向未来必须有——梦！

王涛先生给东阿文友的每一次传经送宝，都是让美丽的梦逐步变为现实，由"此岸"跨向"彼岸"。所以，我和东阿文友们要感谢王涛先生。

六

涛哥已到花甲之年，但是精气神十足。尤为可贵的是，创作生命力旺盛。

正如我在文章开头所说的——向1000万字进军！这肯定没问题。因为，他炉火正旺，奋斗的姿态始终不变！我们祝福他！

涛哥是低调的，他的低调，成就了他的创作，他的人缘，他的人生。他是博学的，熟稔中西方文化，特别是西方文艺思潮。他是质朴的，没有华服，摩托车是他的好朋友。他又是幽默的，不大喝酒的他劝酒，一句"你扎实地喝一个"，好一个"扎实"……

这就是可亲、可敬、可爱的涛哥，我文学路上的引路人——王涛先生。

写于2024年立春

沉浸在读写的海洋里

久违的声音

下午，我正看一篇文章，突然一个陌生电话打过来，一看来电显示是济南。

我不假思索接了电话："喂，你好，你是——"

"我是王玉河。"对方传来了久违的声音。

"玉河哥，你啊！"我讶然不已，喜出望外，我的眼泪快流出来了。

我们三十多年没有见面了……

"我看到你主编的公众号，太好了，我有篇文章《老家的榆树》推到你们的邮箱里了。我给小崔联系的，要了你的手机号……"

"好，好，尽快推出来。有你的支持，真是高兴！"我说。

"谢谢老弟！"

"你直接发给我就行。"

我索要了简介和照片。简介很简单："山东省作协会员，文化学者，哲学硕士。"照片是在剑桥大学门口拍的，手推一辆破旧自行车，笑容满面。

"玉河哥，我们在聊城大学的照片，我还有呢。"我说。

"我也有，很难忘。"他说。

我们迅速互加了微信。

玉河哥的外甥许尚利是我的第一届学生，外甥女许春芳爱好诗词创作，与我甚为相知。玉河哥是他俩的小舅。

时光回到42年前——1982年。1982年的暑假之后，我和玉河哥同上高三，在文科班。那时，我虽然个子很矮（现在也不高，哈哈），但爱坐在教室的后边。我是倒数第二排，和玉河哥是同桌，我们无话不说。他长我几岁，很是照顾我。

1983年，他考上了聊城师范学院（今聊城大学）政治系。而我则在中专分数线上，我又复读了一年。1984年，我考上了聊城师范学院中文系，得以有机会与玉河哥见面。我们在校门口的照片依然保存着，校名——聊城师范学院——

还是茅公茅盾题写的。校徽我也存放着，到现在已40年整。我也时常翻看老照片，和玉河哥的合照勾起了我太多的回忆……后来玉河哥考上了哲学硕士，工作出色，成绩突出。

在前几年，我才知他爱写作，而且特别爱写哲思散文，不时在《大众日报》等报刊发文。他2017年写的《老家的榆树》，表达了那种浓浓乡情和乡愁，那么隽永，让人回味：

不知什么原因，现在老家的榆树越来越少了，不像小时候那样屋前屋后、村头村尾到处都是榆树，可能是这种树长得太慢，也可能是它的经济价值不大，说不太清楚了。但老家的榆树那种顽强和韧劲，还是给我留下了美好的记忆。

他在微信中给我说："准备出本书。"他这本书的名字是《沉淀的幽香》，著名作家张炜题写书名，梁晓声写序。中国散文学会会长叶梅老师这样评价：

长期着眼哲学研究又兼著散文的王玉河撰写出《沉淀的幽香》一书，让人进入到这条通道。这部散文集汇集了数十篇短小精悍的美文，有修身养性、人生感悟的提炼，有深究哲理、观察世界的思考，还有亲情乡愁的自然流露。涉猎诸家，引经据典，凡此种种，可见深奥的哲学思想中充盈诗性，散文的情愫中又涌动着生命的理性，言简意深，通俗易懂，可令读者涤荡心灵，抚慰焦虑，自信人生。

我们有了下面的对话：
"你要是在我们家乡举行发布会，那真是一件荣幸的事。"
"谢谢老弟鼓励！等等看。慢慢来。"
我想，玉河哥的新书发布会如若真的在家乡举行，那将是一件多么有意义的事啊！
这是一种期待。
期待见面，期待倾谈，期待未来！

2024年1月21日晚8时

沉浸在读写的海洋里

曹植与鱼山后人

曹植对东阿文学的影响是巨大的，是无量的。这，无人怀疑。不说历史，不说过去，单就今天而言，似乎已是空前。特别是鱼山镇的诗人作家，更是"近水楼台"。

当今东阿文坛，鱼山镇之名家蔚为壮观，成为一道独特文化景观。国家级作家有叶梅、王涛、晨曦、孟广顺，省作协会员有房义军、单清林。司尚营、朱大志、王继农、姜广远、张伟英等人的作品也产生很大的反响。这样的"阵营"，不说在东阿县、聊城市，就是放在山东省来说，也是值得骄傲的。

叶梅，祖籍东阿鱼山，是蜚声海内外的著名作家，有多部作品被翻译成英、法、日、韩、蒙古、阿拉伯、保加利亚、俄罗斯等文字。她对故乡有很深的情愫，常回家乡祭祖，并不时给东阿文学爱好者传经送宝。我们很多人与叶老师结下了深谊。我也曾有幸聆听叶老师教诲，为她的写作观折服。叶梅老师最关注生态散文。作为中国散文学会会长的她，每到一处，就大力呼吁保护环境，作家如何写好生态散文……她总是那么用心用情。在她的助力下，东阿的散文创作有了长足的进步。

王涛，鱼山镇沙窝村人，是东阿文坛的领军人物。他致力于小说创作，也写大散文，好多作品与鱼山、曹植、黄河有关。鱼山、曹植、黄河是鱼山镇的标志性符号，已然成为作家笔下不可或缺的重要"意象"。这些意象，在王涛的系列小说中腾跃起来，生动，传神，带你进入一个文化的世界……王涛给人的印象是，勤奋踏实，创作力强，作品总量已达700多万字。他引领着东阿文坛大步向前！

晨曦，鱼山镇王古庄人，著名军旅作家。他多才多艺，诸体皆擅。诗歌（包括歌词）、散文、报告文学、评论、书画无所不通。诗歌《曹植，我家乡的王》《鱼山，最美的相见》《黄河古渡口》，一挥而就，一气呵成，表达了对故乡的深挚热爱。他写的宣传东阿的解说词,传递出了一个真正的文化人的豪迈气息。

孟广顺,鱼山镇司庄人。我不大熟悉,只知其名。但是,如果告诉你他是电影《高铁作证》的编剧,你恐怕就惊奇了吧。电影《高铁作证》,我看过,写了一篇影评发表在《聊城晚报》。他出版了多部作品集:散文集《大山的回声》《乡村物语》,报告文学集《红舞鞋·经纬线与人生OK》,中篇小说集《佛女》,长篇小说《地老天荒》《河魂》,预测学研究专著《世纪预言》等。真不简单!

房义军,生于鱼山脚下,东阿诗坛的开创人,早有诗集问世。我想,他的诗歌一定受曹植的熏染吧。2017年创作的纪实文学《我的父亲,我的诗》引起不小的轰动,人们口口相传,成为当时一文化现象。他的父亲房燕卫,是原东阿三中(徐屯高中)校长,闻名遐迩,是东阿教育界的骄傲,是鱼山镇的骄傲,更是鱼山村人的自豪。义军兄的幽默,东阿文化圈无人不知。

单清林,鱼山镇单庄人。他是民俗文化学者,谈及鱼山、曹植,谈及东阿县城的变迁,他总是主角,如数家珍。他在东阿县是一个特殊的人物,真正的文武双全。他擅长形意拳,快节奏,行如风;他的散文,很有小说味儿,回味悠长,你说得出,写不出,而他把几十年前的老味儿都给"倾泻"出来了;他又爱上了诗歌,很率性:文武皆备!

王继农,鱼山镇沙窝村人,共和国同龄人。他的散文集《远去的岁月》,极富史料价值,把民风民俗写得极其详细生动,无人代之。

司尚营,鱼山镇司庄人。他的诗、散文自成一格,对阿胶文化很有研究。现在又是聊城市教育法治的推动者。他是我三十多年前的学生。

朱大志,鱼山镇徐屯人,我俩同龄。他担任鱼山镇文化站站长几十年,走遍鱼山镇的每一个村,可以说是鱼山文化的代言人。他在诗歌、散文、快板等方面都有相当数量的作品。我鼓励他出一本书,为申报省作协会员做准备。他坚定地说:"行!"

姜广远,鱼山镇旧城人。旧城,曾是老东阿县城所在地。我与他认识于15年前。2009年教师节前夕,他和方振军兄到我家采访,录制《快乐语文,快乐教师》专题片,在电视台播出。随后,我连续五年到他所在的广电局讲

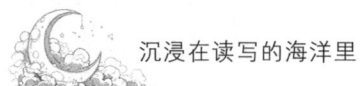

写作课，他写的散文《包子》，讲述了广电员工亲如一家的温馨故事，我记忆犹新。后来他一连写了很多篇，都是那样接地气。现在，他任广电副局长，非常关注东阿县的文学艺术发展。

张伟英，鱼山镇前桥村人。我知其名，未见其人。但是，她给我发来她写的接近600字的《鱼山镇赋》，让我很是惊喜，终于见到让我兴奋的赋了：有文采，有情韵，有才气！

写到这里，是不是为鱼山镇叫好呢？

我这篇文章的题目是《曹植与鱼山后人》，你也许会惊诧：怎么全篇都是"鱼山后人"——鱼山镇的诗人作家，而很少提及曹植呢？我想答案就在其中。一个小镇，怎么会有那么多有影响的诗人作家？这不是偶然的吧。如果你是一个文化人，一个作家，一个真正的文学爱好者，你肯定晓得其中的奥秘。

2024 年 3 月 12 日

我的文学梦

我一直有一个梦想，那就是实现我的作家梦、文学梦。

语文老师与作家连在一起，并非没有，但不多见。教师是一个特殊的职业，每天备课、上课、改作业、查自习，无暇写东西。高中语文教师尤甚。我也许是一个例外。读书写作成了我生活的重要组成部分，是我生命存在的一种方式。功夫不负有心人，我几十年的坚持、坚守，辛勤的汗水终于浇灌出芬芳的花朵，结出丰硕的果实。2022年4月22日，注定是我终生难忘的一天——我入选山东省作家协会会员。得知这一消息，真是喜出望外，心花怒放。为此，学校特别举办了"舞动的文字遇见美好的时代——东阿一中教师、校友入选山东省作家协会座谈会"。我感谢学校这方文学的沃土。我并没有觉得自己高出多少，我还是原来的我，而且责任更重，要求更高，前进的力量更大，坚毅的目光瞄向远方：必须写出更多更好的作品，才对得住这山这水，对得住脚下的土地，对得住爱你、被你爱的人。

这是不是说我的作家梦、文学梦就实现了呢？当然不是。虽然冠以"省作协会员"的名号，但我深知，我所写的质量还很凡拙，文学色彩还不够浓，诗歌还很幼稚，评论理论性还不强。

今天的欣喜不能忘记昨天的求索。我的文学梦可以追溯到1984年。我的大学时光虽只有两年，但那短短的两年，我读了大量英俄德法等西方文学名著。莎士比亚戏剧，拜伦、雪莱、普希金诗歌，狄更斯的《双城记》，列夫·托尔斯泰的《安娜·卡列尼娜》《复活》，歌德的《少年维特之烦恼》，莫泊桑的《俊友》，罗曼·罗兰的《约翰·克里斯多夫》……灵动的文字，丰富的想象，深刻的思想，都深入我的心灵，厚厚的读书笔记如文物般珍贵。没有那时的"苦读"，就没有今天的"乐享"。读得多了，自然就想写，不得不写，像水一样自然流出……天天写日记，写诗写词，还写过小说。现在看来，是那样"惨不忍睹""目不忍视"。但那时的激情非今天所有。1985年写的现代诗《青春》，如火山爆发，活力四射："青春／披荆斩棘的利剑／属于你／属于我／属于80年代的中国。"不知不觉，两年的大学生活很快就结束了，大家纷纷在毕业纪念簿上留言，我无一例外地以诗词或诗化的语言相赠。如："危楼碧波八方聚，韶华如箭凤凰去。夏阳亦知离别苦，骤雨化作心泣露。手抱琵琶弹心曲，喜乐悲愁，怎可堪回首？欲寄彩笺斟美酒，这边风景独佳处。"现在鬓发斑白的老同学还时常提起。

大学毕业即回到了我的母校——东阿一中。教语文的缘故，天天与文字打交道，沉浸在文字的海洋里。我始终认为，语文老师不读书，不写作，是很蹩脚的，也是很尴尬的，严格来说，不是真正意义上的语文老师（这话也许说得有些重，我接受大家的"批评"）。作为一个老教研组长，我经常给年轻老师或委婉或直接渗透这样的观点。在我的带动和影响下，兆昌、齐爽、允高、士花、华翠等也拿起了笔，记录生活，舒展性灵，成为同学们喜爱的语文老师。兆昌，现在已是山东省作家协会会员，他写的网络小说、散文都很好，我为他高兴。音乐教师朱灵忠，我多次鼓励他要多写，还要有勇气投稿，现在的他已发表几篇文章，阅读量很高。我虽不是伯乐，但我乐意而为。

写作给我的快乐胜似鸡鸭鱼肉，妙不可言，只有心知。我的第一篇文章发表在1991年上海《语文学习》（署名"吴翾"，一个有故事的名字……），稿费20元，真是惊喜。当时之情景，如影历历。之后，便一发而不可收，相继在《中学语文》《山东考试报》《中国教育电视》《中学语文教学参考》等有影响的刊物发表诗文。由此，好多人知道——"一中有个吴老师爱写文章"，成一时美谈。

我写作的领域比较广，除去教学论文外，写了大量的诗词、现代诗、散文、评论，其中不乏文言色彩的文章，一定数量的歌词，曾三度参与校歌创作。《阿胶行》是我写得最长的一首七言歌行，88句，与《琵琶行》篇幅一致。2020年春，疫情肆虐，不得出户，妻子舞动剪子便给我理发（她压根儿不会），于是我写了千字散文《理发》，登在《山东工人报》，因有生活气息与特殊背景，引来一片赞声。评论是我写作的主体，近乎痴迷，虽然伤脑，但我韧性前行，无所不评，出版了散文评论集《大地的召唤》。犹记得2017年仲夏，《文学不可小东阿——东阿县文学创作综述》(11700字),整版发表,引起不小的轰动,我始料未及,上至耄耋作家,下至年轻写者,啧啧之语不绝于耳。

不仅读写,我还积极参与各种形式的、自己作词的诗朗诵,建党节、国庆节、教师节等节日都有我的身影。那种"我在,气场在"的美好感觉,不足为外人道也。

实现文学梦的激情一直燃烧着我,催促着我,我也得到了东阿籍作家叶梅、弓车、童村、晨曦、王涛、范玮等名家的厚爱、支持,他们是我文学之路的引路人,是我的贵人。

我不停地读,不停地写,不停地思考,没有什么能阻止我前进的步伐。读写就是我的生活,而我的生活都流淌在我的文字里,我的精彩瞬间、每一个节点,都以诗文的形式呈现。

今年,我五十六岁生日,写了一首《贺新郎》,表达对教育、对文学的深深热爱:

梦绕来时路。叹春风、凌窗入眼,月流西去。扫尽浮云情已定,却盼时光静度。聚知己、心灵深处。弄孙含饴老来乐,这人间、清欢恣意诉。谁似我,翩然舞。

三十六载杏坛树。苦争高、青春播洒,桃李颖秀。从教读写两不误,别酒冲文自许。谩名利、皆成尘土。驰骋青冥把书看,请东坡、赤壁相游否?仙羽化,欲飞举。

2022年高考到来之际,我写了一首《满庭芳》,表达对学校的留恋与热爱,以及对同学们的美好祝福:

己亥中秋,八方来聚,老校葱茂梧桐。牡丹富贵,月季引清风。演绎红楼经典,才情显,粉泪盈盈。离别又,流连缱绻,旗落望心空。

东迁,移新校,如诗如画,满眼澄明。杏花开,芳香沉醉缭胸。情共竹梅一片,掌声里,妙语堪听。十年梦,同舟风雨,折桂舞蟾宫。

沉浸在读写的海洋里

写于 1998 年的《满江红》，可以说是我教育情怀的诗化表述以及付出心血的形象诠释：

风霜雪雨，耘杏坛不知歇憩。长相思，墨香一股，书韵几缕。两袖清风养心志，满腔热血育桃李。正春风骀荡绿神州，焕生机。

一切去，向未来。英杰在，心欢喜。叹顽璞秽迹，奋催不移。鄙俗有词堪笑极，润物无声足称奇。明朝姹紫嫣红开遍，乾坤赤。

我思故我在。我庆幸自己是一名语文老师，因为，不单徜徉书海，腹有诗书气自华，而且我手写我心，一缕快哉风。更重要的是，我之所为，能积极地影响我的爱徒们。我教的班级语文成绩始终是佼佼者，也许与我爱读书写作有很大关系。这使我自然想起了著名教育家朱永新老师的话："教师不成为读者，就不可能把学生们培养成为读者。"同样，语文老师不爱写作，学生也很难爱上作文。对此，我有充分的理由，有自己的话语权。我的学生在"学习强国"发表文章，在语文报杯、叶圣陶杯作文大赛获奖，成为最美的风景。谈及学生，我的眼前便幻化出满天霞彩……

"三十六载杏坛水，中间多少血和泪。桃李艳神州，可心情意投。青丝变白发，事事不得下。晨起满星光，夜阑批卷香。"我两年前（2023 年）写的《菩萨蛮》如是说。

一半诗意，一半清欢。"别酒坛，战杏坛，冲文坛"，是我的真实生活状态。我会编织更加绚丽多彩的文学梦！

心中有梦，脚下有路。梦正好，路更长，一切不惧。

写于 2022 年 6 月，2024 年 6 月 12 日又改

文学的天空

下了一天的雨，送走了炎热，迎来了清凉，真正的秋天开始了。

我爱秋天，并不是说说而已。现在的秋天，真是"好个秋"，大江南北，一派的美，是静美，是富庶的美，是厚重的美，与春天的烂漫不同。

在古代，秋天向来是被冷落的。欧阳修《秋声赋》："念谁为之戕贼，亦何恨乎秋声！""秋声"有罪乎？新时代的秋天，是丰收的季节，欢快的时节，每年的丰收节隆重上演……

我走在街上，秋意，秋味，秋思，都钻进了心里，天高爽了许多，心情舒朗了许多……

享受秋天，一个重要原因就是，她不让人躁动，让人沉思：一切都应沉静下来，干各自喜欢的事，管好自己，做好自己，发自己的光，这个世界才更丰富多彩、和谐美丽。

珍惜每一天吧，不要那么多不切实际的幻想。完美与惊喜不是幻想出来的，须靠自己的长期积淀与默默付出。

这个秋天，文学的天空也许比任何时候更高邈，湛蓝……

文学的天空，群星璀璨，我也要做一颗星，成为其中的一分子，即使那么不起眼，或者看都看不到，甚而几乎不存在，我也要发出微弱的光，照亮自己的心宇……

2023 年 9 月 20 日

沉浸在读写的海洋里

为了忘却的记念

时代洪流滚滚向前，以不可阻挡之势奔向邈远的未来。然而，我们也应放慢脚步，不时回首过往，捡拾或明艳或暗淡的记忆，走进悠悠岁月，映照我们的灵魂……随着时间的流逝，年岁的增长，我愈有此感。

在东阿教育史上，有一个不可忽视却已被人们淡忘的存在，那就是校址在鱼山镇（原单庄乡）徐屯的东阿三中，当时称"徐屯高中"。20世纪六七十年代，东阿县有多所高中，最有名的是一中、二中、三中。一中在县城铜城，二中在牛角店镇政府所在地，唯独三中在乡村。这说明徐屯所在地有其独特的"魅力"。

徐屯村东面地势平坦，视野开阔，树木参天。你可以想象四五十年前，琅琅的读书声在一片旷野之上回荡的情形是多么的美，和与之相邻的黄河涛声交织相融，该是一种怎样和谐的乐章。校园里有高大的榕树、香椿树，白杨树更是参耸入天，如同一个个威武的哨兵守卫着这方土地。迎门大屏风上有毛主席像，每看必心灵震撼。这是那个时代特有的景观。徐屯高中，我曾去过，一睹东阿南乡风韵。

20世纪80年代初，全县只有三所高中。徐屯高中，由于地理偏僻，交通不便，不得已被取消，取而代之的是刘集高中，即被称为东阿三中。我村的物理老教师孙廷珍叔也由徐屯到了刘集任教。我在贾山上初中的时候，他经常骑着自行车到学校去，穿着丝绸质地的衣服。我总是很羡慕他的斯文。

提及徐屯高中的老师，当然最有名的是房燕卫（1919—1976年）——东阿教育界曾经的精英，一生致力于教育。房燕卫校长的小儿子房义军是东阿县知名诗人，他历时4年时间，寻访百余人，以18万字为父亲立传，名曰《我的父亲，我的诗》，在鲁西大地产生了很大反响。我也读过，写过一点文字。20世纪50年代至今，东阿县一直流传着这样两条谚语："东阿县三条龙，燕卫、宪武、刘子赢；东阿县三只虎，燕卫、东峰、王宪武。"显而易见，谚语中居于"龙头""虎首"的燕卫，指的就是房燕卫，即房义军的父亲。两条谚语中的"三条龙"与"三只虎"，都是东阿县解放前已具盛名、解放后德高望重的教育界四位精英。从这里也可以看出，当时东阿县对教育的重视，以及鲁西民风的淳朴。

在房燕卫的学生、国防大学出版社社长卢玉明眼中，老师是这样的："房校长给我的印象非常深刻，他为人正直，和蔼可亲；他胸怀宽阔，心地善良；他包容幽默，乐观向上；他作风深入，生活俭朴；他关心教师，爱护学生，治学严谨，治校有方，培养出了很多优秀人才，桃李满天下，硕果累累。我的成长是与房校长的教诲和人格品德的影响分不开的，使我终身受益，终生难忘。"房燕卫的名字与徐屯高中紧紧地联系在一起。这是整个鱼山镇的骄傲，也是东阿县教育的骄傲。

我是语文教师，自然对语文关注。徐屯高中最有名的语文老师是曹可学老师。当时语文界有"窦施曹"之说。窦，即窦愈之老师，语文特级教师，教我两年语文。曹，即曹可学老师。可见多么出名。他儿子曹传喜，是当地比较有名的文史专家。

这里，我还想起一个人，就是于召元老师，今年已经89岁高龄，精神矍铄，慈祥可敬。他的二儿子于国是我的学生，他刚上高中，我就教他，他是我的语文课代表。那时候，他父亲也认识我，这么长时间，岁月沧桑，也许不认识我了，可我是多么想喊他一声"于老师"啊！于老师在徐屯高中是教导主任，我大哥、二哥以及我村在徐屯上过学的都曾提起过他。后来，于老师调到陈集中学当了多年的校长，为我县教育事业作出了很大贡献。我们不能忘记他们！而今于国是全县乃至全市知名教师、水城名师、山东省优秀共产党员。

于国在徐屯也上过学，不是高中，而是初中。徐屯高中被撤后，改为初中。我没有在徐屯上过高中。1980年，我在家乡初中毕业就直接考入了东阿一中，而且是和二哥一块考上的。不同的是，二哥是在徐屯上完了两年高中之后又考高中的，那是当时很常见的现象。二哥在徐屯上高中的两年，正是我在贾山读初中的两年。那时家里穷，吃不上什么好东西，能吃上沾点油的就算比较奢侈了。我这个年龄的人，小时候都有拿着"干粮"抹油的习惯，一个个画面立在眼前……二哥每周回家的时候，总会给我带上点油条之类的，那真是一个解馋。这虽然是一个看似很普通的事儿，但在那时是很难得的爽适。原来，学校每周改善一次伙食，二哥总给我留着。后来我俩在东阿一中度过了四年求学时光，一年考上大学，一年毕业。不幸的是，二哥二十年前因车祸去世。"你属兔，今年是你的本命年，要是你在的话，就整整六十岁了……"现在，我每每回忆起二哥，泪水常常打湿我的眼眶，特别是他在徐屯高中每次回家带给我好吃的情景，令我长号不止。

大哥也在徐屯上过高中。秦笃民老师和我大哥是同学，可是境遇竟是那样的不同。秦老师考上了师专，当老师，现已退休，退休金不菲。可是大哥每月退休金只有一千多元，他却很满足，总说"比没有强"。他在徐屯上高中时，学习也很好，只可惜没有坚持到毕业，就跟着人家到济南肉联厂"谋生"去了，后来当然就是回家，与土地打交道，以至于此。

东阿县南半乡在徐屯上高中的有很多，单庄、关山、刘集一带即是。我的同村我的初中老师吴有恩老师也是，今年已经 75 岁了。由此可知徐屯高中培养的人才之多。上了年纪的人都能记起徐屯高中，也不曾忘记它曾有的辉煌。现在的年轻人没有丝毫的概念，当年的徐屯高中也早已湮没在了历史荒烟蔓草间。

徐屯高中，也就是原来的老东阿三中，而今只剩残垣断壁，空余回忆，让你增添些许的伤感。

我们不应让它沉睡、孤寂、被忘记，它起码应活在我们的文字中。我们过往的人生中那些暗淡而有光亮的旧影应时时跳跃在我们的心田……

为了忘却的记念，我特奉上我的敬意。

星星点点，美你容颜。亦悲亦喜，催我向前。

2023 年 10 月 18 日

四十三年前的今天

四十三年前的今天，也就是1980年8月23日星期六。我永远忘不了这一天。

那一年，我14岁，我和二哥同时考入了县一中。在当时，那是一件比较轰动的事，而今，怎么也不觉奇怪了。

我的家距离县城20多公里，限于交通条件，只能骑自行车。我的车技还不够好，只能坐在后面。再加上被褥，总也不那么轻便。邻居建华哥也与我俩一同上高中。大哥、二哥、建华哥、性来哥和我，一行五人向铜城出发了。那时的县城，人们习惯上爱说——铜城。

到了铜城，好似到了大城市。这是我平生第一次出远门，一切那么好奇。宽阔的柏油路，黑亮黑亮的，而现在看来竟是那样的窄。

"东阿一中是全县最高学府。"我清楚地记得当时学校领导那志得意满的神情。来到学校，我立刻被怔住了，我觉得陌生而又孤弱。幸好二哥和我在一个班级——高一（二）班。后来我们又一同考上了大学。那天，人很多，整个校园都是。事儿更是不少，找教室，认寝室，一一安排妥当，花了整整一个上午。中午，我们五人在街上吃了饭。到底吃的什么，怎么也记不起来了。但是，我们的合影照是一辈子也忘不了的。

为了记住这个难忘的时刻，我们专门到照相馆合影。我也记不清是谁提议的；我想，很可能是大哥吧。这张照片，现在还保存着，一家一张。我回老家总要看看这张照片。回老家在一起吃饭的时候，会不时地提起这张照片，也回忆起当时上高中的情形……照片上的我有些稚气，大哥那年才21岁。不幸的是，二哥因为车祸，离开我们已20年了。比我大四岁的性来哥身体也不好，我一连看了他三次，每次都强制自己不要流泪。可是，我写着写着，泪水就止不住地流，滴在我厚厚的札记本上。这张照片，勾起我满满的回忆……

沉浸在读写的海洋里

　　世事沧桑，物是人非。我从一个14岁少年，转眼间奔向花甲之年，成为一个鬓发萧疏、名副其实的小老头。逝去的太多太多；未来，要好好奔赴。最要紧的是，过好每一个今天。

　　我是一个有三十八年教龄的人民教师，也是一个有着近三十年党龄的党员，桃李满天下，我问心无愧。每每与年轻朋友，或者小我三四十岁的学生，谈起我的学习经历时，我总会想起上高中的那一天——1980年8月23日。

2023年8月23日

我与教师节的故事

屈指算来，今年是第 39 个教师节。我欣逢其中的 38 个。这样的经历，恐怕也不多吧。

1986 年，我参加工作不到一个月，就迎来了第二个教师节——我教师生涯中的第一个教师节。那年，我年甫二十，自是兴奋。犹记，庆祝教师节大会是在第一排平房教室前进行的。那时的教师节非常隆重，县委领导前来祝贺，教育局局长讲话，教师代表发言……而且，还有不少礼品，暖瓶、水杯、《现代汉语词典》等，都是现在的你想象不到的。好不光彩，好不热闹。当时发的九龙杯，金灿灿的，我还保存着，规规矩矩放在书柜上，时时浮现 20 世纪 80 年代淳朴美丽的旧影。

以后十几年的教师节也算可观。要么在电影院，要么在招待所。2001 年教师节，我荣获"聊城市优秀教师"称号。庆祝全县教师节大会在县委招待所进行，教师代表只有一人发言——那就是我。发言稿很挑剔，因为参会的县委领导是中文系科班出身，又擅长讲话。他叫哈宝泉，当时是县纪委书记。管政工的教育局副局长告诉我，稿子一定要过硬！我改了好几遍，终于过关，赢得了与会者长时间的掌声。由此，好多人认识了我，说，吴老师，你的发言很精彩。当时，我很纳闷：为什么这样的殊荣落在我头上，还让我发言？我是农民的儿子，没什么背景，又没有什么关系。我想，还是与风气有关。35 岁的我，那时已连续送走了十三届高三毕业班，兼任班主任，爱写，发表诗文——也许与这有某种关联。

随着时间的推移，以及社会的种种原因，教师节没有以前那样受重视了。但并不等于说"没有"。最普遍的形式，就是开座谈会。既然是座谈会，都是佼佼者，围拢在一起聚精会神听，就没有普通教师的事了。我想，这是不是有点走味了呢？其实，我真的弄不清楚——我只是一个小民，没有那么高的

境界。

　　由于我长期耕耘杏坛，自然有了"老教师"的名儿，故而近几年的教师节，与县委领导有了接触的机会。最别致、最有纪念意义的是2009年教师节。曾在一中任教六年、后任广播局局长的李广义老师派两位专业人员方振军、姜广远到我家与学校拍摄镜头，制作专题片——《快乐语文，快乐教师》，在县电视台《点击生活》栏目播放，引起不小的反响。虽然我人微言轻，但我觉得这种形式很好。在接下来的时间里，我连续五年给电视台的朋友评点文章，专题讲座，切磋交流，度过了一段美好的时光。

　　无论我在不在学校，教师节的故事都不会走远，我会继续书写。与教育教学相关的点点滴滴萦绕脑海，与芬芳桃李相系的精彩华章在我多彩的人生中总是浓墨重彩的一笔！

　　百年大计，教育为本；教育大计，教师为本。教育是国计，也是民生；教育是今天，更是明天。我永远是一个教师人，永远关注我念兹在兹的教育。

　　谨此献给第三十九个教师节！

2023年9月4日

我的高考故事

2022年全国高考首场因疫情特别安排在7月7日，与我当年参加的高考时间一致。要知道，现在的高考首场时间无特殊情况都是在6月7日。

我的高考，是我永远的痛，也是我人生的转折点。

1983年高考，我发挥失利，落榜了（权且也这样说吧）。记得很清楚，得知落榜的消息，我和二哥当天便没回家，而是在我姨家住了下来，姨、姨父、性来哥都安慰我俩，我和二哥同一年高考。为什么？脸挂不住啊，怕村里人问这问那。于是，第二天太阳还没有出，我们一早就回家了，少遇见人，便心安些……那时的心理就这样沉重，恐怕现在的高中生也不及。因为，怕辜负了父母、大哥大嫂他们的好心，他们的付出……家里的气氛自然不畅，但他们并没有多的责怪，而是鼓励我们复读。

现在，老姨、性来哥、大哥也许还记得当时的情形，二哥在世的时候还经常提起。而我永难忘记，不会尘封，只是不愿提及。感谢二哥高中几年的照顾与忍让。

关于1983年高考，最深的就是，考了关于"挖井"的漫画作文，那也是那个时代我们同龄人的共同记忆。

复读，那时并不稀罕，几乎都有复读的经历，有的甚至"八年抗战"——上高中长达八年，现在的学生谁能受得了。那年的复读费15元，也许你感觉不屑一提，但对农家孩子来说也不少。这样，我和二哥就开始了复读。

那一年，我是很用功的，至于怎么用功就不多说了，成绩往往排在前几，还有第一的时候。多次给政治老师改卷子。

1984年高考，是很严的一年。前一年考风不好，故而又挨到我们。考场在现在的第一实验小学（城关中学前身）。那时的考生高考准备工作差得远，没有现在这么多人的呵护。考地理时，我的钢笔水不足，我就使劲地甩笔，使劲甩，才勉强答完，要是现在绝对不会有如此的幼稚与窘状。我最爱的地理才考了77分（满分100）。至今，我每科的成绩还记得非常清楚。

英语比较理想，到聊城参加口试，由于我笨拙的关山口音而未过关。其实，口试很简单，无非是让你用英语表述几个简单的问题。歪打正着，我上了中文系——聊城师范学院中文系（今聊城大学文学院）。我没有丢脸，大学期间学习成绩还不错，而且读了很多的书，特别是外国文学名著。

二哥和我一同考上。当时，在农村来说，这是一大喜事。大哥张罗了酒菜，约请村上好友一聚，庆贺。那场面，这种感情永存记忆中……

真感谢复读那一年。复读确实是一笔财富，不仅仅是上了大学，还悟得了人生的艰难、宝贵，而且为你增添了几分厚重。我向来认为，没有高中的历练，你的人生或许是不完整的。

如果没有高考，就没有现在。没有大学，就没有今天，或者将来。所以，要感谢高考，特别是农村的娃。我的高中同学经常提起高考对人生的影响。

因为高考，我考上了大学；因为大学，我回到了母校。从此，改变了我的人生。现在，我的微信名"遨游语文之海"，一表对教育职业的敬畏，二表对语文学科的钟爱（当然还有很多含义）。此生，注定与语文相伴……

猛兽独行，牛羊成群，孤独的灵魂总是艰难地行进。我不是猛兽，但我是那个孤独的行者……

今天7月7日。以此致敬高考，祝天下学子考试顺利！

写于2020年7月7日，2024年6月5日又改

我的山水·九月

一

这个暑假，本想去旅游，终没有去成。对我来说，旅游可真成了一种奢望。还不如一个孩子，一场说走就走的旅行，就那么轻易实现。看着他们写的小小游记，真是高兴，也算是弥补了我的某种缺憾。

我如果知道与我关系好的孩子外出旅游，我定要嘱一句：好好玩，写篇游记，我给你改。

一诺千金，我从未食言。每篇作文，我都看上好几遍，直至满意。现在的我，很乐意做这样的事情。与文字打交道，苦乐咸宜。一个个标点，一个个汉字，一朵朵思维的浪花，在我这里都幻化成美丽的风景……

我是自适的，但绝不孤芳自赏，师心自用，因为我知道，刚愎自用是多么地害人。

这个暑假，我一直憋在家里，看不到山水，看不到鲜花。但我总看到远方的你们，还有我的亲人。你们就是我的山水，我的花儿。我始终爱着你们。

远出旅游，不该成为奢望。当今中国，江山如画，画中人又怎能没有我呢？

二

九月是清静的。雨平稳了，庄稼日渐成熟，杨柳的须发也不再那么青郁。九月是厚重的。文化人开启了新的读书旅程，不再满足过去的自己，寻

觅更美的风景与诗意。

九月又是青春的。刚迈入门槛,大中小学生陆续开学,最有朝气的一族又在续写属于他们的美丽青春故事,为他们送上祝福。

九月更应该是深邃的。天空湛蓝,鸟儿高飞,河水不急不缓,一切都在酝酿……

我喜爱九月,我要好好享受。

2023 年 9 月 1 日

精神的丝丝缕缕

2022年，于我非同寻常。一个从教37年的人，固知金钱物质之重要，而精神之于我也非一般人所体会。

2022年精神的丝丝缕缕，缠绕着我，充盈着我，激励着我。

一个语文老师，其生活自然与读书相关。老实说，我今年读的书不多。小说，有夏目漱石的长篇小说《我是猫》，叶梅的中篇小说《最后的土司》，余一鸣的中篇小说《子承父业》；短篇若干，武俊岭的《大水》印象最深，写了不长不短的评论。诗歌，聂鲁达的《二十首情诗和一首绝望的歌》。散文，杨献平的《日照锦城头》，王涛的《母亲与河》，从维熙的《梦回故园》，关于后两篇的评论分别发表在《聊城文艺》和《四川散文》。评论，王应槐的《张中信创作论》（修订本）。接触最多的则是古诗词，几乎天天读。纵然如此，我犹以为读得不多。一个重要原因是，这一年我送完高三迎来高三，每天做题讲题，占去了相当多的时间。

夏目漱石的代表作《我是猫》，留痕深入我心。小说语言典俚结合，描写诙谐夸张，极尽讽刺之能事，处处闪耀着文采和智慧，嬉笑怒骂皆成文章，读来令人在忍俊不禁中惊奇赞叹作者之智慧。不时有精警之语，醍醐灌顶，如："人生不是在唇舌间实现的。""世上竟有这样的人，一面干着坏事，一面却自命为君子。"真是如此！鲁迅给予很高评价："……《我是猫》诸篇，轻快洒脱，富于机智，是明治文坛上新江户艺术的主流，当世无与匹者。"我推崇《我是猫》，自有偏爱，这本书是我的今年考上大学的学生给我的："愿吴老师身体康健，继续为教育事业奉献奋斗，在文坛大放异彩，桃李满天下。李彤彤。"其字体潇洒，笑容可掬，宛在眼前。

"别酒坛，战杏坛，冲文坛。"我的生活丰富多彩，我的追求踏实高远。2022年，我实现了我的作家梦。4月29日，"舞动的文字遇见美好的时代"

座谈会隆重举行,市作协主席弓车先生等名家应邀出席、讲话,给我莫大的鼓舞,我要感谢我生命中的每一位贵人。这一年,我写了大量的散文随笔、诗词诗歌、评论,出版了第四本书——散文、评论集《大地的召唤》。我写的很多诗文被各种报刊、网络平台推送……马蹄声声,我前进的脚步不会停止。

我要特别感谢《聊城晚报》。我写的高考作文《固"本"得"妙"境界开》6月9日在该报显著位置发表。这篇"下水文",是我高考语文结束后、未吃午饭而一气呵成的。那一天,永难忘记。

诗意的生活不独年轻人有,中年人同样有。4月26日是我的生日,我写了一首《贺新郎》:

梦绕来时路。叹春风、凌窗入眼,月流西去。扫尽浮云情已定,却盼时光静度。聚知己、心灵深处。弄孙含饴老来乐,这人间、清欢恣意诉。谁似我,翩然舞。

三十六载杏坛树。苦争高、青春播洒,桃李颖秀。从教读写两不误,别酒冲文自许。谩名利、皆成尘土。驰骋青冥把书看,请东坡、赤壁相游否?仙羽化,欲飞举。

中年人更善于发现、珍惜生活的美,每一个精彩瞬间都焕发神奇,意味无穷。一天中午,妻子做了菜盒,形美味鲜,放在盘中,我不禁诗意来袭:"片片金黄中绿盈,美餐一顿体如风。生活处处有诗意,巧手灵心自在行。"妻子颈椎不好,我就用笨拙的办法,一个劲儿地揉,结果揉出一首诗来:"……天天握笔的手,又怎能有力/但是,我还是揉,不停地揉/揉出了笑语灿灿/揉出了心花烂漫/揉来了春天/揉来了幸福绵绵/人生就这样揉着……"感动了很多人。

仁者爱人。乐于助人是中年人最美好的品性。很多人知道我爱写评论,爱修改文章,爱朗诵,我也因此帮助了很多人,他们的进步是我最大的幸福。我将乐此不疲!

2022,有收获,也有遗憾。愿2023的我创造更多的精神财富,愿我们的国家、每个人都奔向更加光明的境地。

2022 年 12 月

上篇　像风一样自由

念念不忘，必有回响

　　寒风的凛冽抵不住这一年来的温暖，疫情的肆虐挡不住这人世间的温情。挥一挥衣袖，即将告别温暖而又温情的 2022，我有着千般的留恋，万般的不舍，更有着无限的人生感慨。

　　"岁月不居，时节如流。" 2022 年，56 岁的我，一匹老马在念兹在兹的教育战线耕耘了 37 个春秋，一直奋战在课堂，用生命在歌唱，用爱与责任在挥洒……"一生只为一堂课。" 45 分钟课堂，是我激情洋溢的天空，是我与我的桃李们碰撞思想之花、迸溅思维之泉的乐园。每一个精彩的瞬间，都在我的脑海里翻滚。我刚送完一届高三，又让我继续送高三，三个年级的年级主任竞相告我："吴老师，跟着我们教吧？"最后，学校决定让我留在高三。我扪心自问：我何德何能？我万没有想到：在今年，一个送高三毕业班二十三届的老教师竟会如此……答案就在我奋斗的足迹里，在我的无私奉献与韧性坚持里，在我的每一节课堂里，在我取得的高考成绩里。我教的班级语文成绩 110 分以上 34 人，为学生的高考助了一臂之力。这是一个老师最大的光荣与幸福。我为自己的"宝刀不老"而欣喜。正所谓：青春正酷，心态正好，炉火正旺。

　　"为了那一杯青花郎，我要站立成一株倔强的红高粱！"我在诗中这样写道。我与我的爱徒的美好约定，实现了！我要继续演绎美好的教育故事。

　　我为教育而生，我为语文而生。2022 这一年，我总结了很多语文学习理念，深入每一个学生的心灵：

热爱语文就是热爱自己；
大气学语文，开放学语文，浪漫学语文，扎实学语文；
题目在课外，答案在课内；

"12333446"作文教学法；

阅读与写作是语文老师和学生腾飞的双翼；

……

我的语文课堂，师生不仅徜徉在每一篇课文里，还有更广阔的世界，《经典咏流传》《故事里的中国》《典籍里的中国》《国家记忆》……是常客，是常态。学生说："吴老师的开放学语文真是震撼！""原来语文课可以这样上！"

"我思故我在。"我的"恋语情结"挥之不去，"生而语文，爱而语文，乃如一个孩子永远眷恋生他养他的母亲……"

作为一名语文老师，我很早就有一个梦，那就是——文学梦、作家梦。功夫不负有心人。今年，就在今年，我圆了我的作家梦。4月22日，是我注定不能忘记的日子，这一天，得知我入选了山东省作家协会会员。说不出的兴奋。如果用"欣喜若狂"形容，确是矫情；用"心花怒放"形容，恰切不过。为此，学校领导邀请市、县知名作家举行"舞动的文字遇见美好的时代"座谈会，当日之情景始终铭刻在我的心幕。我要永远感谢我的母校，我的挚友，我的文学梦、作家梦，还会继续做下去。

这一年，是我创作的蓬勃期。作为老师，写教育随笔是再正常不过的，只不过今年写得更多，皆因我的芬芳桃李，我的骄人高考，我的创新创造。诗歌、散文、评论全面开花；而评论，涉及诗歌、散文、小说、影视等，有名家的，有身边好友。诗歌《月亮之上》，被多家媒体转载。散文《爱情说》，阅读量45万人次。评论《一篇令我心动的散文——浅谈从维熙〈梦回故园〉》发表在《四川散文》；《一篇"讲好黄河故事"的力作——读王涛散文〈母亲与河〉有感》，得到市文联主席的充分肯定，并发表在《聊城文艺》。为英子的诗歌《冰与火的相伴》写的评论，大大激发了其创作热情。然而，我最高兴、最难以忘怀的则是我写的高考"下水文"——《固"本"得"妙"境界开》。

6月7日上午11点半，高考第一场——语文结束。我急不可耐地问我的学生："作文是什么？抓紧给我说说。"张晓林、李彤彤比较详细地告诉了我。我旋即骑车回家，到家便写，索性也不做饭了。我反复琢磨材料，确定好立意，在高考模拟试卷纸上写了起来。思路大开，意随笔到，一气呵成，一挥而就，接着一字一句打出来（电脑显示1100多字），随即发给《聊城晚报》编辑，以及文友庞珍老师（在齐鲁壹点发布）。一切完毕，才简单吃了点。这篇"下水文"，不仅发表在《聊城晚报》，而且被评为齐鲁壹点"月度优秀文章"，还有200元奖励。这真是特殊情况下的意外之喜啊。我记得很清楚，这篇文章我引用了五句古今中外名言，特别是尼采的话："谁终将声震人间，必长久深自缄默；谁终将点燃闪电，必长久如云漂泊。"烙印在我、我的学生的心里。因为，平时我经常给学生引述这句话，高考前一天晚上又领着学生"背"了一遍。高考结束后的某一天，陈彤、王亚宁兴高采烈地对我说："吴老师，我也引用了尼采的这句话。"这篇文章确实引起了不小的轰动。齐鲁壹点总编辑曹竹青女士说："这位语文老师的范文得接近满分。"

"别酒坛，战杏坛，冲文坛。"好多朋友知道我的"三坛论"。如我这样的年龄，应该学会用"减法"，少酒肉之类，多精神品位。

"独学而无友，则孤陋而寡闻。"个人奋斗固然重要，但信息时代必须"互联"，借助网络平台传播影响力。2022这一年，对我来说，是思想大解放的一年，是信心更加坚定的一年。在曹竹青女士的指导下，我创立了齐鲁壹点个人号——"遨游语文之海"。没想到，它的威力那么大，仅半年时间，阅读量240万人次，粉丝3000多名。而且，比较好的诗文被转载多个平台，有的还被制作成了视频，花团锦簇，美不胜收，美妙的音乐传入耳鼓，真是高兴得很哩。在百度输上我的名字，我的诗文就立刻呈现出来。这样的风景，来自网络的力量，来自朋友的关注，也更激励我写出更好的诗文。

奔向花甲之人，拥有更多的爱心，爱党爱国，爱家爱生活。我是一名有着27年党龄的人民教师，始终以党员的先锋模范要求自己。我教的一个女学生，父母离异，跟着奶奶生活，又面临考大学，压力之大可想而知。我不但精神上鼓励，而且每月拿出50元资助她的生活（在我的带动下，所有任课老师慨然而出），她顺利地考上了大学。"吴老师，谢谢你们的付出，我一定不忘师生情深……"女学生有些哽咽。

家国情怀是古代仁人志士的高洁品性。作为一个新时代公民，一个党员教师，我不仅渗透于我的学生，还身体力行，而且以诗的形式表达。北京冬奥会今年2月举行，我倾心倾力奉献了一首词——《水调歌头·北京冬奥会》：

沉浸在读写的海洋里

冬夏两奥运，独有北京归。中国风采又展，蓬勃立春时。寰宇翕然云聚，不惧西方冷眼，直向东方依。万里赴华夏，精彩焕神奇。

冰雪情，三亿享，乐无支。空灵浪漫，现代科技任心裁。气势磅礴皇皇，叹为观止啧啧，唯我大中国。万众襄盛举，一起向未来。

妻子患有颈椎病，此病没有什么好办法，我只能用"笨"办法给她揉肩、揉背，以减轻其疼痛。为此，我写了一首《揉……》，感动了无数人：

妻子颈椎不适，于我
只有笨办法——揉
肩胛骨，脊背，大椎……
无一不推，无一不揉
她说，手无缚鸡之力
我承认，确实如此
天天握笔的手，又怎能有力
但是，我还是揉，不停地揉
揉出了笑语灿灿
揉出了心花烂漫
揉来了春天
揉来了幸福绵绵
人生
就这样揉着……

不知怎的，年龄越大，越思念自己的故乡，前不久，我泪流满面，写下这样的诗句：

我排行最小，但不娇气
也没有乳名，叫我"小木"的

爹娘，走了三十年，十三年

同样，叫我"小木"的

叔叔、婶子们大都走了

叫我"木"的哥哥、嫂子们

也都老了，满脸的皱纹

叫我"木哥"的老乡

也成了地地道道的中年人

叫我"木叔叔""木大爷"的

也已青春逝去，满目沧桑

叫我"木爷爷"的子嗣们

活蹦乱跳，我却说不出名字……

我的故乡呀，今生今世的

精神家园，你可安好？

　　2022年，还有一件大喜事，必须分享给我的朋友们，那就是我出版了我的第四本书——散文、评论集《大地的召唤》。

　　2022年，我有太多的感动与回忆，一切的美好，都可以在《花语》这首小诗中体现：

近花花欲燃，知性两相看。

脉脉含情目，怡情亦爽颜。

　　爱徒李彤彤知道我爱读书，给我网购两本小说——夏目漱石的《我是猫》，毛姆的《月亮和六便士》。好友知道我讲课用嗓子，给我要了中药泡水喝……这暖暖的细节让我如何不爱这美好的生活！

　　我们的生活不只是风和日丽，也有阴霾笼罩。疫情没有间断，影响着人们的生活。但无论怎样，中国人的信心越来越强！我们也有些许不快与无奈，但生活有多艰难就有多珍贵。

　　2022年，我最喜欢的一句话是："真正的英雄，是那些看清了生活真相，

依然热爱生活的人。"这是罗曼·罗兰说的。一百年过去了，依然熠熠生辉。

2022即去，2023将至。奔赴2023，我有太多的期许。

我愿神州大地一片澄明，疫情散去，经济发展，国泰民安；

我愿读更多高质量的书，写出更多更美的诗文；

我愿我的课堂更加精彩，学生高考成绩卓然；

我愿我的生活丰富多彩，充满诗意；

我愿走出去，游历祖国大好河山，流淌出行云流水般的文字；

我愿普天下的中老年人身体健康，精神充盈，年轻人事业蓬勃，积极有为……

念念不忘，必有回响。

2022，足够精彩；2023，值得期待！

2022年12月

爱生说

年甫二十耕耘杏坛，凡三十八年，芬芳桃李数千。神州大地，吴门学子奋斗以成，奔腾急，战犹酣，晴空一片。

语文课堂，吴风起浪，驰骋想象，麦浪滚滚，缕缕稻花香。

典籍中国，大气开放，思维跌宕，与圣贤起舞，共情飞扬。

同济清华，灿然如花。大江南北，众生生辉。

笔下珠玉，纸上烟霞。文缘人脉，亲如一家。

酒坛去，杏坛溺，文坛迷。人生多彩如斯，所钟不离不弃。

吾爱吾生，明月清风，昂首挺膺，欣然前行。

生之爱，同予者何人？

2023 年 7 月 3 日

沉浸在读写的海洋里

"唤醒"的力量

从事教育工作这么多年,我深知"唤醒"的重要。唤醒什么,当然是沉睡的灵魂。

德国存在主义哲学家雅斯贝尔斯在《什么是教育》中有一句非常著名的话:"教育的本质意味着:一棵树摇动另一棵树,一朵云推动另一朵云,一个灵魂唤醒另一个灵魂。"这是我所见到的关于教育最形象最浪漫最经典的诠释。换言之就是,教育的根本任务是关注人的精神世界,教育的根本法则应该是像云朵推动云朵一样地靠人的精神力量去影响他人的心灵,促进他人精神力量的健康成长。

在指导孩子作文的实践中,我有深切的体会。很多孩子不愿写作文,视作文为"仇敌"。爱写作,爱表达,对每一个孩子来说是多么幸福的事!把自己的所见所闻、所思所想传达出来,心情该是多么清爽!不仅孩子本人,家长又是多么高兴!所以我认为,一个语文老师能让孩子爱上写作,乐于表达,与人分享,是最"功德无量"的大好事。当然,这不是一蹴而就的,需要激发、点燃,用心用情也必然用力地科学指导,把他(她)唤醒,走入正确轨道。我有很多这方面的成功案例,在这里就不多言了。这只是本文的一个引子。

身心健康对一个人而言至关重要,无论年轻还是年长。而心理健康甚于身体健康。我给大家分享一个真实的故事。

建国是一中学高级教师,课教得好,成绩好,人品好,深受学生欢迎,也经常做经验交流。妻子也有不错的工作,女儿12年前16岁就考上了985大学,夫妻恩爱,没啥矛盾。这样的家庭,让人羡慕还羡慕不过来呢,偏偏他就患上了抑郁症。到底什么原因,我也不便问个究竟。他妻子和女儿都是我的学生,而且时间不短,两三年之久。君子成人之美。我觉得,我有责任和义务让他走出来。

凡事总有契机，总有机缘。我早知道他爱读书，也爱写点什么，几年前我看到过他写的诗特别好，只是数量不多。今年春节过后，他不知怎么看到了"东阿作家"公众号，便给我发过来他写的关于教学的随笔，很全面，很详细，也很生动，我给他推了出来。

我说："你发到朋友圈吧。"

"不，只给自己看，可以回忆过往的生活。"他说。

我无论怎么说，他总也不肯，坚持己见。其实，自己写的发到朋友圈，是很正常的事，可到他这儿就这么难。我的想法是，让他发到朋友圈，看看读者的反应如何，或许能打开一片天地。为了让他走出思维的暗区，活泼起来，阳光起来，我把我的几本书快递了过去。谁知，他用微信发来了书款。我给别人书，从来不这样。我给他退了回去，他又发来，真是拗不过他！

我急中生智，想了一个招儿。

"我收下，你必须把你的文章发到朋友圈！"我激他。

"行，你只要收下，我就发朋友圈！"他回复。

我索性"收下"了。接着他真的把文章发到了朋友圈。第二天，我问他："怎么样？""点赞的真不少，还有好多留言的。"他说。我能揣摩出他的心情很好。

有了这"第一次"，我就有信心了。果然，他每隔几天就发来一篇散文或者诗歌，也及时地发到朋友圈，而且对我以及编辑表示深深的感谢。他的每一篇诗文的阅读量都很高。看来，文学真的能打开人的心扉。

实际上，每个人都需要被爱与关注。

我给他的一首诗特别写了"主编推荐语"：

一颗忧郁而又透亮的心灵跃动在诗行间。叙事中蕴含绵绵情致，细节、心理描写别有情趣，既有古典美，又有新气息，生活之美就这样细而行之。走出来吧，拥抱自然，一切如新……

他很感动，发来很多温暖的话：

您没有嫌弃我，我非常感激。

我一点一点改变吧，您读书写作那么忙，时间真是宝贵。再次表示感谢。

我是改变了不少，因为脑子和眼睛经常捕捉生活，所以少装了很多烦恼。

感谢吴老师的唤醒。

虽然不自信，可没那么自卑了。

……

我回复道："我接受这美好的心声。"

这些话，我是一字不误照抄。朋友，看到了吗，他确实改变了，进步了，我为他高兴！

他把我称作他的"贵人"。

他用了一个特别让我兴奋的词——唤醒！

这正是我想要的，这也是我写这篇短文的"由头"。

唤醒的力量，不可小觑。

"一棵树摇动另一棵树，一朵云推动另一朵云，一个灵魂唤醒另一个灵魂。"雅斯贝尔斯不愧是一个哲学家。

2024年4月9日

青花郎的故事

"为了那一杯青花郎,我愿站立成一株倔强的红高粱。"这是我高考前夕写的两句诗。"青花郎",在这里具有很美的寓意,就是美好的约定,考上理想的大学。我表达了我的美好祝愿,以及我对同学们的深情。

一提起"青花郎",四班——鲲鹏班,全体同学都发出爽朗的笑声。一个美丽的故事缘起于高二上学期。

上课时,谢孝航同学有些犯困,被我看到了。我当即说了一句:"谢孝航,你再困,让你喝一杯青花郎。"大家都喜了。"谢孝航,青花郎",平仄押韵,还真美。从此,"青花郎"就像种子一样深埋在同学们的记忆里。我这样说,没有丝毫的恶意,只是让他好好听课,让课堂活起来。我有让同学们看视频的习惯,比如《经典咏流传》《故事里的中国》《典籍里的中国》。也真巧,这三个大型励志文化类节目,主持人都是撒贝宁,都有"青花郎"冠名播出的广告,而且不止一次出现。每到有这样的广告,同学们都会心地笑了,并且目光齐刷刷地投向了谢孝航。谢孝航有些不好意思,有些许的尴尬。这是很自然的,要是我也会这样。随着时间的推移,"青花郎"便成了一种激励,而赋予象征意义。这种象征意义,就是鼓励同学们,好好努力学习,考上心仪的大学!

"青花郎",就这样流行开来。不明其因的朋友,就说:"吴老师,为什么不说红花郎?红花郎多吉祥?"他们殊不知"青花郎"是有典故的,比"红花郎"更能抓住同学们的心。我查了一下,"青花郎"比"红花郎"价格贵。我就是这么认真。

"青花郎"的广告很美,我都能背下来。原来的广告词是:"四川盆地和云贵高原接壤的赤水河畔,诞生了中国两大酱香白酒,其中一个是青花郎。青花郎,中国两大酱香白酒之一。"现在的广告词是:"云贵高原四川盆地接壤的

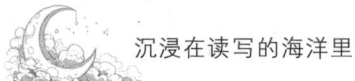

赤水河左岸,有座美丽的郎酒庄园,孕育出庄园酱香白酒——青花郎。青花郎,赤水河左岸,庄园酱酒。"那个画面,那种声音,真的好美,如临其境了……

高考结束,同学们都会自发地邀约老师一聚。助理班主任、语文课代表王富林给我发来微信:"拟定于明日中午于迎宾酒店举行鲲鹏班谢师宴,敬请吴老师参加。"我是教他们时间最长的一个老师,从高一开始一直到毕业,我推掉其他事,决定参加。班主任于国老师也发来微信:"吴老师,明天中午聚会给您说了吧,孩子们期待着呢。务必光临。他们说等您的青花郎,有典故?""嗯,学生都知道。"

不知今天的聚会,他们也准备了青花郎否?

青花郎的故事,可发一噱啊!

2022 年 6 月 12 日

上篇　像风一样自由

固"本"得"妙"境界开

　　我不是围棋高手，却谙熟"本手、妙手、俗手"之内涵。本手是基础，妙手是创造。我们不能忽视基础，甩开基础，而空求创造。只有在重视基础上的创造，才能奋起于地，展翅飞翔。正所谓：固"本"得"妙"境界开。

　　本手功夫扎实，棋力才会提高，才可能出妙手。不然则俗手，终不得围棋之妙。同理推之，凡事亦然，不脚踏实地，唯好高骛远，目标只能是空中楼阁，成为美丽的泡影。

　　作为一个从教36年的高中语文教师，我首先自然想到语文学习以及与之相关的阅读、写作。很多人、很多同学谈及语文学习，动辄感慨语文素养提高之难，究竟有无捷径，发出"爱也语文，恨也语文"之喟叹，难以窥其堂奥，望而却步，兴趣恹然。之所以如此，就是他们忘记了语文学习之真谛，必须强化知能积累，热爱阅读，相约经典，培养语感。读得多了，积累多了，思悟多了，自然就愿写，汩汩而出，沛然不可阻也。我写过一首长诗《恋语情结》，表达了我学习语文的真切感受。在我的熏陶渐染下，我的学生大都热爱阅读与写作，不仅成绩佳，且一连在"学习强国"发布文章十余篇，成为一道亮丽风景。这就是重视"本手"基础之功而得"妙手"创造之效的生活真实。

　　语文学习许是小道，而"国之大者"更能明证重视基础、抓好基础之神奇。如今，我国综合国力、科技实力举世瞩目，无人怀疑。原因很多，但与党和国家重视基础攻关息息相关。实现中华民族伟大复兴的中国梦，不是一句空话，分为"两个一百年"奋斗目标，一步一个脚印。在完成全面建成小康社会，实现第一个百年奋斗目标之后，我们要乘势而上朝着第二个百年目标奋楫中流，破浪前进。如此宏伟蓝图，需要亿万劳动者的辛勤劳动与创造。大国工匠之受人敬仰，就在于他们精益求精、一丝不苟、追求卓越的基础性奉献，才会有"九天揽月、五洋捉鳖"的神话般传奇，才会有高铁呼啸驰奔、稻花

神州飘香、农民兴奋展颜……人们忘不了孙家栋、袁隆平、黄文秀这些闪光的名字，他们必将永存大地，辉映星空。没有他们的无私奉献，没有他们的扎实功夫，怎会有如画江山、灿烂容颜？他们是妙手，更是本手。

青年是祖国的未来，时代的中坚，民族的希望。"不驰于空想，不骛于虚声。"青年之可贵，就是要摒弃侥幸与虚妄，磨砺意志，耐住寂寞，内外兼修，苦练基本功，终得胜利之花扑鼻香。苏炳添、苏翊鸣、谷爱凌，不就是青年学习之楷模吗？他们不仅闪耀了自己，更为国家赢得荣誉，实乃由"本手"而成"妙手"之懿范也。

尼采说："谁终将声震人间，必长久深自缄默；谁终将点燃闪电，必长久如云漂泊。""声震人间""点燃闪电"，何其瑰丽！那就要深悟围棋之道，远离俗手，苦练本手，终成妙手，你才能欣赏到人间最美的风景，驰骋在创造的王国。这就是人生的辩证法！

（此文是2022年高考作文"下水文"）

2022年6月7日

这就是我想要的生活

谷爱凌已然成为现象级青年偶像，她今天所有的惊艳皆源于她的热爱。史铁生成为纯文学的代表人物，在于他与苦难周旋中对文学的痴迷。有了热爱与痴迷，他们的生活才如此美丽，人生才如此绚烂。

我们究竟需要怎样的生活？我们的生活倾向于物质还是精神？我们的追求是什么？

无论是年轻漂亮、青春飞扬的谷爱凌，还是因《我与地坛》而享誉文坛的史铁生，都给我们一个明确而充满正能量的人生启示：因为爱，所以爱，爱自己所爱——真爱，挚爱，倾心倾情之爱！谷爱凌因为热爱，获得了冬奥会两金一银。史铁生坚守自己的阵地，在苦难中发光，为我国当代文学平添丝丝禅意与清香。

其实，生活有多艰难，往往就有多珍贵，人生就有多美好。他们活出了自己，活出了自己的精彩、独特与瑰奇。这就是他们想要的生活。

我想到了我自己，一个56岁、饱经沧桑、地地道道的中年人，也在思考我的生活，我的人生。我在杏坛耕耘了36年，送了二十多届毕业班，学生数以千计，有清华、同济名校生，"桃李满天下"之赞声不绝于耳。有人问我："吴老师，还继续教吗？"我毫不犹豫地说："只要身体允许，就教。"声音不大，内心却斩钉截铁。我热爱教育，热爱学生，我一回到课堂，就变成了另一个自己：激情洋溢，青春焕发，享受师生碰撞思维的快乐，遨游语文之海，无风起浪，其喜洋洋者矣……我享受这样的课堂，这样的生活。我晋升高级教师21年，如我依然驰骋课堂者寥寥。我教了仅八个月的李明慧同学说："我们有独属于语文的浪漫。老师讲课有趣，我们都舍不得睡了……"

也许有人惊诧：你为什么不知疲倦、不管风吹雨打、每天骑自行车到学校？你为什么批改作文废寝忘食、乐此不疲？你为什么在教学之余每天在写作，诗词歌赋，散文评论，无所不有？……这一切的"为什么"，都源于对教育、对学生的爱，对读书写作的爱，对生活、对人生的爱。归根结底，是一种情怀！这好似在夸赞自己。狭隘者肯定如是言。其实非然！我是在与知我者分享，以促使自己继续前行，更快地前行！

不仅如此，我会早起读书，沉浸在美丽的诗文中。我会林间散步，呼吸新鲜的空气。我会促膝谈心，帮助年轻人进步……

我是教育战线上的一匹老马，我让我之所为渐染于我的芬芳桃李，崇尚有为而高雅的生活，将来成为社会的栋梁，创造更多财富，铸就精神大厦，于艰难求索中探寻人生真谛。

这就是我的生活。这就是我想到的生活。这就是我的生存法则。这就是我生命的存在方式。几十年如此，而且将继续下去。

热爱生活，热爱生命，就是我想要的，这就是我生命的全部。

（此文是2022年中考作文"下水文"）

2022年6月13日

故事浸润心，力量沛然来

中国故事，中国形象，中国力量。神州大地自古迄今上演着可歌可泣、震撼魂魄的动人故事，塑造着成千上万、回响久远的感人形象，激荡着催人奋进、直抵心灵的磅礴力量。

每一个平凡而精彩的故事里，都蕴藏着中国人的聪明智慧，都催生绵绵不绝的前进力量，都在生动诠释这个古老而生机勃勃的民族的不朽基因与传奇密码。

我是一个有38年教龄的语文老师，我的职业特质令我属意于《故事里的中国》演绎的精彩华章，而成一个个经典，薪火相传于我的芬芳桃李。

"万经之王"《道德经》是我最喜爱的国学经典，虽艰涩，然爱之。紫气东来之老子为传播自己政治理想而历尽磨难，悟道求索，心系苍生，发出"知我者希，则我者贵，是以圣人被褐怀玉"之千古浩叹……那一个个孑然前行的画面在我眼前迭现……思古之幽情，在民存心焉。

"以百姓心为心""我将无我，不负人民"。我们的新时代领袖有着绵长的人民情怀，赓续老子之心，而得民心。足迹遍布大江南北，踏石留印，嘘寒问暖，用实际行动向世界讲好中国故事……

大道仁心，古今一脉，国家之幸，人民之福。

"千秋英雄气，天地尚凛然。"当今中国国力强盛，立于世界舞台中心，我们当不会忘记为了新中国而牺牲的万千烈士。于我而言，最动人者莫过于很多人不熟稔者——抗战诗人陈辉。他用仅仅24岁的生命练就了一个中国人的铮铮铁骨。他在《为祖国而歌》中写道："祖国呵/在敌人的屠刀下/我不会滴一滴眼泪/我高笑/因为呵/我——/你的大手大脚的儿子/你的守卫者/他的生命/给你留下了一首无比崇高的赞美词/我高歌/祖国呵/在埋着我的骨骼的黄土堆上/也将有爱情的花儿生长。"八十一年前他想唱给祖国的歌，今

天终于被亿万中国人听到。我在看《经典咏流传——致敬英雄》时，泪流不止。不只是我，所有人都潸然泪下——他展现了中华民族的崇高形象！

我们生活在和平年代，少的是战场上的金戈铁马，但是，我们同样需要英雄，需要更多的平凡的英雄。他们在各自的岗位上挥洒汗水，为这个社会打扮梳妆，无私奉献。他们同样值得尊敬。我有幸认识一位八十多岁、党龄五十多年、非常有名的道德模范，有"六大员"之美称——小区清洁员、义务宣传员……他胸前的党员徽章总是闪闪发光，他自己说他的长寿秘诀是："好事天天干，人就老得慢；精神不老，永远年轻。"精神不老，美哉！我所见到的沈老先生天天那样精神焕发，答案在此！我被他的人生境界折服！

这个世界何其美好，就是因为有这么多平凡的英雄，有这么多浸染身心的美好故事，有伟大祖国神奇的土地所迸发的无穷热力！

我的新书《大地的召唤》写了很多身边的故事，他们的身上都发着光。每个人都是一束光，或微弱，或灼热，无论怎样，都是一种力量。我作为一名党员教师，也要追逐阳光，续写自己的故事，绽放自己的力量……

（此文是 2023 年高考作文"下水文"）

2023 年 6 月 7 日

我的高考我做主

2024年高考已然来临，我作为一个曾参加过高考的教育老兵，利用公众号这个平台，与大家进行真诚的交流，平复你那颗剧烈跳动的心。

养兵千日，用兵一时。三年已过，就在当下。所以，我们要用积极的心态迎接高考的到来，正视它，拥抱它，挑战它，而不是被动，回避，示弱！

第一，你要在心理上战胜自己，你要成为意志坚强的人，要营造三年来最好的心情。所以，从现在开始进入"高考时间"的这几天里，你一定要有一个良好的舍我其谁的心态、状态，有一个强大的精神力量。这是极其重要的，是第一位的，其他一切都要让位，让路！

第二，学会"三个自我"。十几年前，我当班主任就给我的学生渗透、强调，要善于自我激励、自我提醒、自我暗示。平时是这样，高考更是这样。这一点很重要，实践证明很管用。在这关键时刻，学校以及老师都会适时地做一些思想工作，温馨，温暖，而又有效。我想，最重要的还是你自己。我经常说，自己要成为自己的一面镜子，就是这个道理。别人的话要在你那里消化，转化为你自己的，那就是行动。你一旦有了正确的科学的意识支配，那你将是战无不胜的。所以，我衷心地希望你平稳、顺利地闯过这一关。

第三，迎难而上，规范应对。高考不是那么难，也不是那么容易。这个心理必须有。"人难我不畏难，人易我不大意"，想必这句话大家都知道，真佩服说这话的第一个人，说出了考生必须有而且应该有的心态。高考的魅力何在？又如何应对？我想，唯有规范，没有任何侥幸！一切本着规范去做，你就是胜利者！人文学科讲究书写规范，自然学科讲究步骤规范，一切题目都要注意审题规范。只有规范了，你才会多得分，你就是幸运儿！到底有没有幸运儿？我明确地说：有！幸运总会落在讲究规范、行为规范的人身上！这可不是什么唯心主义，决然符合唯物辩证法。好了，请记住：一定要规范！愿

 沉浸在读写的海洋里

你成为一个幸运儿!

　　第四,做好技术型处理。一切事业的成功是多方面的因素,而且,你必须晓得,一切都是能力。你进入了"高考时间",一切都要规规矩矩,不能忽左忽右,忽上忽下,情绪不稳定……考生要有管束自己的定力。考完一科,就要"清空"这一科,更不要对答案,要积极应对下一科。每一科目都有考试策略。比如,语文先做名句,无论会与不会,必须在两分钟之内做完(有的名校要求一分钟),决不能"游弋"过长时间,然后腾出时间、按照顺序做题。对作文所给的材料,要读三遍,找出关键字眼,以确保立意正确而不跑题。这一切都是技术型处理,都属于能力的范畴,并非可有可无。

　　我的高考我做主。我是主角,我是主人,一切由我主宰(当然要"规避"消极的因素)。"成功必将属于我!"你要对自己这样说,不仅说,更要做——知行合一!

　　现在你的时间太宝贵了,不多耽误你一分钟!因为,有你的老师为你全程护航!

　　祝你成功!愿你辰龙舞,迅如风!

2024年6月5日下午4时30分速写

共圆大学梦，拼搏正当时

各位老师、同学们：

大家上午好！我发言的题目是——《共圆大学梦，拼搏正当时》。

今天是12月13日，国家公祭日，一个不能忘记的日子。勿忘昨天苦难辉煌，无愧今天使命担当，不负明天伟大梦想。百年成就激发奋进力量，青春奋斗践行强国誓言，吾辈青年当须奋发努力。

今天最高温度只有7摄氏度，寒气逼人，但风和日丽，空气清新。我喜欢这样的天气。因为，它让你清醒，让你有一颗澄澈的心，让你沉静下来思考如何拼搏奋斗，如何挑战自我、迎战困难，如何用心、用情、用力地提高成绩。

"共圆大学梦，拼搏正当时。"今天，距离高考英语听力只有26天、期末考试30天，距离明年高考也只有170多天。"点燃激情，迎在高考。"在此，我发出倡议，为圆大学梦，实现人生转折，我们全校上下、每个年级、每个班级，要掀起一个"冬学"的高潮，为你的美好人生留下浓墨重彩的一笔！同学们，你们准备好了吗？

我1980年考入东阿一中，1986年大学毕业又回到母校任教，一直到今天，长期担任班主任工作，送了23届毕业班，桃李满天下，数千学子争奇斗艳神州大地。仅我们学校，就有20多名教师是我的学生。每每想起这些，我就感到无比的自豪。但是，这都属于过去。人生的精彩，在于把握现在、充实每一个今天。唯有如此，才能赢得美好的明天！我始终有一个清醒、执着的头脑，有一种昂扬向上的心态，永葆青春的朝气与活力。

我虽然有长达36年的教龄，但是我丝毫没有倚老卖老的老态与顽固。"学习、创造、谦虚、执着"，是我的人生哲学。《道德经》"大丈夫处其厚，不居其薄；处其实，不居其华"，是我的行为之道。德国著名哲学家尼采"谁终将

声震人间，必长久深自缄默；谁终将点燃闪电，必长久如云漂泊"，是我的人生信仰。我现在教两个班的语文。上好每一节课，全面提高语文成绩，助力2022年高考，实现真正意义上的"华丽转身"，是我的天职，也是我的近期奋斗目标。所以，不管风吹雨打，漫天飞雪，我都会骑着那辆自行车上课、查自习……雷打不动，风雨无阻。因为，我是一中人，更是高三人。

我还有一个美丽的梦，那就是文学梦、作家梦。我的第四本书——35万字、430页的散文评论集《大地的召唤》即将出版，正在申报山东省作家协会会员。我说这些，并非居功自傲，并非表白自己，而是郑重宣示——幸福是奋斗出来的！

"青春，现在是用来奋斗的；将来，青春是用来回忆的。"那么，同学们，青春的你，奋斗了吗？"共圆大学梦，拼搏正当时。"在此，我向全体同学特别是高三同学，提出以下几点希望与建议。

1. 树立目标

"一个朝着目标奋勇前进的人，整个世界都为他让路。"你要问自己："我的目标是什么？为实现目标，我努力了吗？"

2. 为自己学，为美好的人生而学

必须明确，学习是自己的事情，学习是为了自己将来的幸福。明白了这一点，你的动力就会大大激活，大大增强。

3. 强化自律

没有自律就没有真正的自由。若享有自由，就必须自律。"道德的基础是人类精神的自律。"马克思的话应该像警钟一样每天在耳边回旋：我自律了吗？我专心致志了吗？

4. 制订切实可行的计划

有心者、有志者都有一个好计划，都会制订并完成计划。愿你做一个有心人！

5. 狠抓规范与效率

每一个同学要向规范要质量、要成绩，提高听课效率与做题效率。做好这一点，非常重要。

6. 听老师的话

很多学霸、高考状元，都谈到了这一点。希望每一个同学听老师的话，在老师的科学指导下快速前进。

"共圆大学梦，拼搏正当时。"此时不搏何时搏。我们每一个同学要相信做的哲学，做一名战士，做一名冲锋陷阵、敢打硬仗胜仗的战士，摒弃任何的侥幸与虚妄，时刻享受通过勤奋扎实的努力而获得优异成绩的喜悦与幸福。

最后，我用 2006 年，也就是为我班考入清华大学的那一届学生写的一首词——《减字木兰花·争胜》，作为我今天发言的结束：

劲歌高唱，荡涤心志情飞扬。号角春雷，直破顽敌凯旋归。
温故知新，文山题海骏马奔。天道酬勤，拣尽黄沙满地金。

我的发言完毕。谢谢大家。

2022 年 12 月 13 日

沉浸在读写的海洋里

理性三题

1. 不能太满

"满招损，谦受益"，是人们耳熟能详的一句话。确实，一切不能太满。

做人不能太满。不能苛责于人，言语太绝，过于霸道，要宽容以待，给人以机会。"水至清则无鱼，人至察则无徒。"置人死地者，自己亦必受其害。

做事不能太满。要留有余地，不能一心追求完美，过于偏执，走向极端——相反的一面，必然背离初衷。应在合理的区间、科学的轨道上前行。不顾他人感受，无端占有公共资源者，亦在此列。

讲课不能太满。一堂课，生怕喂不饱学生，一股脑儿什么都"塞"，必然吃不消。要处理好"吸收"与"释放"的关系，懂得取舍。有道是：得失往往在取舍之间。

写文章不能太满。写诗为文，亦如做人做事。什么都想写，什么都写尽，七拼八凑，毫无张力，无想象可言，泯了驰骋与创造，亦觉乏味。海明威"冰山理论"是也。

2022 年 11 月 6 日

2. 善于倾听

闻过则喜，闻善则拜，是一种态度，一种境界，也是一种情怀（特别是前者）。一个听不进他人意见、建议，刚愎自用、我行我素的人，必定是一个心胸狭窄的人，要么有意排斥，要么孤芳自赏。

"人人都是高帽子客。"有多少人不喜欢他人给自己"戴高帽"呢？但是，为了个人的进步，事业的发展，你就必须倾听他人"真善美"的意见、建议，哪怕"忠言逆耳"。

比如，写作要善于倾听。文人相轻，自古而然。但我认为，写作真不全是个人的事，写作者不仅要对自己负责，还要对他人、对读者负责。你写出的诗文总不能日记般自顾自地看，或者锁在抽屉里"睡大觉"，还要与他人分享，与读者见面，起到文学应有的"兴观群怨"作用。如此，才有意义，才有价值，才能提高自己，才能繁荣文艺。

无论你什么职业，处于哪个层级，都要善于倾听他人的意见、建议，特别是建设性的。如果总是师心自用，不互学互鉴，又怎能提升自己。我不知这是不是逆耳之言？

2022年1月21日

3. 自律小议

关于自律，马克思有一句为我津津乐道的名言："道德的基础是人类精神的自律。"

马克思把"自律"上升到"道德"层面，言其为"基础"，可见自律是多么重要。而且，这种自律并非一般，而是"精神的自律"。精神之于人，甚于其他。由此可看出马克思这句话是如何的精辟、奇崛而可贵。

关于自律，我不想讲很多大道理，也不想举一些名人的例子，只说我们普通人做好自律是非常必要而有益的。这不禁令我首先且自然而然地想到了手机。

现在无疑是智能时代、手机时代。手机之于人，可以说须臾不可或缺。然而也可以有让它清闲的时候，确切地说让人清闲。我发现，很多人，无论是年轻人，还是中老年人，晚上休息有"手不离机""机进卧室"的习惯。无

论怎么说，这个习惯都不好。晚上休息的时间是人一天最清静之时，理应手机置于外屋，是不能让手机给你添麻烦的。我从不把手机带进卧室。

　　说到底，这就是自律的问题。读书学习更需要自律。这个时代，无疑也是非常浮躁的时代。一个人如果没有一点自律，恐怕浮躁随时跟随着你。而读书学习更需要硬核的自律。你每天要问自己："我读书了吗？我学习了吗？我的精神营养怎样？……"在这方面，我还是比较自律的。一本书大致多长时间读完，基本能做到，而且写出相应的感受。这已经成了我的一个习惯。我会坚持下去。

　　我有写短文的习惯，道理明了即可，不作过多的无病呻吟，不想耽误大家的时间。这篇小文算是我关于自律的一点浅见。如果人人自律，那么这个社会将是一幅多么和谐的图景。

　　亲爱的朋友，请不要忘记马克思的谆谆教诲——道德的基础是人类精神的自律。

2023 年 7 月 2 日

人文环境二题

1. 大拇指文化

时下颇为流行大拇指文化。

大拇指，不但在个人朋友圈，而且充溢着公共空间。大拇指，本无可厚非，可现在的大拇指却也有某种特殊味道。大拇指的多少与人的地位似乎有很大关系，能映射出彼此的远近亲疏。很多人情冷暖均能在高高竖起的大拇指上得到体现。

不要小看这大拇指，它不仅体现了一种文化生态，也有一种利益诉求。发自内心竖起大拇指，是受人尊敬的，也是让人心情舒畅的。然而，很多却变了味儿。有的心有所图，有的盲目跟风，有的不得已而为……个人是小事，染污了清新的集体空间，甚或有窒息的感觉，这不能不说是一个问题。

发自肺腑点赞，大力欢迎，支持。走了味的"大脚丫子满天飞"，哭都哭不出来……

2022 年 11 月 8 日

2. 一傅众咻

《孟子》中有这样一段话：

一齐人傅之，众楚人咻之，虽日挞而求其齐也，不可得矣。引而置之庄

岳之间数年，虽日挞而求其楚，亦不可得矣。

这便是成语"一傅众咻"的由来。比喻学习或做事受扰，不能有所成就。常用来表示环境对人有很大的影响。

一个人若有高强的抗干扰能力，任周围多么嘈杂、聒噪，而能沉浸其中，心无旁骛地学习或做事，那实在是天底下最美的事。大概 20 年前，学校开运动会，操场上锣鼓喧天，各种声音此起彼伏，我坐在一隅看书，丝毫不受影响，可是我现在也许做不到了。

鲁迅先生 98 年前的著名演讲《未有天才之前》中说："譬如想有乔木，想看好花，一定要有好土；没有土，便没有花木了；所以土实在较花木还重要。"很明显，鲁迅的话含有哲学意味。这里的"土"，即"土壤"，环境。"花木"，即"人才"。用现在的话说，当然就是"环境育人"，与孟子的"一傅众咻"基本相同。

你处在嘈杂的环境中，能够镇定自若，做自己喜欢的事，做自己应该做的事，这也是一种幸福。但是，偏偏有人做不到（当然也不排除他本人的定力没有达到相当的水平），在那儿自寻烦恼……我想，也不是他本人不想做好，不想安静，不想有所作为，只是嘈杂声太大了，"大拇指"太多了，一忽儿这，一忽儿那，你要想耳根清净，眼睛清爽，那真是难乎其难。

"请给我一方净土吧，请让我自由飞翔吧……"可怜的鸟儿们发出哀怜的求救的声音。

2022 年 11 月 9 日

爱与幸福三题

1. 爱与被爱

爱人与被人爱，都是真实而美好的，都不能诋毁。爱一个人，不是一时，不是大喊大叫，不是逢场作戏，而是无声的行动，细水长流，甚至默默无语。虽不轰轰烈烈，却也值得回味。

爱一个人，也能改变一个人。你的散发着灵魂的香味能够浸润他（她）的肌肤、心灵，你的学养能够丰富他（她）的世界，充盈而饱满，甚至成为其灵魂、人生的摆渡人。

爱是自私的，也应该是相互的。爱人，是给予，是奉献，当然也是一种素养，一种能力。你要拥有这种素养与能力，并不断学习、创造，以更好地施予他人以爱。

被人爱，被人想着、记着，那你更是幸福的。也许你觉得生活中没有，都那样残酷，那样无情。我要说，那是你努力得还不够。而这种努力，并不意味着你多么优秀，而是你要有正确的人生态度，懂得付出，向着优秀进发。那你就逐渐被别人认可，或是一个微笑，或是一个赞许，或是行动的助力。那么，你也就体味到了被人爱的美好感觉。

爱是行动，爱是付出，爱是财富，爱是通行证，爱是人类最美的语言。

2021 年 7 月 27 日

沉浸在读写的海洋里

2. 幸福是什么?

　　世界上最难表达、最难说清的,恐怕就是"幸福"了。"此时此刻,我是世界上最幸福的人",这声音不绝于耳……

　　谁人不想幸福?谁人不爱幸福?又有谁不享受幸福?

　　创造幸福是最幸福的。

　　那么,幸福究竟是什么?

　　嗷嗷待哺的鸟儿,当鸟妈妈衔来小虫,在小虫进入辘辘饥肠的那一刻,它是幸福的。

　　雄鹰翱翔苍穹、长空万里、直下看山河的那一刻,它是幸福的。

　　老师课堂尽情挥洒,引领学生遨游思维王国的那一刻,他是幸福的。

　　莘莘学子拿到大学录取通知书,感念师长父母的那一刻,他们都是幸福的。

　　母亲节、父亲节来临之际,老人穿上新衣、饭店里温馨小聚的那一刻,全家人是幸福的。

　　老父亲、老母亲喝下年过半百的儿子很远打来的豆腐脑胡辣汤的那一刻,他们是幸福的。

　　诗人、作家的作品发表,有声诵读、彼此分享的那一刻,他们是幸福的。

　　老百姓住得起房、年轻人安于事业、千万个家庭融融其乐,是神州大地最美的幸福乐章。

　　……

　　幸福是物质的,也是精神的,物质是基础,精神是内核,缺一不可。物质不一定多富有,精神不可不充盈。

　　幸福在春风里,幸福在微笑里,幸福在山花烂漫里,幸福在前进的脚步里,幸福在我中有你、你中有我的和谐里,幸福在踔厉奋发、勇毅前行的美丽中国里。

2023 年 7 月 4 日

3. 幸福何来？

大年初四话幸福。

幸福，也许是人世间最温馨的字眼。没有人不想幸福，没有人不想获得幸福，没有人不想拥有幸福。这是递进的三个层次。那么，幸福从何而来？怎样才能拥有幸福？

言及幸福，我们总会羡慕"某某某、谁谁谁"多么幸福，家境多么优渥，男人多么帅气，媳妇多么漂亮，孩子多么聪明，工作多么舒心，事业多么顺利……说不完的"多么"。而完全没有考虑自己如何奋斗才能获得幸福！要知道，幸福不是建立在他人幸福的基础之上的，必须靠自己。

人是自身幸福的设计师。人的幸福不是遗产，既不能留下，也不能继承，只能靠自己创造，在自己身上找到力量拯救自己的幸福。每一个人，特别是年轻人，你要有获得幸福的愿望。有愿望才会有幸福。有了强烈的愿望，再去扎实地奋斗。正所谓"幸福是奋斗出来的"。一切都需要奋斗。奋斗的青春最美丽，奋斗的人生最壮丽，奋斗的国家最有希望。我党一百多年发展史就是一部奋斗史。没有几代人艰苦卓绝的奋斗，哪会有今天之幸福！这已是不争的事实！

明确了幸福从奋斗而来，特别重要，特别有意义。我们还应该有良好的心态。幸福与心态息息相关。瑞士籍华人作家赵淑侠说："健康愉快的生活来自勇敢进取的生活态度，只会诅咒生活的人，永远不会尝到生活的乐趣。"现在很多人"诅咒生活"，抱怨、迁怒，甚而躺平、摆烂。如此，又怎有幸福可言！林清玄说："人生的幸福来自于自我心扉的突然洞开。"关于幸福，我想没有比这更美更好的话了。朋友，你的"心扉""洞开"了没有？

追求幸福是每一个人、每个年龄段的人的权利。获得了幸福，就像看到久违的阳光。拥有了幸福，一切都会如影随形。

2023 年 1 月 25 日

 沉浸在读写的海洋里

艺术与灵魂

1. 艺术小议

  艺术的生命在于创造。没有创造就没有艺术。

  艺术不是枯燥的，不是死寂的。艺术是抽象的，也是形象的，更是生动的。艺术的本质是情感的再现，是意识的流动。艺术与情感相生相依。没有情感的艺术，不会传达情感的艺术，算不上什么艺术，至多是徒有虚名而已。

  任何艺术都有各自的特质与秉性，然而又是相通的。各种艺术之间都有某种契合点，而这个契合点就是情感。正如罗丹所说"艺术就是情感"。

  艺术不仅限于所谓的艺术家。科学家、文学家、教育工作者……一切都与艺术相连。比如，一位语文教师，虽然饱读诗书，爱写东西，而不能畅快生动地口头表达，甚而呕哑嘲哳，那他也算不上艺术。因为，教育是对话的艺术，是交流的艺术，是唤醒的艺术。只要与艺术相遇，就必须娴熟灵动，游刃有余，曲尽其妙地呈现人间万象之美。

  艺术虽然不能被道德绑架，但是，没有道德底色的艺术，肯定不会长久，不会有生命力。因为，一切若失去了真与善，就无从言美。

  人生艺术，艺术人生。普通百姓虽然离艺术很远，但也应该吮吸一点艺术的气息，让我们的生活有滋有味起来。

2023 年 9 月 6 日

2. "还这么年轻"

面带笑容，从容潇洒，63 岁的刘德华一出场，欢呼声震山震海，那气场任你怎么压也压不住……人们无不感叹："还这么年轻！"

"还这么年轻"的背后究竟有什么密码？是充裕的物质条件，还是懂得养生之道？我对其生活状况与身体素质一无所知。我唯知刘德华是个"拼命三郎"，是演艺界少有的奋斗者，一名冲锋陷阵的真正的"战士"！他，影视歌无一不会，无一不精！如此说来，他肯定有一座"金山"。如若真的这样，他的光环远不会有今天之耀眼！

一位作家朋友告诉我："在这个社会当中，真正的企业家是这个社会的脊梁，真正的作家是这个社会的灵魂。作家的灵魂与脊梁同等重要，一个苟活于世的脊梁，不可能有高贵的灵魂。"这话，太精警，让我深思。"高贵的灵魂"，真好。我找到了答案，一个人必须有"高贵的灵魂"，无论你腰缠万贯，还是比较清贫。我不是唱高调，一个人首先必须有基本的物质保障。除此，精神之于人不可或缺，或者说一个人假如没有了精神追求，肯定是茫然而茫茫然……

说这些也许有些走题。刘德华能有今天之人气之盛名，固然与其在演艺界的非凡实力有很大关系。但他根本的人格魅力，在于他的奉献，在于他的精神，在于他的灵魂，他拥有高贵的灵魂！28 年，共捐款 14 个亿！周润发也是这样的人……

一个极端自私的人，一个没有善良之心的人，一个只知道诋毁别人而又不干事的人，终其一生，也不会有一个高贵的灵魂！

2023 年 12 月 8 日

沉浸在读写的海洋里

马克思的金钱观

革命导师马克思关于金钱，有很多至理名言。在我的印象中，以下四句最为深刻，最为人心，最是警策。

资本来到世间，从头到脚，每个毛孔都滴着血和肮脏的东西。
金钱是人情的离心力。
如果我时间允许，我一定会大大赚上一笔钱的。
我做梦都想过一种幸福的生活，我像鹿渴求清泉那样想得到金钱。

第一句是政治老师经常讲的。我记得没错的话，是在学习政治经济学时老师最爱引用的话之一。仔细想想，马克思的话真是一针见血，让人浮想联翩……真理就是真理。

第二句，马克思将"金钱"与"人情"联系起来，可谓有洞见性。这并非说在他之前不是如此，而是他明确指出了二者的关系，导致的结果是产生"离心力"。有"离心力"，当然就有"向心力"。而马克思的这句话则强调了没有金钱就有可能或者必然使得人情淡漠，而形同路人。在有些人那里，金钱成了唯一的维系或媒介。今天是腊月二十九，春节在即，有很多人（包括年轻人）在"犯愁"，囊中羞涩，何以"度节"！小青年送年礼，动辄两三千元，情何以堪。

第三句、第四句，可以结合起来理解。在很多人心中，马克思作为革命导师，崇高精神的拥有者，对金钱必然冷漠，也必然不言钱。这是大错特错，有道德绑架之嫌。马克思物质并不富有，一度很窘迫，靠恩格斯接济、相依而行。从马克思富有质感的话里，我们可以想见他多么渴望金钱（这当然与剥削无关）。这正是马克思的真实伟大、可亲可敬之处。老百姓有一句很有意

思很接地气的话——"谁跟钱有仇啊"。是的,普通老百姓的"获得感、幸福感",这难道不是一个重要体现吗?

所以,到了年关,各级政府最应该关心的就是普通老百姓,农民工怎样,孤寡老人怎样……

我坚信,大地回春,一切会更加温暖而温馨!

2023 年 1 月 20 日

下篇

沉浸在读写的海洋里

沉浸在读写的海洋里

我讲《道德经》

到今天为止,《道德经》讲了二十五章,几乎三分之一。收获不只同学朋友,于我更甚。《道德经》确乎一部博大精深之书、生命之书、人生之书,无愧于"万经之王"之美称。

"道可道,非常道;名可名,非常名""上善若水,水善利万物而不争""夫唯不争,故天下莫能与之争""得之若惊,失之若惊,是谓宠辱若惊""人法地,地法天,天法道,道法自然""善者吾善之,不善者吾亦善之""知人者智,自知者明"……都烂熟于心,不仅如此,更悟深悟透,每一个毛孔无一处不熨帖,不舒服。

我讲《道德经》,有以下三个层面。

第一个层面,从语文的角度,文言文的角度,对重点字、难字进行必要的解释,加以强化,而且举例延伸,直至明白。我爱从修辞手法(如排比、比喻、顶针)、论证方法(如举例论证、对比论证、比喻论证)等方面,引领同学朋友思考。而且,还适时地说一些成语,而有所知,以丰富语言。这个层面是很重要的,不进行文字方面的疏通很难进入文本。一词多义,通假字,特殊句式,词类活用,应有尽有,都要"剔除"干净。语文老师必须有这个功夫。

第二个层面,把握每一章的中心意思、思想。《道德经》每一章都有一个中心,要把这个中心提炼出来,进行开掘、总结与升华。老子是真正的思想家、哲学家,全书贯穿辩证思维(这在我所读书中是很少有的),善于正反两面、具体形象地彰明道理。为了强调老子的思想,我还与西方哲学家相联系(如苏格拉底、尼采),与政治课本中的哲学思想进行必要的链接。

第三个层面,当然离不开举例。举例必须是丰富的、生动的、正能量的。不举例,唯道是讲,"道"只能悬于空中,空落无依。古代的,现代的,外国的，我都举。比如"虽有荣观，燕处超然"，我就举了苏轼这个例子。举例，特别要举与时代、生活息息相关的，受众听起来自是津津有味。如何为人处世，如何使家庭和谐，也有旁及。《道德经》本是写给当时统治者的，所以治国之道应是讲课之涉及内容。雅俗共赏，通俗易懂，是我讲课之基调。无此，则不接地气，听者恐恹恹欲睡矣。

《道德经》共八十一章，看情势，讲一半不成问题。对这样一部艰涩之书，亦足矣。

浸润国学，徜徉其中，乐无穷也。

2023 年 4 月 18 日

魏晋风度，知之由心

魏晋风度，无人不知。但真晓其意，绝不止于表征。李泽厚、余秋雨都有专章专文论述，鲁迅先生身上也确乎时常显露出狂狷放达的魏晋风度，而且专门写了《魏晋风度及文章与药及酒之关系》。

魏晋风度，听上去很美；药、酒、姿容、神韵，再加上好看华丽的文采辞章，才构成魏晋风度。实际上，魏晋时期那些文人名士是很悲苦的，外表尽管装饰得如何轻视世事、洒脱不凡，内心却更强烈地执着人生，非常痛苦。这构成了魏晋风度内在的深刻的一面。

李泽厚先生说："陶潜和阮籍在魏晋时代分别创造了两种迥然不同的艺术境界，一个超然物外，平淡冲和；一个忧愤无端，慷慨任气。他们以深刻的形态表现了魏晋风度……他们两个人，才真正是魏晋风度的最高优秀代表。"我想，这样的评述恐怕没有人反对。

陶潜"超然物外"也好，阮籍"忧愤无端"也好，都是那个特殊的时代残酷政治斗争和政治迫害的人生慨叹和人生哀伤，是政治斗争的回避者。当然陶潜"知趣"地退了出来，"久在樊笼里，复得返自然"，弃官归隐，纵情山水，超脱人世，命运相对要好些。而阮籍则要凄惨，"一身不自保，何况恋妻子"，感伤、悲痛、恐惧、爱恋、焦急、忧虑，欲求解脱而不能，逆来顺受又不适应，是一种巨大的矛盾和痛苦。这魏晋风度，就是这样被"逼"出来的。我用这个"逼"字，不知是否正确，但我认为的确如此。所以，我们要理性地深刻地理解。

我们生活在新时代，大可不必有这所谓的魏晋风度。但并非说我们不能率性，不能有创造的自由。相反，我们更可以驰骋才情，燃烧激情，积极有为，创造出惊天动地的伟业！

陶渊明充满了生命和情意的"霭霭停云，濛濛时雨"的美好韵致，倒是我们应该享受的。

我们要有自己的风度，乐善好施，积极向上……

2024 年 1 月 29 日

勾魂摄魄之《洛神赋》

曹植，虽非东阿人，然东阿人爱之如己。曹植长眠鱼山1791年，建安遗风吹而今，浸染东阿山水，诗意弥漫。今之东阿，诗人渊薮，诗以万计，庶与之息息相关。我，东阿之子，深爱曹植，自意中事，"思绵绵而增慕"也。

曹植名篇甚蕃，而《洛神赋》卓然曜目，独领风骚。此赋写于黄初三年，曹植时年30岁，春秋鼎盛，才气过人。古以才而显者，屈原、王勃、李白、苏轼是也，曹植亦不逊而不可觑，才高八斗之谓也。三国以降，称羡曹植者良多。"古来圣贤皆寂寞，惟有饮者留其名。陈王昔时宴平乐，斗酒十千恣欢谑。"万千宠爱于太白，《将进酒》自入肺腑，而况名篇乎？叹其才华固有，人生际遇实也。曹植《洛神赋》对女神之追求失败以终，暗示其政治理想无以完成之恨。李白之个人经历则是曹植之翻版。

赋者，介乎诗、散文之间也，善铺叙，重情采，吾殊爱之。前汉司马相如之《子虚赋》《上林赋》，四千许，用词生涩，冗余杂叙，多有不畅。唐杜牧之《阿房宫赋》、宋苏轼之《赤壁赋》皆五百言，虽名篇而觉短。千字《洛神赋》，修短合度，流脉贯通，摇曳生姿，颇有《离骚》之风。有《离骚》之风者，其《洛神赋》之谓也，而非虚言，不读不知也。我读之不知其几也，而渐臻佳境，文采斐然，才气蒸腾，"彼何人斯？若此之艳也"。岂非天下文章之洛神也哉？

洛神（宓妃）究竟多美？且看：

远而望之，皎若太阳升朝霞；迫而察之，灼若芙蕖出渌波。秾纤得衷，修短合度。肩若削成，腰如约素。延颈秀项，皓质呈露……

曹植有何感受：

余情悦其淑美兮，心振荡而不怡。无良媒以接欢兮，托微波而通辞。愿诚素之先达兮，解玉佩以要之……含辞未吐，气若幽兰。华容婀娜，令我忘餐。

真乃美不可言，妙不可言！相会此等美神，曹植当是沉醉，读者不亦如是乎！天下果有其女神乎？我之审美不外乎主客观也。客者，确乎其美。主者，乃由心也。曹植心中之洛神即此也。曹植之描述虚实结合，虚构居多，极富神话色彩，引人心旌摇荡。美，主客兼之，情人眼中出西施也。现实生活亦不乏鲜活之例，止不言耳。

洛神，与其说是女神，不如说是精神之维系，理想之灯塔，诗中之意象。人生多舛，物质菲薄而寻精神，生活枯燥而觅诗意。芸芸众生，人人心中有一轮当空明月，一个永恒洛神，万不可亵玩焉。

赋，古典文学之瑰宝，笔姿纵横，汪洋恣肆，云蒸霞蔚，才情横溢，鲜人可作。30岁曹植写《洛神赋》，历1800年而永魅而弥香，惠泽东阿，馥郁神州。

《洛神赋》之美，不可尽言，窥其堂奥，非读十遍不可。

东阿，黄河滔滔，鱼山高耸，曹植宛在，洛神回响，一派勃勃生机！

2023年1月16日

曹植受《诗经》、屈原影响最大

从曹植的诗文中我们可以看出，曹植是一个博学者，是一个精通古代典籍之人，尽管那么年轻。而其受《诗经》、屈原影响最大。我读了《曹植全集》部分篇章，分明感受到《诗经》、屈原对曹植的影响。

先说《诗经》。《诗经》是四言诗，无人不知。曹植很多诗篇就是四言。如《应诏》全为四言。《周文王赞》《周武王赞》《周成王赞》《汉高帝赞》……都是四言。不仅如此，很多词语或典故出自《诗经》。如《秋思赋》："野草变色兮茎叶稀，鸣蜩抱木兮雁南飞。""鸣蜩"直接出自《诗经·豳风·七月》："四月秀葽，五月鸣蜩。"《临观赋》："叹《东山》之溯勤，歌《式微》以咏归。"《东山》《式微》则是《诗经》中的篇名。这不是偶然的，肯定与曹植谙熟《诗经》相关。

再说屈原。一说屈原，自然首先想到《离骚》。然而，曹植之诗文与屈原之渊源，不只是《离骚》，其他篇目亦可见其对曹植浸润之深。屈原对曹植的影响之大，首先是文气。你看，曹植《感节赋》："青云郁其西翔，飞鸟翩而止匿。欲纵体而从之，哀予身之无翼。"其气，与屈原一脉相通。气者，文之大也。曹植"兮"字的运用更是明显继承了屈子之骚体。不仅是《洛神赋》，《秋思赋》《临观赋》等都有所体现。不再举例。

如果说曹植诗文之"气"与"兮"这一独特字眼与屈原直接相连可以理解的话，那么，曹植诗文中的很多词语在屈原之诗中都能找到依据，就更能说明问题了。《洛神赋》："容与乎阳林，流眄乎洛川。""容与"一词，就我所知，屈原《九歌·湘夫人》："时不可兮骤得，聊逍遥兮容与。"《九章·涉江》："船容与而不进兮，淹回水而凝滞。"这两个例子很有代表性。

说曹植受《诗经》、屈原影响之大，不是一句空话。你只有读曹植诗文，且进行必要的联系，才有发言权。

2024 年 3 月 11 日

 沉浸在读写的海洋里

在东阿，曹植并不寂寞

若放在全国，曹植也许是寂寞的。而在东阿，曹植并不寂寞。相反，他的拥趸，他的铁粉，他的遗风吹播者，是那样倾心于他，浩浩荡荡，蔚为壮观。

在东阿，有曹植诗社。一个三十多万人口的小县，有几百人写诗，每天都有上百首诗如潺潺溪流流淌……这里是诗歌的世界，这里是诗情澎湃的一片沃土！

在东阿，有曹植文化研究会。一个致力于研究曹植诗文、弘扬曹植文化的文化团体应运而生。她不是小打小闹，不是花拳绣腿，她是把曹植文化研究推向一个新的高度，"让十四亿余人知道羊茂台"。她承担着责任与使命，她是把真实、全面、富有神采的曹植形诸天下。

在东阿，曹植是人，是神，是真人，是文学的象征。鱼山镇把曹植奉若"神明"，曹植后人，鱼山后人，以曹植为骄傲，决意走"文化强镇"之路！

在东阿，有曹植文化研究专家。提及曹植文化研究，非文史专家刘玉新先生莫属。不仅在山东，在全国，甚至在日本，都是其名可稽，影响很大。还有单清林、赵广飞、朱大志等一大批曹植文化研究爱好者。有了他们，何愁曹植文化不兴！

我也不甘寂寞，一有空闲就研读《曹植全集》。《洛神赋》《白马篇》《赠白马王彪》《飞龙篇》《美女篇》《箜篌引》，都了然于心。"仿佛兮若轻云之蔽月，飘飘兮若流风之回雪""捐躯赴国难，视死忽如归""丈夫志四海，万里犹比邻""顾盼遗光彩，长啸气若兰""晨游泰山，云雾窈窕"……恍若在眼前飘忽。

在东阿，曹植、曹植诗文、曹植文化，已深入每个人的心灵。昔有"言必称希腊"；在东阿，今有"言必称曹植"。现在，这仅仅是开始，东阿人的曹植情结会日益深厚，如鱼山石岩岩耸峙，如黄河水滔滔不绝……

2024 年 4 月 2 日晨

如此之惨：妻子象禽兽

——读曹植诗《泰山梁甫行》

《泰山梁甫行》是曹植反映民间疾苦的一篇重要作品。

众人周知，东汉末年、三国时期，是我国历史上人口急剧减少的时期，重要原因之一就是战争频仍，人民流离失所。曹植这首诗极其准确形象地再现了那个动乱的特殊年代。

"妻子象禽兽，行止依林阻。"听起来让人颇为费解："妻子"怎么会如"禽兽"？那你肯定是没有"知人论世"，而是依照现代人的思维。无须言，战争之苦使然！妻子，古今异义词，妻子儿女。妻子儿女，本是可爱之人，战争导致荒远之地贫民的生活如此困苦，如鬼一般，实乃非人之遇！这难道不是血淋淋的控诉吗？年轻之曹植能写出这样自然、本色、冷峻之诗，不得不让人喟叹！

"柴门何萧条，狐兔翔我宇"，也丝毫不逊。当时社会萧条到什么程度，百姓困苦到什么程度，以至于"狐兔"都在人住处止息……挡不住你的想象力……

附带说一下，曹植的《泰山梁甫行》这首诗确有律诗雏形之影（当然不是律诗）。说明曹植的五言诗已相当成熟。

清人王士禛尝论汉魏以来二千年间诗家堪称"仙才"者，曹植、李白、苏轼三人耳。吾以为非虚言也。

2024 年 4 月 2 日

沉浸在读写的海洋里

曹植慨叹人生短暂

曹植有很多感叹时光易逝、人生苦短之作,但非肤浅之抒,而是表现了诗人对人生意义、生死大关的思考。

《赠白马王彪》:"人生处一世,去若朝露晞。"这句诗直接表达了曹植对人生短暂、如同朝露一般易逝的感慨。

《薤露行》:"天地无穷极,阴阳转相因。人居一世间,忽若风吹尘。愿得展功勤,输力于明君……"曹植开篇从慨叹人生短暂写起,继而表明心志,希望能建功立业,"输力于明君",如果这一志向难以实现,便退而立言,以求垂名后世,"骋我径寸翰,流藻垂华芬"。这也许是古代文人之通虑,司马迁之"名山事业"不也是这样吗?

《箜篌引》:"谦谦君子德,磬折欲何求。惊风飘白日,光景驰西流。盛时不再来,百年忽我遒。生存华屋处,零落归山丘。先民谁不死,知命复何忧?"曹植用乐天知命来宽慰自己和亲友。心情多么哀伤,又是多么复杂!

曹植短暂的一生,在忧心忡忡中度过!你为什么不如孔子所说'道不行,乘桴浮于海'呢?你也许达不到孔子之境界,但是你也大可不必因为自己是帝王之子而负累沉沉!

慨叹人生短暂,不独曹植。一百多年后的王羲之在《兰亭集序》中也发出了关于生与死的一连串的叹息,以及富于哲理的思考:

夫人之相与,俯仰一世。或取诸怀抱,悟言一室之内。或因寄所托,放浪形骸之外。虽趣舍万殊,静躁不同,当其欣于所遇,暂得于己,快然自足,不知老之将至。及其所之既倦,情随事迁,感慨系之矣。向之所欣,俯仰之间,已为陈迹,犹不能不以之兴怀,况修短随化,终期于尽!

魏晋时期的文人们，大概皆如此吧。

新时代的我们，要树立正确的世界观、人生观、价值观，要紧跟时代，让自己的人生有意义，绽放最绚丽的光彩！

2024 年 4 月 11 日

难道只是"妇"之过？

——读曹植《弃妇篇》

古代丈夫休弃妻子的情况有七种，其中之一便是无子。这是一种一言难尽的顽固文化。曹植《弃妇篇》就是以此为题材的诗作。

《弃妇篇》是曹植代表作之一。它以弃妇致其夫君的口吻来写，用舒缓而感伤的笔调，叙述了自己因无子而愁思满怀，唯恐被抛弃的思绪。通过对这一妇女孤苦形象的描写，反映了封建礼教重压下妇女的悲惨命运，具有一定的社会意义。

那么，"无子"到底是怎样的心情与境遇呢？请看诗句：

悲鸣夫何为，丹华实不成。拊心长叹息，无子当归宁。有子月经天，无子若流星。天月相终始，流星没无精。栖迟失所宜，下与瓦石并。忧怀从中来，叹息通鸡鸣。反侧不能寐，逍遥于前庭。踟蹰还入房，肃肃帷幕声。

"有子月经天，无子若流星。"曹植用语就是精准，把"弃妇"的孤苦形象写到了极致！我们可以想见，这位女子的心境何其悲愁伶仃！难道"无子"只是"弃妇"之过？即使"无子"，也不能遭逢如此冷眼？

曹植并非杜撰，而是有其人其事。《弃妇篇》是曹植前期的作品，盖有感于平虏将军刘勋因妻子王宋无子而抛弃之而作。这更使得《弃妇篇》具有社会意义。

读《弃妇篇》，我们自然联系当今……不想多言一字，我们应有深沉的思考。

2024 年 4 月 16 日晨

夜读李泽厚《美的历程》

一个文学爱好者,一个中文系毕业者,不读李泽厚《美的历程》,恐怕说不过理去。

《美的历程》是思想家、哲学家李泽厚50岁时出版的一部重要著作。今晚读了其中重要一章——《盛唐之音》,其分为三部分内容:

(一)青春、李白;(二)音乐性的美;(三)杜诗、颜字、韩文。

一看标题,就知道大体内容。但是,不仅仅限于此,还有很多更深广的内容。

李泽厚先生告诉了我们李白与杜甫的区别:"李白的诗是没有规范的天才美、自然美,不事雕琢;杜甫的诗是严格规范的人工美、世间美,字斟句酌。"这样的提炼与审美,多么睿智与精准!定然与作者深研与深爱有关。

李先生让我知道了诗人兼学者闻一多对《春江花月夜》是那样的赞不绝口:"更复绝的宇宙意识,一个更深沉更寥廓更宁静的境界!在神奇的永恒面前,作者只有错愕,没有憧憬,没有悲伤。""他得到的仿佛是一个更神秘的更渊默的微笑,他更迷惘了,然而也满足了。""这里是一番神秘而又亲切的,如梦境的晤谈,有的是强烈的宇宙意识。""这是诗中的诗,顶峰上的顶峰。"

这是我第一次听到对张若虚之诗这么完整而又高度的评述,真是开了眼界。

读李先生的美学著作,让你丰富了很多看似新鲜而又有定论的识见。我没有想到,曹植竟然有这么高的地位。请看:"杜诗、颜字、韩文,是至今影响仍然广泛深远的艺术规范。这如同魏晋时期曹植的诗,二王的字以及由汉赋变来的骈文,成为前期封建社会的楷模典范。作为正统,一直影响到晚唐北宋一样。曹诗、王字、骈体、人物画与杜诗、颜字、韩文、山水画,是中国前后期封建社会在文艺领域内的两种显然有异的审美风尚、艺术趣味和正

统典范。"

这段话传递了很多信息，非一般人所能概括与评说。这里强调了杜甫之诗、颜真卿字、韩愈散文的重要。李先生将曹植与其他相提并论，我也从中晓得了曹植在中国古代文学史上的突出位置，尽管为很多人所不知。我也在读《曹植全集》，深感曹植那么年轻，而"骨气奇高，词采华茂"，卓然不群。

"有意味的形式"，是英国艺术批评家、哲学家、形式主义美学家克莱夫·贝尔的著名观点，在李泽厚先生的《美的历程》中多次提及。但是，我还没发现作者提到这个名字（我还没有读完）。李先生比克莱夫·贝尔小 49 岁，若是他自己提出这个观点，那就更独特了。我只是猜测。"有意味的形式"，我非常欣赏这个观点，经常在作文课上提及。

读点哲学书、美学书，让你深邃，让你深沉，让你深情。

2024 年 1 月 19 日晚

白居易不应被冷落

依我对白居易的了解与感知,他似乎是被人们冷落的。从诗文数量、全面发展、影响力来说,应当与李杜齐名。但是,他往往被挤出李杜之外。

从数量而言,李白的诗歌今存 900 多首,杜甫约 1500 首,白居易约 3800 首。这个简单的数学题不用算。

从名篇而言,李白、杜甫自然名篇很多,白居易《赋得古原草送别》《钱塘湖春行》《卖炭翁》《长恨歌》《琵琶行》……也数不胜数。而长篇歌行《长恨歌》《琵琶行》是李杜所不具备的。白居易有"诗魔"之称,也许在此吧。

从全面发展而言,李白、杜甫绝句、律诗、古体诗都不少,李白之绝句,杜甫之律诗,都堪称典范。白居易的词《忆江南》,绝句、律诗,长篇歌行《长恨歌》《琵琶行》,文章《与元九书》,诗词文皆备,毋庸置疑,白居易发展更全面一些。

从影响力来看,白居易是中唐时期新乐府运动的领导者,在当时起到了很大的引领作用。他与杜甫一样,关心民生疾苦,《秦中吟十首》就是明证。李白、杜甫在海外影响大,白居易也不逊色,特别是在日本,唯白居易是首。

白居易的文学主张为人们津津乐道。"文章合为时而著,歌诗合为事而作""感人心者,莫先乎情,莫始乎言,莫切乎声,莫深乎义。诗者,根情、苗言、华声、实义",这样的文论,恐怕是李杜没有的吧。

当然,李、杜、白三大诗人可比者甚多。我认为,白居易不应被冷落,应当与李杜齐名,并称为"李杜白"。造成这一"窘"状的原因很多,"李杜"并称和与白居易同时代的韩愈有很大关系。韩愈《调张籍》开首就说:"李杜文章在,光焰万丈长。"从而影响至今。韩愈当时不可能把与之年龄相仿的白居易与李白、杜甫并举。这是古人的事。

那么,今天我们有责任和义务"整饬"这一延续一千多年的文学瑰奇之象,还文学史之真实!

2022 年 8 月 8 日

沉浸在读写的海洋里

千年苏轼

从现在来看，苏轼的影响越来越大，无论是在中国，还是在国外。美国、日本、韩国、新加坡，都有相当的"苏学"研究专家，中国台湾、香港地区也不例外。"苏东坡热"已然成为一种社会现象。

为什么苏东坡会这样备受青睐与尊重？他不同于一般的文人。他不仅诗词、散文、书画卓然独立，而为全才，他还有浓重的为民情怀，他接地气，人间烟火在他身上熊熊燃烧。与东坡有关的美食至今让人齿颊生香，他走到哪里，被贬到哪里，他都很快与当地百姓相融，老百姓也把他当作知己。这是很多文人所享受不到的待遇。

不仅如此，他身上散发的人格魅力独放光辉。如果简单地说他是乐观派，显然有失公允。他内心是痛苦的，为国家，为朝政，为人民，他有满肚子的"不合时宜"，但他始终用坦荡与旷达呈现，"一蓑烟雨任平生""也无风雨也无晴"。儒道释在他身上完美体现，儒家是其底色。他屡遭贬谪，他的真实心境，在其人生最后一年所写《题金山画像》中凄美地展示出来："心似已灰之木，身如不系之舟。问汝平生功业，黄州惠州儋州。"读着这样的诗，我几欲流泪，他也在走自己的"万里长征"啊，只可惜未到汴京而溘然长逝……

"东坡何罪？独以名太高！"其弟苏辙最与兄相知。"但愿人长久，千里共婵娟。"这人间至情，几人能够！

林语堂《苏东坡传》，我认真读过，且写近两千字的《伟大天才苏东坡》。余秋雨《苏东坡突围》、梁衡《宋朝的雨》，都让我泪眼婆娑……近又看6集人文纪录片《苏东坡》——雪泥鸿爪、一蓑烟雨、大江东去、成竹在胸、千古遗爱、南渡北归，我对苏轼跌宕起伏、极富传奇色彩的一生，有了进一步的了解。美哉，苏轼！壮哉，苏轼！宋代文学的天空，不能没有苏轼。无疑，

苏轼是那最耀眼的一颗！

  2037年，苏轼诞生1000周年。我想，届时，不独中国，肯定有很多国家，很多喜爱他的文人、学者，甚至普通百姓，缅怀他，纪念他。如斯，不仅仅是这个人，更关乎人性。

  苏轼千年，千年苏轼。我们永远不能忘记！

2023年8月21日

 沉浸在读写的海洋里

吾心自有光明月

很多年前,我知道王守仁,也知道王阳明,但由于我的"孤陋寡闻",居然以为是两个人,误解了你那么多年……请你原谅,请你原谅。

现在的我,终于知道了你,了解了你,走进了你,与你同悲乐,与你共休戚。让我喊您一声——阳明先生!

你是个奇人、绝人、神人。何以如此?你是思想家、哲学家,毫无疑问,尽人皆知。你是个文学家,也不难理解。但你还是个军事家,以文弱之躯,一介书生,无一兵一卒,在35天内平定宁王朱宸濠十万大军。这简直是神话,是奇迹,是中国古老智慧的生动写照。你儒道释于一身,五百年来第一人。

你格竹七日,换来的是刻骨铭心的失败,但也磨炼了你的心性,你幼小的心灵便有了几分凝重。

你体弱多病,原因非他,而是廷杖。你得罪了当朝大太监刘瑾,被打了40廷杖,刚三十出头的你,身体强壮,才挺过了这40廷杖,虽然捡回了一条命,不过也落下了终生的病根。刘瑾狰狞的面目,让人生切齿之恨;你"皮开肉绽"的"惨象",让人凄恻不已,不忍观哉……

你龙场悟道,你与圣贤孔子、孟子、朱熹神遇,你见到了"光明月",你那个开心啊。"志不立,天下无可成之事""知者行之始,行者知之成""心明则万事明"……一切通透了起来,一切明亮了起来,一切神圣了起来!知行合一致良知,是那样的入心而美好,那样的朴素而深邃,放之四海而皆准。

你成就了你的学生,你的学生也成就了你。你高光时刻,痛失爱徒。徐爱,你的妹夫,你的开山弟子,你最器重的学生,他以深厚的学术背景和对儒家经典的深刻理解,深受你的信任和喜爱。他先你而去,年仅31岁,你悲痛欲绝——"呜呼痛哉!曰仁,吾复何言!尔言在吾耳,尔貌在吾目,尔志在吾心,吾终可奈何哉!"

你的《传习录》上、中、下三卷都是你的学生记录、传承的。你的学生可以排成一条长队,浩浩荡荡——徐爱、薛侃、王龙溪、陆澄、钱德洪、王畿……这是你的荣耀啊,阳明先生!

你体弱多病,常患咳痢之疾。嘉靖七年,你旧病复发,你有不祥预感,上疏"请告",不待"廷报",便自作主张北行。你的学生专为你备了副棺材,随在舟后。因病势骤聚,你一停五日,无法前行。你的学生周积靠前,你已不能语。久之,开目视之说:"吾去矣。"周积泣下,问:"先生有何遗言?"你微哂道:"此心光明,亦复何言!"顷之,你瞑目而逝。好一个"此心光明,亦复何言"啊!几人能够?你,适才 57 岁啊。那一天是 1529 年 1 月 9 日。慷慨悲歌,慷慨悲歌啊!

你一去五百年,你做到了立德、立功、立言——"真三不朽者"。你非但精通儒释道之学说,且上马能战,下马能文,曾官至明代南京"政府"之兵部尚书,是一位中国历史上难得的全能大儒。不朽之人几何,你乃一个!

你的言行,你的故事,你的思想,你的精神,你的清辉,你的一切都印在中国的"山河大地"。

"吾心自有光明月,千古团圆永无缺。山河大地拥清辉,赏心何必中秋节。"是啊,何必中秋节!不只是中秋节,无论何时何地,我们都会想起你。因为,我们心中和你一样,都有一片——光明月!

2024 年 1 月 12 日

 沉浸在读写的海洋里

心明则万事明

"王阳明热"不是今日,但阳明心学现在依然深入人心。

"心即是理,无所不包。""所谓致知格物者,致吾心之良知于事事物物也。""夫万事万物之理不外于吾心,良知就是本心,就是理,就是自然。""一切唯心造,心明则万事明。""无私心就是符合天理,不符合天理就是有私心"……字字珠玑,自然之理,深得吾心。

"心明则万事明。"诚哉斯言!一切皆由心也。我们经常说,心坏了,一切都坏了。一个人最怕心坏。一个有私心、私欲膨胀的人,做什么事往往是蹩脚的,令人不舒服的,打不开境界,扭扭捏捏,别别扭扭,那么羁绊,那么不畅。有则改之,为佳;硬是不改,逞其固执,南墙不回,终而为人所遗也。

心明眼亮。心明方能眼亮,心不明则眼不亮,不分美丑,不辨妍媸。是非曲直,心明而致。故而,我们遇事一定要理性思考与判断,不可头脑发热,一时"懵懂"而"障目"而"误杀"。对一个人,要运用辩证唯物主义思维,全面地、发展地、一分为二地看待,不可门缝里看人,更不可戴有色眼镜,采取双重标准。小是,大亦是。天下苦美久矣。世界格局早晚会变,朝着多极化发展,一家独大不可久也。言此,意谓万事万物、世间一切都蕴含哲思,不可妄为。心明眼亮,方能驾轻就熟驾驭时代潮流,凸显时代精神。中国力倡"人类命运共同体",洪流浩荡向前,翕然从之,整个世界必入光明之境。

近日,看了多次《典籍里的中国》之王阳明"传习录",为王阳明之思想之精神之传奇经历感动,也为王阳明扮演者辛柏青之生动演绎叫好。视频长达 90 分钟,剧情有多个高潮,戏里戏外眼泪飞奔,沉浸其中……不是造作矫情,而是人格魅力使然。人一旦物我俱忘,心神往之,则雷打不动,"越陌度阡,枉用相存"……

哲学是深奥的,也是接地气的。哲学看似虚无缥缈,实则正契人间事。

只要你头脑清醒，心明眼亮，热爱生活，享受生活（而非"善于生活"），你是会不惧一切的。

心明则万事明。你生活的每一天都是蓝蓝的天、碧碧的水、素素的心……恰如王阳明，心中有一片——光明月！

2024 年 1 月 22 日

沉浸在读写的海洋里

鲁迅是个演讲家

近日读了鲁迅先生两篇长篇演讲——《未有天才之前》《娜拉走后怎样》，甚是震撼。于是，便能遥想90多年前鲁迅先生穿着长衫演讲时的情形。

如果用一个词来概括读鲁迅文章给人的感受及影响，我想首选应该是"振聋发聩"了，再说一个，便是"醍醐灌顶"。

《未有天才之前》关于环境之作用的形象准确论述必将在我心中永远激荡："譬如想有乔木，想看好花，一定要有好土；没有土，便没有花木了；所以土实在较花还重要。"思及周遭，难道不是如此吗？

《娜拉走后怎样》指出了娜拉的命运："不是堕落，就是回来。"这是人人都知道的。然而，这篇演讲不只谈论易卜生及其《玩偶之家》，还有更深广的内容与思想。"人生最苦痛的是梦醒了无路可走。"这句话，我很早就知道，但却不知出自这篇演讲，更不知与娜拉联系在一起。是啊，"梦醒了无路可走"，多么悲凉，多么茫然。"自由固不是钱所能买到的，但是能够为钱而卖掉。"近百年前如此，我想，今天也如此，将来也如此。鲁迅当年42岁，就如此犀利透辟，不服不行。"群众，尤其是中国的——永远是戏剧的看客。"现在也是如此，但我要说的是，不独中国人如此。

鲁迅演讲有个显著的特点，不重说教（或者说不硬塞给你），而是幽默从容，博引旁征，确能让你沉浸其中，而俯仰，而笑泪……

在你头脑混沌的时候，在你不大理性的时候，在你受欺诳的时候，读一读鲁迅的文章吧。他会让你怎样思想，怎样说话，怎样走路……

2022年11月28日

鲁迅也是文学批评家

鲁迅是公认的小说家、散文家、杂文家，我认为，他也是文学批评家，他有很多经典的精警的文论。

"悲剧将人生的有价值的东西毁灭给人看。"(《再论雷峰塔的倒掉》)提及悲剧，人们往往想到鲁迅这句名言。《窦娥冤》《雷雨》《哈姆雷特》是古今中外著名的悲剧。窦娥的善良、鲁侍萍的真情、哈姆雷特的理想都是"有价值的东西"，也都遭遇了现实的摧残和毁弃。阅读这样的悲剧作品，常常会引起我们心灵深处的悲伤、哀痛乃至愤懑，激发我们对良知的坚守、对道义的追求，感受悲剧作品震撼人心的力量。如此说来，我们不得不佩服先生的洞见。

"只有民族的，才是世界的。"(《且介亭杂文》)鲁迅作为中国乃至世界上有影响的伟大作家，为繁荣中国文学作出了重要贡献。中国文学特别是小说如何走向世界，如何具有世界性，一直困扰着中国现当代作家。鲁迅先生廓清迷雾，坚定指出："越是民族的，就越是世界的。"《呐喊》《彷徨》，被称为描写辛亥革命前后中国社会的一面镜子，阿Q、闰土、祥林嫂、孔乙己、华老栓……成为世界文学画廊中浓墨重彩的人物形象。鲁迅用自己的行动和实绩证明了"越是民族的，就越是世界的"著名论断的正确性。

众所周知，鲁迅对青年作家爱护有加。其名篇《为了忘却的记念》，表达了对"左联五烈士"的深挚的悲痛之情。其中之一便是殷夫。《孩儿塔》是殷夫著名诗篇。比殷夫大29岁的鲁迅这样热情地评论《孩儿塔》："这《孩儿塔》的出世并非要和现在一般的诗人争一日之长，是有别一种意义在。这是东方的微光，是林中的响箭，是冬末的萌芽，是进军的第一步，是对于前驱者的爱的大纛，也是对于摧残者的憎的丰碑。一切所谓圆熟简练，静穆幽远之作，都无须来作比方，因为这诗属于别一世界。"多么炽热，多么至诚，多么浪漫，对青年之爱就是这般，让人泣然泪下，动容不已……殷夫如是，萧红如是，

 沉浸在读写的海洋里

一切如是。

《汉文学史纲要》，是 1926 年鲁迅为厦门大学中国文学史课程编写的一份讲义。作为我国新文学的奠基人，鲁迅先生对我国的古典文学也有着极其深入系统的研究和独特的观点，他曾经计划写作《中国文学史》，可惜由于各种原因未能实现，留下来的只有这本《汉文学史纲要》。请恕我孤陋，仅知评价《史记》《庄子》两句名论出自此书。评价《史记》："史家之绝唱，无韵之《离骚》。"我称之为经典之评，十个字极其准确、形象地诠释了《史记》极高的史学价值和文学价值，令人叹服。评价《庄子》："其文则汪洋辟阖，仪态万方，晚周诸子之作，莫能先也。""万世之后而一遇大圣，知其解也，是旦暮遇之也。"庄子不再孤独。庄子地下有知：鲁迅乃知音也。

鲁迅不仅对中国文学有着睿智独到的见解，对世界文学也表现了其"火眼金睛"的魅力。他对《死魂灵》的评价是"几乎无事的悲剧"。对拜伦的评价，"是帮助希腊摆脱奴役的战士，绝非一个只不过哼哼唱唱的诗人"。最有名的莫过于他那篇演讲稿——《娜拉走后怎样》："娜拉的命运，不是堕落，就是回来。"鲁迅眼光何其毒也。

鲁迅的文学批评不只是《汉文学史纲要》这样的专著，更多的是散见于不同的文稿中。鲁迅是热爱文学的，是关注文学的，是为中国文学（不只是文学）的发展作出了独特贡献的。鲁迅离开我们已 87 年，但是，我们分明能感受到先生的目光依然在注视着我们……

鲁迅的文学批评，或长或短，或褒或贬，均精美至极！眼光之敏锐，见地之深刻，少人能及。我们今天就缺少这样的文学批评，缺少这样的文学批评家。诚愿今天的文学批评不辜负先生的厚望。

2023 年 6 月 14 日

你所不了解的郁达夫

十年前我写过千字短文《被人遗忘的郁达夫》。今读其散文集《一个人在途上》，再写点文字。

《一个人在途上》是其中的一篇，写给活命仅5岁的儿子龙儿的，悲切感人，我是流着泪读完的。作者时年30岁。文末这样写道："现在去北京远了，去龙儿更远了，自家只一个人，只是飘零的一个人，在这里继续此生中大约是完不了的漂泊。"这话正是郁达夫一生的写照，杭州、上海、青岛、北京、广州、南洋……贫苦、漂泊、孤独，还有少不了的内骨子里的爱国！十年而失两爱子，现代文学史上有哪个作家如郁氏这般的悲苦吗？所以，以《一个人在途上》作为散文集之篇名实为恰当而又用心良苦。

郁达夫的贡献有三：一则小说，二则散文，三则诗歌。"文学作品都是作家的自叙传。"其文学主张在其所有作品中都有很深的印痕。你读小说《沉沦》《春风沉醉的晚上》，散文《古都的秋》《归航》，会有真切的感受。之所以如此，一与郁达夫个人的性格、阅历有关，二与日本文学、德国文学的影响不无关系。他通多国语言（英语、日语、德语），自然浸润其心。我在品读中能充分感受到（他的文章时不时会提及日本与德国，还夹杂有英语以及不认识的什么语言）。

你也许不知道，郁达夫写得最多的散文是游记。为了身体刚健之需，他游历了很多山水，浙江、福建、安徽几乎遍游，国外自然也很多，仅日本就是10年，最后被日本宪兵枪杀于印尼苏门答腊。游历多，自然为其写作提供不竭的营养。有时郁达夫也为报刊的应约文章而去观游。我非常欣赏国画大师刘海粟的话："青年画家不精读郁达夫的游记，画不了浙皖的山水；不看钱塘、富阳、新安，也读不通达夫的妙文。"真是到位、精准、不谬也。你见过多少这样的妙评？如果你爱旅游，那就不妨读一读达夫的散文，也进而催生

你旅游的热望。我就有这样的冲动。只可惜于此太不行，真有点恨自己了。一定要恶补！郁达夫的文章引用古诗文很多，大多与山水相系。然而使得你艳羡的还是郁达夫本人的诗作：

新安江水碧悠悠，两岸人家散若舟。

几夜屯溪桥下梦，断肠春色似扬州。

郁达夫称为诗人，主要是古体。于此，完全可与鲁迅一比。我以为。

大凡会写绝律词令的，必然深受古典文学熏染。郁达夫也是。屈原、李白、杜牧，《滕王阁序》《赤壁赋》《与朱元思书》……都有迹可循。而且，他每到一处，都对当地地方志顿生浓趣。

郁达夫虽然有特立独行的一面，但并非没有友谊可言。与鲁迅、郭沫若、成仿吾、徐志摩等当时名家情谊甚笃。《怀四十岁的志摩》（不要误解徐志摩活了40岁，实则36岁。这篇文章写于1935年，徐志摩已去世4年）、《志摩在回忆里》，就见证了二人非同一般的深情。志摩之死，众人皆知，但郁达夫认为，"是无理的社会逼死了他"，并严正指出："我们所处的社会，真是一个如何狭量，险恶，无情的社会！不是身处其境，身受其毒的人，是无从知道的。"

郁达夫有多爱国我们也许不晓得。夏衍说："达夫是一个伟大的爱国者，爱国是他毕生的精神支柱。"这并非虚饰，我读他的作品深有此感。我不再说具体篇目，生怕你厌烦。但不要忘记郁达夫是爱国的！当郭沫若闻悉他的诤友在南洋遇难的消息后，悲愤难禁，满怀深情地写道："难弟难兄同殉国，春兰秋菊见精神。能埋无地天不死，终古馨香一片真。"

郁达夫的语言独树一帜。那就是浓浓的古典味，且大多率性之语。还有一些不大明白的浙地方言。

郁达夫已去我们75载，只能遥致敬意了。

2020年3月8日

一篇令我心动的散文

——浅谈从维熙《梦回故园》

好久没有读到令我心动的散文了。从维熙的《梦回故园》着实吸引了我。读数遍，涵泳之，味沉而永。

从维熙之为人所知，主要归于小说。其作品注重描写当代中国经历过的历史曲折，展示"左"的错误所造成的灾难性后果，具有浓郁的悲剧性，蕴藏着多彩的人生。加之作者特殊经历，故有自传色彩。在长期的阅读中，我似乎发现一个"铁律"：优秀的小说家亦能写出一流的散文。现代作家鲁迅、茅盾、巴金、老舍、郁达夫等是，当代作家铁凝、张炜也是。从维熙散文，我读之不多，《梦回故园》则让我管窥见豹，心生爱恋。

《梦回故园》写于1991年，描写作者阔别四十多年的姑姑，从台湾回来，面对故乡的巍巍青山，抒发了思念故乡、热爱故乡的深厚感情。写故乡情深者多，而如此别致深沉者鲜。

我认为，《梦回故园》有以下三个突出特点。

一、画面感强，充满象征性诗意

全文写了一个画面，虽只一个画面，但并不单调。在这画面中，有大山，有树，有鸟，有小羊羔，还有我、老母亲、姑姑三个人物。这些构成了一幅和谐而相融一体的风景图画，人是风景中的风景。姑姑是这个画面中的主角。作者的描写与抒情，都是围绕着姑姑的视角来展开的。有看到的，有听到的，有描写，有抒情，有童趣，有灾难，有回忆，有展望，有痛苦，有欢乐，腾挪跌宕，错落有致，充满浓浓的象征性诗意。

这象征性诗意不唯一处，而是处处，几乎字字句句，均让你咀嚼不尽，思味不竭。请看：

姑似乎不愿再听这已经长了青苔的蛮荒故事,她仰头凝视着大山顶上的蓝天。姑的头一动不动,那姿态可以定格成"天问"的屈子石雕。我问姑在天上寻觅什么,她说故乡的天比台湾的蓝,云更比台湾的白。

姑——"屈子石雕"、大山、蓝天,构成了一幅壮阔、深邃而又情致缱绻的图画。"故乡的天比台湾的蓝,云更比台湾的白",分明是主观使然,正如"我"说,"这是乡情所致"。

二、通篇运用拟人化写法,饶有趣味,直抵心灵

作者把故乡的青山当作一个有着深厚情感的人。开篇就呼喊:"梦牵魂系的巍巍青山,我回来了!"接着用与青山对话的形式,抒发了浓浓的乡情。

既然是拟人手法,当用第二人称"你"。一声声亲切的呼唤,一声声柔美的回应,都浸淫到人们的心坎里去……请看:

老母亲说:"那时候我在山下呼喊你们吃饭,山也呼喊你们吃饭。"小姑姑说:"过年时节我在山下放'二踢脚',山也响起'叮——当——'的鞭炮声。山最有情,大山的心窝深处埋着我们许多童年的梦!"说着,她摘下太阳镜,凝视着你:从你的绿色头冠,一直看到褐色的山脚。之后,她眼睛盈出泪光。她把阔别了四十多年的相思,化成热泪,一滴滴融进脚下的乡土。

"四十多年的相思",就这样在美好的回忆、描述中铺展开来,又怎能不热泪涟涟,以至"一滴滴融进脚下的乡土"。这样的挚诚乡情是一般人所不能有的,也是一般读者所不能感受得到的,颇能引起共情。"眼睛盈出泪光",读着这样的文字,我也如此了……

下面的对话,引人进入一个美好的境地:

姑雀跃得像个小小村姑。她摘下颈上的纱巾,向鸟儿挥舞着:"故园的鸟儿,你好——"

"你好——"

"你好——"

姑的喊声和大山的回应鸾凤和鸣。沙沙的回音久久徘徊不去。

好一个"鸾凤和鸣"！人与自然多么和谐！乡情何其深也！

三、语言精练，用词精当

文学是语言的艺术。散文之美，美在情感，美在语言。情感之美是通过语言之美传达的。《梦回故园》的语言是别致的、清新的、柔美的、温婉的、入心的，是经得起咀嚼的。我被其独特的美吸引了去。独特之美何在？三言两语，引你入其境也。且看：

青山，你还记得吗，在四十多年以前，在你怀抱的回肠小路上，曾留下姑和我奔跑的足音！小姑姑拉着我的手，对你吆喝：

"哎——"

"哎——"你也是如是回答。

"你好——"

"你好——"你像鹦鹉学舌。

"日头出山啦——"

"日头出山啦——"

你学得分毫不差。

与青山的简单对话，便把读者带到幽远的空谷中，置身其中，听那美妙的回响……

作者写道"那时候它唱'赶快布谷'时，姑你总喊'光棍好苦'"后，有十个字——"老母亲笑了。小姑姑笑了"。而且独立成两行，画面立时在眼前浮现，效果极佳，胜却多少描述。可以说，全篇皆是美的语言。

最后必须指出的是，这篇散文如同他的其他作品，内容亦含有个人痛苦的经历。不过，虽有悲情，却也温润。

《梦回故园》是我颇为推崇的一篇散文，一切皆美！我笔力不逮，暂此止笔，不至亵玩焉。

2022 年 10 月

 沉浸在读写的海洋里

沧桑厚重《人世间》

根据梁晓声茅盾文学奖同名小说改编的 58 集电视剧《人世间》完美收官，可圈可点甚多。内容之丰，阵容之大，反响之深，少之又少。清醒的冷峻的现实主义创作手法，以及给人的多方面的深刻启示，也是近几年来很少有的。

作品塑造了众多鲜明的富有个性的人物形象，周秉昆、周秉义、周蓉、郑娟、周志刚、李素华、冯化成、郝冬梅……都立体化地活跃在观众的心里，都能与现实生活中的人物相映衬。每一个人物无论出镜多少，都有血有肉，棱角凸显。做到这一点，极为可贵。平凡而生辉的群像展示，是这部电视剧很大的成功。周秉昆的隐忍、善良，周秉义的廉洁、清正，周蓉的静秀、知性，郑娟的内敛、贤淑，都挥之不去。

作品名为《人世间》，作为一部历史厚重的年代剧，从多个视角展示了中国近五十年间（1968—2016 年）的沧桑巨变，中国百姓的心路历程，以及改革的艰难与必然，既有历史感、沧桑感，又有现代感、时代感。这也为很多作品所不及。不少人感慨，《人世间》没有丝毫的热热闹闹，没有半点的矫揉造作，全然是生活的真实再现，人生的历练跌宕，生命的宝贵美好……用心用情，有滋有味，幽邃隽永。

作品是严肃的，一以贯之的是现实主义，也可以说是以"悲情"的形式出现、演绎。无论是节奏、音乐，还是人物对话，都有"原生态"性质，急缓相宜，环环相扣，丝丝入心。而且，每一集都有烙心之语印在心间，让人咀嚼回味，身心受益。如"再苦也要过成诗""心里恨着别人，伤的都是自个儿"。由此可见，文艺作品的教育作用不可忽视。

我认为，《人世间》最大的成功，就是让人思考：如何做一个合格的公民？如何做一个好人？如何做一个好官？怎样守住一个人的良心？怎样紧跟伟大

的时代……《人世间》满足了我们很多美好的期待，给予了我们很多宝贵的启示。好作品就是好作品。心中有并在作品中体现"人民性，时代性"，是文学艺术家们的神圣使命。

2022 年 3 月 1 日

沉浸在读写的海洋里

贾平凹的散文味儿

好几天没有写东西了，手有点儿痒。

贾平凹，这个名字对当代中国人来说再熟悉不过了，很多人知道他的名字是因为他的小说——《废都》《高老庄》《秦腔》《暂坐》，而不知道他的散文。就我来说，他的散文也许更有味道。

我读过贾平凹的一本散文专集——《自在独行》，也写过一篇几千字的评论，感觉他的散文特别地有人文情怀，有诗意，语言简洁，有时透露着文言气息，很富有情味儿，有时洒脱不羁，有时隽永深沉，这是很少有的。人教版七年级下册选了他的散文《一棵小桃树》，我读了很多遍，真的被它吸引住了。我不怕别人笑话，我自己读出声音来，自己享受，这也是我很少有的。那感情的细腻，那叠字的运用，那语气的温婉，都特别漂亮，都特别有味儿，别的作家没有他这种味儿，这就是贾氏风格吧。而且特别地会抒情，而这种抒情是发自内心的，不是造作的，是极其自然的。

你听：

看着桃树，想起没能再见一面的奶奶，我深深懊丧对不起我的奶奶，对不起我的小桃树了。

再看结尾：

明日一早，你会开吗？你开的是灼灼的吗？香香的吗？我亲爱的，你那花是会开得美的，而且会孕出一个桃儿来的；我还叫你是我的梦的精灵，对吗？

你也许没有想到，面相憨憨的贾平凹，能写出如此温婉深情的语言吧！——"我忍不住几分忧伤，泪珠儿又要下来了。"

人在烦躁之时，静下心来读一读散文，特别是赏心悦目的散文，那真是一种享受啊，让你的心静下来，正如《道德经》中说的"重为轻根，静为躁君"。

读一读贾平凹的散文吧，让你怡情悦性，懂得人生况味。

2023 年 4 月 28 日

沉浸在读写的海洋里

长篇可以这样美

——读迟子建《额尔古纳河右岸》

在暑假这样一个炎炎夏日读完一部长篇小说是比较困难的。我用了一周读完了迟子建《额尔古纳河右岸》这部茅盾文学奖获奖作品。我对自己是满意的，更美的心情来自这部书本身。

迟子建，是我读过的女作家中印象很深的一个。我对她的童话般的散文《一滴水可以活多久》早就谙熟亲切，方知散文可以那么有诗意，构思可以那么巧妙。读了《额尔古纳河右岸》，又知她的长篇也如散文那么美。真是不可思议！

我不知用什么恰当的词语来概括，想来想去，还是两个字——凄美。凄而美，美而凄。凄，当然是凄凉，一个个生命次第去了，走了，到了天上，到了雨中，到了该到的地方……美，是掩饰不住的，这美首先归于自然，更归于作者，归于作者那颗女性的心，归于她细腻流畅的笔触……直把你带到额尔古纳河，驯鹿，月亮，清风……

书中的名字有些古怪，也许你记不准，那没有关系，我想你读多了，肯定记得住。里面的男人和女人都在演绎一个个故事，有哭声，有笑声……一个民族的灾难与荣光都隐藏其里，又闪着光芒……不仅是民族的，更有人性的。

迟子建，真的是一个俊秀而有才情的作家。254页的长篇的目录竟然那么简单——上部清晨，中部正午，下部黄昏，尾声半个月亮。这与她的散文《一滴水可以活多久》那样的相似，诗意，有意味，简约而丰富。读了她为这部书写的跋——《从山峦到海洋》，晓得这个长篇之来之不易，又轻松酣畅。它有对现实的深刻思考，对故乡的深深眷恋，对亲人亲情的珍视……我懂得了一个生在寒冷的东北中国作家的温热的心……她说："故乡对我来说，就是催生这部长篇发芽、成长的雨露和清风。离开它，我的心情都是晦暗的。"诚哉斯言。所以，这部书是作者送给故乡的最好最美的礼物。还有什么能超越其上呢？

　　长篇的美不同于短章，是零零碎碎的，是散散淡淡的，但是，这个长篇的美，是时时美、处处美，是散文般的美，有时就像散文诗，或者是诗。但是，它又有情结的逶迤……既是散文，更是小说。我不知这是不是为迟子建所独有，但是这肯定是茅盾文学奖获奖作品中很独特的。

　　我把《额尔古纳河右岸》的很多美也不时分享给我爱好文学的朋友，这已经是我的一个习惯。

2023 年 6 月 23 日

 沉浸在读写的海洋里

文章思想要有深刻性

罗伯特·瓦尔泽（Robert Walser，1878—1956 年），瑞士作家，20 世纪德语文学的大师，在欧洲同卡夫卡、乔伊斯、穆齐尔等齐名。在世时读者稀少，被《洛杉矶时报》认为是 20 世纪最被低估的作家。受到卡夫卡、本雅明、黑塞等诸多作家推崇。

今天早晨，我有幸读了瓦尔泽的四篇小说《卑微就是人生的最后一间避难所》《我不想在职业的道路上奔波》《雅各布·冯·贡腾》《黑尔布林》。四篇，看上去很多，挺吓人的，也就是万多字，我还是我读文章的老办法——一字一句地读。对好文章，就要这样；对无病呻吟、滥抒情的文章，就要一目十行，甚至不看。我没想到，瓦尔泽（我第一次知道这个名字）的小说那么耐读，蕴含着丰富的深刻的思想，每隔上几行文字就有让你值得琢磨、回味而又联想到现实的有思想火花（甚至是闪电）的句子。这是很少有的。

《雅各布·冯·贡腾》中有这样的话：

我们都穿制服。穿制服这件事，既伤了我们的自尊又抬举了我们。它令我们看起来像是失去了人身自由，这或许算是一种耻辱，但穿着制服的我们看着也确实漂亮，不至于像那些套着褴褛肮脏的自家衣服四处走动的人一样丢尽颜面。拿我自己来说，穿制服不会带来任何不适，因为我从来不知道该怎么打扮自己。在这方面，我一时半会儿也看不透自己。也许我的皮囊下就是个完完全全平庸无奇的人。但也有可能，我身体里流淌着贵族的血脉。我不知道。只有一点我是确定的：在以后的人生里，我会成为一个招人爱的圆滚滚的零。我会挺着一把老骨头，听候那些自命不凡、缺乏教养的粗鄙年轻人差遣。也有可能我会去要饭，或者干脆一命呜呼。

真是说绝了。过去，现在，将来，穿制服的人很多，将来更多。穿制服，究竟有什么的心理呢？我们能感受得出来吗？我们感受出来，能表达得出来吗？我们表达出来，有这么深刻吗？有这么巧致吗？这就是作家的功力，生活的功力，表达的功力，思想的功力。

无病呻吟，滥抒感情，是很多写作者的通病。写了一大堆，压缩一下，就那么点东西。多的是堆砌，有的是垃圾的堆砌，有的是华丽的堆砌，经不起推敲，没有思想含量，读者得到的信息寥寥。最有意思的是，这种写作者还往往自我陶醉、沉醉、迷醉，确有孤芳自赏之嫌……这样的文章，似曾相识，好像不知从哪里"贩卖"来的。写这个又有什么意义呢？一旦没了意义，那又有什么趣味呢？

多读些经典文章，多思考开悟，会有答案。

2024 年 3 月 2 日速写

沉浸在读写的海洋里

"砰的一响"

——《玩偶之家》主题浅说

《玩偶之家》,易卜生代表作,欧洲批判现实主义戏剧的经典。《玩偶之家》属于"社会问题剧",是易卜生创造的戏剧类型,强调在舞台上呈现当代人的日常生活,在戏剧中直接谈论当代社会的重要问题。

《玩偶之家》,1879年首演,曾经给欧洲社会带来暴风雨般猛烈的震撼,因为这部戏剧尖锐地提出了家庭中妇女地位的问题,给当时欧洲保守而又伪善的社会道德一记响亮的耳光。正如西方文学史家评论,《玩偶之家》结尾娜拉出走时"楼下砰的一响传来关大门的声音",与拿破仑战争的枪炮声一样,有力地推动了欧洲社会的历史进程。这种解读与评论,无疑是具有权威性和说服力的。

戏剧的结尾,既惊心动魄,又颇耐咀嚼。我数遍读下,涵泳不尽:

海尔茂:你手头不方便的时候我得帮点儿忙。

娜拉:不必,我不接受陌生人的帮助。

海尔茂:娜拉,难道我永远只是陌生人?

娜拉:(拿起手提包)托伐,那就要等奇迹中的奇迹发生了。

海尔茂:什么奇迹中的奇迹?

娜拉:那就是说,咱们俩都得改变到——喔,托伐,我现在不信世界上有奇迹了。

海尔茂:可是我信。你说下去!咱们俩都得改变到什么样子——

娜拉:改变到咱们在一块儿过日子真正像夫妻。再见。(她从后门厅走出去)

海尔茂:(倒在靠门的一张椅子里,双手蒙着脸)娜拉!娜拉!(四面望望,站起身来)屋子空了。她走了。(心里闪出一个新希望)啊!奇迹中的奇迹——

楼下砰的一响传来关大门的声音。

——剧终

　　这样的结尾真够精彩!精彩是多方面的,不只是"砰的一响"的决绝,还有潜台词的丰富意蕴,舞台说明给人的深思与联想,以及破折号的巧妙(当然也要归功于译者),句号的看似不经意("屋子空了""她走了",连用两个句号,那种空落的感觉不禁油然而生),都是经典的艺术(或者说艺术的经典)。作为一个语文老师,肯定不放过每一个细节。

　　"奇迹中的奇迹"是什么?很明显,就是"改变到咱们在一块儿过日子真正像夫妻"。那么,"奇迹中的奇迹"能发生吗?那是不可能的!这不是我们读者所能改变的,这是由剧情与社会背景决定的。这一点毋庸多虑。那么,这部戏剧从首演到现在已过去143年,今天,这种"奇迹中的奇迹"能发生吗?我说,或能,或不能,这要看具体的家庭而定。有的盼望"奇迹中的奇迹"发生,有的却断不可能。"在一块儿过日子真正像夫妻",多么美好,又多么引人向往……这并不难,要有更多的包容。当然不仅仅是包容,还有更多的不可言说的东西。

　　前面已说,《玩偶之家》"提出了家庭中妇女地位的问题"。在当今中国,妇女地位之提高有目共睹。所以,我们今天读《玩偶之家》,不仅仅是"妇女地位的问题",还应想到夫妻(男女)彼此的感情融合、人文关怀等。

　　这部戏剧最动人心魄的莫过于最后娜拉"砰的一响""关大门的声音"。"娜拉出走了!"头也不回……那么,娜拉出走以后怎样?鲁迅在"五四"时期写过杂文《娜拉走后怎样》,指出,娜拉的命运有两个,一是堕落,一是回来。到今天,我们也很难揣测怎样的结局。我想,无论是"堕落",还是"回来",都不只是个人的悲剧,而是人之为人或多或少的共性。

　　时代发展到今天,我们每个人都要珍爱自己,珍爱家庭,珍爱生命,少听到或者不再听到"砰的一响""关大门的声音"。

2022年11月29日

沉浸在读写的海洋里

夏目漱石《我是猫》之多彩性

《我是猫》，是日本"国民大师"夏目漱石（1867—1916年）的代表作。早知其人，早知其作。然而，我读完方知其真味，深深震撼。虽然作家是一百多年前之作家，作品是一百多年前之作品，但细细读过，则一切立在眼前。这是我读外国文学名著很少有的感觉。

《我是猫》的多彩吸引着我。四百页的长篇前后用了大抵一个月时间，咀嚼浸淫，吸纳赏鉴，打破了我原有的读书节奏，追求边读边涵泳的审美阅读。因为，《我是猫》所刻画的人物形象，再现的社会风情，与当今也有某些相似之处，尽管是一百多年前。《红楼梦》起笔于1746年，不也是历久弥香吗？

一、外在的寓言性

"猫眼看世界，悲喜各不同。"这部作品的高明之处，就在于作者借猫心、猫眼、猫语来思考、观察、表达，无拘无束，又合情合理，在"猫"辛辣讽刺、幽默戏谑的语言之中，隐藏着对世间百态的哲思。"在下是猫，还是一只懂得观察、思考的猫"，作品甫始，猫的形象与作用就立刻进入读者的心灵。猫，就是作者自己，也必然是作者自己。如果不用这种形式，那效果就大相径庭，远远没有这样的酣畅淋漓，当然也就没有这部独一无二的作品了。

二、思想的深刻性

一部作品最重要的就是思想，涤荡人心的是思想，熠熠生辉的是思想，回味久远的也是思想。《我是猫》的思想性是很突出的，是极其深刻的，时时处处彰显，直穿心灵，引人思悟。仅举一处："在今日世界，如果还有人指望着靠权势耀武扬威，仗着二三百条枪就想横行霸道，简直就像是坐在轿上和火车赛跑的冥顽不化的时代落伍者。"如此深刻入心、力透纸背的精警之语，俯拾即是，烛照人心。你如果有心，把这部作品中的隽永之语荟萃起来，那将是宝贵的财富，教益无穷。夏目漱石，被称为日本近代文学史上伟大的批判现实主义小说家当之无愧。

三、惊心的时代性

《我是猫》，成于1905年，夏目漱石38岁（足见其才华），当时正值日俄战争。无论是作者叙述，还是小说中的人物对话，都能看出战争给日本人民造成的心理影响，从中亦能窥见作者对战争的控诉。无论什么样的战争，遭殃的始终是百姓，是人民。远离战争，向往和平，是永恒的主题。

四、人物的鲜明性

小说中的人物不算很多，个个形象鲜明。作者借助猫的视觉、听觉、感觉，描绘了形形色色的文人形象：没心没肺且唯恐天下不乱的迷亭，刻板又一丝不苟的寒月，空有理论却不实践的独仙，以及猫的主人——迂腐、缺乏耐心、自命清高的苦沙弥。同时，猫也见识到了与苦沙弥不同阶级的一些人：一心将女儿嫁出去且十分势利眼的"大鼻子"夫人，财大气粗的资本家金田，还有一群出身贫苦、爱慕金钱、帮助金田家挖苦陷害苦沙弥的邻居……这些人在猫的眼中都是十分丑恶的，而猫观察他们有一种居高临下的感觉，可以说无处遁形。而且，我们读者还能很好地对照自己，思及品行优劣善恶，从而提升自我。

五、辛辣的讽刺性

讽刺是一种智慧。鲁迅爱讽刺，契诃夫爱讽刺，果戈里爱讽刺，欧·亨利爱讽刺。而我要说，夏目漱石之讽刺丝毫不逊于他们。我读《我是猫》，从一开始我就感觉到强烈的而富有艺术的讽刺气息。这种讽刺，不是一星半点，而是一以贯之，恰到好处，是那种直抵心灵、醍醐灌顶的讽刺。言及讽刺，必然有幽默。因为，幽默讽刺是一体的，是相融的。《我是猫》之幽默讽刺让人过目不忘。

请看关于"现代人"的高论：

现代人不论是睡醒了还是在梦中，都在想着自己的利益，对任何事、任何人都会盘算一下对自己的利益，自然就会拥有跟那些密探和盗贼一样强的个人意识。整天算计着别人也防备着被别人算计，无时无刻不在如履薄冰，直到进入坟墓才得以安心。这就是现代人，就是文明发出的诅咒。简直愚蠢

透顶！

应当说，就整部作品来说，这是比较温和的，而不是多么"恶毒"。但是，上述一百多年前的"现代人"，今天的"现代人"（或曰"当代人"）不也是很严重地存在着吗？

六、语言的丰富性

人们一提起夏目漱石，大都有这样的印象：擅长运用对句、叠句、幽默的语言和新颖的形式。这是正确的，也是绕不过的。《我是猫》非常充分，典俚结合，富于变换，腾挪跌宕。语言的丰富性，是这部小说的一大特色。任何的文学爱好者都会迷恋于文学作品精美的语言，也许这是我爱读《我是猫》的一个重要原因。

亲爱的读者，请你耐住性子听我说道说道。

1. 成语运用多而娴熟

你也许会说：这是日本文学，怎么成语运用就是特色？不也与翻译有关吗？诚然，你的疑惑是对的。但是，无论怎样，如果原著不具备这样的特点，也是无以如此的。在读的过程中，我无意中发现成语运用真是多而自然。有的小说家认为写小说成语不能太多，我也赞同。但是，也不能绝对。请欣赏："人，喜欢把海阔天高的世界切割得零零碎碎，好画地为牢，只故步自封在那立锥之地上，天塌下来也绝不越雷池一步。用一句话来说就是，人类就是在自寻烦恼。"你看，有几个成语？效果怎样？当然也要感谢翻译者。

2. 典俚结合

俚语实多，不表。《我是猫》之典雅让你喜出望外。我想，一是与作者本身语言修养有很大关系，二是很明显受中国古典文学、文化之浸润，感受东方文学语言的魅力（西方小说则很难体现）。"熏风自南来，殿阁生微凉""春又别人间。独抱琵琶重几许？意阑珊。""暖炉待其主，谁知相思苦""等待最难熬，玉人不见来""山上白云闲，恰似我偷眠""一竿风月闲生计，人钓白苹红蓼间"……好美的享受啊！作品中好多次提及孔子的话，还有屈原（"既茕独而不群兮"）等，足以说明夏目漱石对中国文化的喜爱。

3.寥寥数语,情景相融

请看下面几句:

月儿西沉,清光如练,但已瘦削,像半截的信纸。(第五章)
柳树之下,必有泥鳅;蝙蝠之上,常有弯月。(第八章)
一梦千年,千年一梦。又短又长啊。(第十一章)
日月星辰陨落,天地化作齑粉!我来到了一个难以名状的太平世界。(第十一章)

你不得不佩服夏目漱石驾驭语言的能力。

4.巧妙引用西方哲语

西方哲学家、文学家、艺术家、科学家的名字数不胜数,博学而有卓见,让你自叹弗如。有很多陌生的名字——安德烈亚、哈里森、葛雷、卡莱尔、蒙森、威廉·詹姆斯、圣佩韦、魏茨曼……更不用说——苏格拉底、亚里士多德、笛卡尔、尼采、培根、梅里美、达·芬奇、伦勃朗——了。

笛卡尔:我思,故我在。
培根:顺从自然的力量,才能战胜自然。
……

这样的援引在小说中颇多。不仅是援引,作者(当然是借助猫或者小说人物)的很多话语闪烁着思想的光辉,且不乏哲理色彩。所以,《我是猫》不仅有情趣,更有理趣,情理相生。这是夏目漱石非常独特之处。这也是我直呼"过瘾"之根由。优秀的伟大的小说,总能给读者全方位的享受,知识性,趣味性,思想性,社会风情的再现,等等。

《我是猫》的阅读,给我在这个疫情继续蔓延的冬天平添了丝丝暖意。最后,我要特别感谢我的学生李彤彤,是她得此书与我,不然我怎会读而评之?

2023年1月7日

沉浸在读写的海洋里

东阿文坛赋

壬寅之春，东阿大地清荣峻茂，龙腾虎跃，一派生机。子建遗风一千八百年，膏泽斯民，意兴遄飞，泉水汩汩，佳作频出。滔滔黄河东流去，诗词歌赋情韵幽，这边风景独好。

王涛大椽之笔引东风浩荡，《母亲与河》激越回响。范玮邀约八方传至宝之经，《小东山断想》散发清芳。明久故乡之歌咏乡情绵长，灵感喷涌，不可阻挡。耆宿垂范，后学翕然，蔚然成风。岩芳挂帅，互相轩邈，争高直指，万木争荣，士江豪迈，曹植诗社清越如歌，遐迩皆知。清江辛苦，细辨妍媸，去芜存精，孜孜不倦。清林钩沉，随笔清泉文史融，豪气冲天扬古风。静新格律，不惮前驱，蕴藉风流。子芽马蹄声声，流水淙淙。秀功评论登高处，剑指苍穹拨云雾。此之谓洋洋大观，楚楚有致也。

东阿文坛人才辈出，惊艳四方。贾兴耀、马淑敏、孙平、张道强、赵真真、王万霞之伦善小说，刘玉新、丛本华、王庆军、葛小晶爱散文，房义军、王琼宇、刘轩、于爱华多诗，赵广峰、范凌霞工词。诸体皆擅者亦不鲜，高岩芳、司尚营是也。老中青薪火相传，赓续前行。尤喜新生蓬勃，文学有人。张勐、张辉、梅英之属搦管接续，繁华相沿。

迩年，柯地文盛风壮，横扫鲁西。楹联风起，南北东西。采风恋胜地，俊采画中游。年会朗诵美声远，元宵观灯丽人行。丝丝缕缕风，文心别样情。作品立世横空来，人品立身境界开，传递正能量，心怀主旋律，大道其行，芳香其远。此乃人文渊薮、精品荟萃、花团锦簇、馥郁一方也。

2022 年

曹植诗社五周年记

诗社五年，枝繁叶茂，花香果硕，倾心以志，诗人之宜。

子建遗风一千八百年，浸淫柯地，膏泽斯民，山山水水诗意氤氲，而今为盛。

诗社之肇始，寥寥数人，今洋洋二三百。耆宿前引，中年堪任，少壮紧跟，浩浩荡荡，风流一方。诗词诸体，长短不一，风姿各异，而臻瑰奇。古韵今声，独抒性灵，泉水泠泠，诗情盈盈。现代人写现代诗，重之宝之，蔚然成风。文学之帜高扬，现代诗为先。

人品立身，作品立世，精品传久。诗社荟萃八方俊才，我手写我心，高歌新时代，吟咏美生活，佳作汩汩而出，不止万首，闪耀鲁西，洵可赞也。

然亦非尽善尽美，仍需切磋之，琢磨之。

"文章合为时而著，歌诗合为事而作。"山河大地，茂林修竹，天下苍生，诗之泉源。众诗友，约贵妃，咏桃花，闻梵呗，游牡丹，无一不澎湃开怀，涌动而成诗，皆洛神美篇。

国运昌盛，与时俱进，人民江山，黄河涛声滚滚，七一火炬燃烧……风人不辱使命，长歌以行，翕然如风。

五载春秋，岁月悠悠。赓续血脉，扬弃光大，长风破浪，勇立潮头。

值诗社五周年，子芽记之。

壬寅年六月十日

沉浸在读写的海洋里

让"东阿作家"走向全国

"东阿作家"公众号,越来越受欢迎与青睐,投稿作者已达百人,四面八方的稿件云集而来。"倾听自然之音,安放灵魂之所",已走进每个作者的心灵。"东阿作家"编辑部深深感谢每一个文友、每一个作者。

与"东阿作家"公众号有关的故事太多,每一个故事都在激励着你,鞭策着你,温暖着你,感动着你!

公众号全新改版不到一周的时间,著名诗人弓车先生为"东阿作家"公众号欣然题诗:

墨水有了,就是黄河水,用之不竭
笔有了,放下鱼山,再举起泰山
键盘有了,就是729平方千米的黄土地
请敲击,请一下一下
敲击34万人的心
进而敲击590万人的心
进而敲击10163万人的心
进而敲击14亿人的心
敲击出黄河的音域,敲击出泰山的声高
让全世界听到

这是多么大的鼓舞啊!这是一个极有成就的作家对家乡的文学事业最大的支持!我们当谨记于心。

著名军旅作家童村老师对编辑的质量与美感度要求很高,他看到"东阿作家"平台后很满意,并热情鼓励:"很好,很用心!费时费力,公众号不易。

望不断改进,做到极致,做到完美,做到第一!"童村老师接连发来几首诗,让国家一级作家王涛先生惊讶不已:"没想到他写的诗这么好,这是我第一次见到他写的诗!"两个相知的人竟然如此……这不是美好相遇吗?这不是美好的文学故事吗?

晨曦是我的老乡,是著名诗人、评论家,他每天都很忙,行走于各地,我向其约稿,谁知,他用一天时间写了四首诗——《曹植,我家乡的王》《鱼山,最美的遇见》《古村苫山》《黄河古渡口》,2300多字。这是一种怎样的情怀啊!

王玉河,一级巡视员,文化学者,我的高中同学,三十多年未见,是"东阿作家"公众号把我们又联系在一起。他一个突然的电话打给我,"你是福木吗?我想投篇稿子……"听到这久违的声音,我的眼泪又怎能控制得住……以文交友,千真万确。

王文良,居住青岛多年的东阿老乡,他给我发微信说:"家乡的文学创作非常繁荣,我时时在关注……"

单清林,民俗文化学者,在公众号发表《温暖的故乡》系列,小说味、散文色彩兼之,受到热评。还写古诗、现代诗。他亲口说:"公众号把我激活了……"我太了解他了,他的话没有半点水分——中间不知搁置了多少年。

林继国,水城名师,我们同是语文教师,又同为教研组长,彼此惺惺相惜。我长他10岁。我经常鼓励他多写,以前他总说"没有时间"。现在他的状态很好,一连写了好多篇有分量、有水准的文章,我说"这正是我愿看到的"。我的激励起到了一定的作用。

在外工作、打拼的家乡人,看到家乡的文学平台,有说不出的高兴。军人刘——看到家乡的平台,随即发来文章。我的一个不告诉我名字、以"偶然的学生"署名的作者看到平台,写了一篇《又遇花开》,回忆了与我有关的美好经历,让我动容:"偶然读到一篇网络文章,发现是家乡的作家公众号推送的,倍感亲切,马上关注,当主编的名字跃入眼帘时,心头闪过的第一个词语:众望所归!……此时最想说的一句话:吴老师,又能遇上您,真好!"

我们的平台对每一个文友、每一个作者一视同仁,不人为地设置所谓的门槛(当然思想消极、颓废者除外),文稿既有北京等地名家之作,也有本

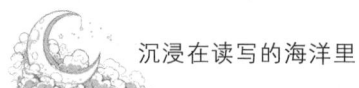

土作品。潘太国，东阿县牛角店镇付岸村人，一个朴实厚道的农民朋友，爱写古体诗词，他发来的每一首诗词我都是认真看、校正，每次他都会以四个字——"谢谢老师"——回敬。

我们的故事太多。编辑朋友每天接触稿件，也与文友进行真诚的交流，彼此分享美好。

我们的作者来自全国各地，来自不同阶层，有专业作家，也有业余作家，有大学生，也有初高中生，有行政干部，也有工人农民……这正是我们乐见的。正因这样，"东阿作家"必然走出山东，走向全国！我们也必然会演绎更多的精彩故事……

做一件事情，要有韧性，要有执念，要用心用情。我们无愧地说：我们就是这样做的！

念念不忘，必有回响。我们坚定不移！

2024 年 2 月 22 日晚

东阿文坛霞彩满天

每天接触大量的文稿，县内外、省内外皆有，甚至大洋彼岸。上到国家级作家，下到普通写者，都在平台得以展示，都给我无尽的享受。然而，我最关注的当为东阿这片文学热土，以及活跃在这片热土上的每一个写作人。

当今东阿文学的繁荣与发展，源于曹植，直追曹植，这是毋庸置疑的，也是无须论证的，很多方家都有专论。曹植的可贵，在于他不仅是一个诗人，更是一个文学家。因为他写出了以《洛神赋》为代表的光耀千秋的几无可及的名文华章。而文学家远比诗人之谓高出许多。我说这话的意思，就是当今东阿文坛呈现了"百花齐放"的可喜局面，古体诗词、现代诗、散文、小说争奇斗艳，而不仅仅是诗词的吟咏。目前，诗词吟咏者数不胜数，每天都有相当数量的诗篇展其韵、成其势。

当下，东阿这片文学热土传响久远、影响之大者当数小说。为什么这样说？那就是以王涛为代表的小说作家几十年的耕耘，特别是近几年王涛的小说频频"亮刊"，尤其是今年5月他的具有史诗性质的近八十万字的《大河》三部曲的问世，在炎炎夏日更是掀起了一股文学的热浪……《大河》三部曲入选山东省作协重点作品扶持项目，在聊城大学联合召开省市专家座谈会，《聊城日报》《聊城文艺》等媒体专版报道。这在东阿县是从未有过的，在聊城市也是少之又少。一句话，东阿文学因王涛小说创作而蜚声鲁西。近年来，李兆昌、张勐、赵广飞、赵真真、张道强、王文娟、夏雨、尹青、张乾之等小说作者也发起了不小的"攻势"。

为什么小说创作备受关注？这要从多个层面说起。中国的一些重要文学奖项都在突出小说的重要，"茅盾文学奖""鲁迅文学奖"自不必说。从普通民众来说，也是对小说喜爱有加。初高中语文教材，中外小说名篇占了相当大的比重。这是我所知道的。我写的评论大多也是关于小说的。仅我县小说

作家，王涛的《尺八》《小喇叭》《万象更新》以及《大河》三部曲，贾兴耀的《大地之恋》《最后的乡村》，张勐的《迷失长安》，张道强的《步步较量》，等等，我都阅读并快评。

小说之外必然是散文。我很高兴地看到，近几年东阿文坛的散文创作异彩纷呈，呈良好发展态势。在散文创作方面，无疑，高岩芳、单清林、王庆军三位是最为突出者。他们的散文有一种大散文格局，容量大，有情韵，重技巧，有浓郁的鲁西色彩。《东阿文萃》创刊号上刊登的三篇长篇散文值得一读——高岩芳的《黄河的儿子——写给东阿籍摄影艺术家赵广田先生》，单清林的《又到清明上坟时》，王庆军的《针线活》。东阿的大散文，还必须提及王涛的《母亲与河》。可以说这些作品代表了目前东阿散文创作的最高成就。说到散文，还有一个不可忽视的存在，那就是王继农的《远去的岁月》。因为《远去的岁月》具有极高的史料价值，对于研究鲁西民俗具有重要意义。刘玉新的游记散文独树一帜，有着独属于他的文化气息。王涛的长篇散文《母亲与河》，高岩芳的散文集《岁月之舞》，王继农的散文集《远去的岁月》，张军的长篇回忆散文《怀念父亲》，我都进行了热评，并深深感动着。而且，也非常助益于我的散文创作。

目前，东阿文坛散文创作队伍不断壮大。林继国、王琼宇、陈秀芹、张蓓、刘斌、孙连勇、毕焕芹、孟庆珂、程文英、徐辉、黄妍妍等都写出了多篇脍炙人口的散文随笔。衷心希望大家在散文创作之路上越写越精湛，越走越宽广……散文与生活联系最为密切，若想爱上写作，可首先从写散文（随笔）开始。

诗歌是每个地方写作者最爱写的一类文学体裁。同样，在东阿也是这样。到底有多少诗歌作者，很难做出统计，肯定是人数最多的一个群体，庞大而壮观。这是一件好事。众所周知，诗歌是高雅的艺术，是点燃激情的艺术，是最古老的语言艺术，是最纯粹的文学样式。我们要倍加呵护，用自己的智慧、学识、诗性甚至人格与灵魂把她提升到一个应有的水平或者说一个境界。诗之难之雅之美，对每一个诗歌创作者来说都是一个挑战。从这个意义上来说，每一个创作者都值得尊敬。东阿县的诗人们不分年龄大小在诗歌的大地上辛勤耕耘，呈现出万木争荣的生动局面。年过古稀的高明久老师诗词创作格调之高、数量之多令人敬佩。刘轩老师年过花甲而诗情不减，出版诗集《乡情》，又迷恋于仓央体创作。老诗人房义军偶有所作，便感人至深。高岩芳、单清林、王庆军在写散文的同时，也致力于诗歌创作，力求打造精品。王琼宇的现代诗气势恢宏，颇有情韵。刘新华爱写短小隽永、富有理趣的组诗，如列锦一般。徐哲爱写山水叙事诗，并融注浓情。崔梅英的现代诗轻巧且富有灵性。张辉非常注重艺术性，字字考究。张淑贞的美图配文，如诗一般，是东阿文坛的一股清风。现代诗中，我很欣赏司尚营写的《洛神湖初夏》，有生活，有文化，有韵味。

相较于现代诗，古体诗词创作在我县更是繁盛。以李静新为代表的诗人每天都写出相当数量的诗篇，成为一支战斗力极强的写作队伍。

必须指出的是，东阿的诗歌创作有不对称不和谐的现象。那就是：有的数量多，但缺少精品；有的有诗味，但数量少。我们热切呼唤、满心期待数量与质量兼之的叫得响的诗人大家凌空而起！

写诗，需要沉淀，需要蓄势，力避造作，既发诸真情，又灵性自然，经得起时间的考验。

文学评论是现如今东阿文坛不可忽略的存在。说到东阿的文学评论，首先必然是张秀功。近几年由于他的读书深耕，加之睿见，发表了几篇有分量有影响的评论。王涛、范玮、高岩芳、王庆军、陈晓东、夏雨等都有自己独特的文学见解与写作之道。我也写了二十多万字的各种评论，注重文本探究，但理论深度不够。

"百花齐放，百家争鸣"的"双百"文艺方针在东阿文坛贯彻得最为彻底，体现得最为淋漓尽致。"存在的就是合理的。"显然这种哲学思想不是百分之百的正确，但是我们要有包容互鉴的心态。唯此，才有更好的繁荣与发展。现在东阿的各种文学平台为每一个文学爱好者施展写作才华提供了极好的"练兵场""检验地"。我们要真诚感谢高岩芳、杨士江、王庆军、鹿清江、赵广飞、崔梅英、张淑贞、秦序朋等这些平台制作者们。我们应该庆幸这些平台的存在，让你良禽择木，让你展翅腾飞！

七年前的现在，我写了一篇长文——《文学不可小东阿》，文中提及"东阿作家群"这一概念。七年过去，东阿作家群确实已蔚然成风！

沉浸在读写的海洋里

东阿文学的大地是丰腴的，东阿文学的天空是寥廓的，东阿文学的梦想是美丽的，东阿文学的脚步也必然是扎实的。"有梦，追梦，圆梦"，是每个人的人生三部曲，也应该是我们东阿文学人的人生三部曲。我们要有高的追求，多读书写作，出精品力作，有更多的作家加入省、国家级作家协会。

"潮平两岸阔，风正一帆悬。"我们坚信：东阿文坛必将山花烂漫，霞彩满天！

2024 年 7 月 3 日

一篇"讲好黄河故事"的力作

——读王涛散文《母亲与河》有感

"黄河流域生态保护和高质量发展"已上升为国家战略。讲好黄河故事,守正创新,是时代赋予文化人的重要任务。山东,文化大省,沿黄重要省份,做好黄河文章,讲好黄河故事,必然是文艺家们的光荣使命。王涛的大散文《母亲与河》可谓应运而生,一发表便在读者中引发强烈共鸣,被视为一篇"讲好黄河故事"的力作。当然,这篇作品更是一份献给母亲河——黄河以及黄河儿女的厚重大礼。

黄河山东段长628公里,占黄河总长度的11.5%。山东是黄河流域唯一的河海交汇区,是下游生态保护和防洪减灾的主战场,在动能转换、对外开放、文化传承等领域独具优势。东阿沿黄57公里,占山东段黄河总长度的9.1%。在"黄河流域生态保护和高质量发展"的热潮中,"黄河故事、黄河文化"在这片土地上已是繁花绽放,霞彩满天。王涛,这位生长在黄河边的东阿籍国家一级作家,是真正的"黄河之子",由他抒写黄河情缘,可谓不二人选。

王涛其名往往与"乌龙镇系列小说"联系在一起。但知其散文者寥寥。原因有二,一是他确实不大写散文,人们读到他散文的机会很少;二是他在小说方面的知名度掩盖了他散文的成就。但我是知道他散文功夫的,十几年前就读过他那篇有关黄河的洋洋洒洒四万字的长篇散文《大河东阿行》,而他的另一篇描写自然生态的散文《大地的孩子》曾入围"第三届丰子恺散文奖",并最终获得了"首届汨罗江文学奖"。这一次,他最新的倾心之作《母亲与河》,又一次让我感到了震撼。

对于这篇散文,之所以言其"大",一是篇幅长,全稿达15000字;二是内容丰富广博,历史现实交织;三是文化底蕴深厚,援引佐证,恰到好处;四是结构宏大,大开大合,自如圆满。好久没有读到这样回肠荡气的大散文了,真是解我一渴。网上好多人也竞相转发,"大手笔"之赞声不绝于耳。

　　散文有"小家碧玉"之作,自然也有"大家闺秀"作品。王涛注定是写大散文的作家,因为这些年他"主攻"长篇小说,写散文必然浸淫其风,更要者是他有大情怀、大悲悯,故而不可遏抑,激情澎湃,大有"晴空一鹤排云上,便引诗情到碧霄"之风范。他的散文总能打破时空,古今穿越,既有现实之冷峻,又有魔幻之华彩,而且引经据典,案头功夫做得充分,重视考证、考据,彰显出丰厚之学养。不仅如此,正像他的小说一样,宏大而复杂的结构,丰沛而跌宕的语言,让人折服。这些风采,都在《母亲与河》中得到了淋漓尽致的体现。

　　然而,这篇散文打动我心弦的不仅是"大",更是"情"。情何在?那就是故乡情、爱国情、亲情,眷眷,拳拳,殷殷,引发读者"同频共振"。深沉母爱,是世界上最伟大的爱,是文学作品永恒的主题。这一主题,在《母亲与河》中得到了充分凸显。题目拟得好,"母亲"与"河"紧密联系在一起,时而突出母亲,时而突出黄河(还写了其他河流,自是为衬托黄河),不管怎样写,都是双线并行,如滔滔黄河水流向远方……

　　"双线"行文,"有意"为之。作家把母亲的单个人生放置在一条对一个地方带来重要变化和影响的大河的框架中考察,这样母亲的命运便与黄河的历史交织在一起,并与国家的发展、民族的繁衍达到了休戚相关的地步,母亲的人生意义也就在与黄河的同悲共乐中显示出来。王涛说:"母亲是黄河边上生长起来的,所以文章中这样一个结构是自然形成的,当然也是下了点功夫才找到的。"所言极是。双线结构,相映生辉,是《母亲与河》最大的艺术技巧。作家找到了"一个人和一条河的关系"这个"切入口",对母亲的怀念自然就表现出来了。所以,把一个人(母亲)放在一个有特定影响的自然与文化背景中塑造、展示,意义更大,"黄河故事、黄河文化"的魅力更大。这正是王涛这篇大散文的可贵之处。

　　有情有韵,是为文的高境界、高标准。在《母亲与河》中,作者无论是写外祖父外祖母,还是写父亲母亲,即便写到自己,都以"情"浸润,由"情"贯通。母亲是一个坚强仁爱、任劳任怨、知书达理、甘于牺牲的不平凡女性,战争年代刚刚过去,就义无反顾地参加了革命工作,参加到新中国的建设中来。在此后的岁月里，作为一个女人、一个母亲，更是为家庭、为社会、为国家作出了平凡但也堪称伟大的奉献。在母亲身上，王涛倾注了深厚的感情与心血，彰显出一颗金子般的赤子之心。很多情节，很多画面，令人难以忘怀，尤其读到母亲喝苦苦的中药以及徒步到清平学习的段落，我不禁潸然泪下……

"夫缀文者情动而辞发，观文者披文以入情，沿波讨源，虽幽必显。""修辞立其诚。""文学的第一要素是语言。"中外文论都强调"语言"的重要，且要求要"诚"，要有"情"。在这个问题上，王涛是积极且有成就的实践者。我读过他不少篇什，感到他笔下的文字既天马行空，汪洋恣肆，又自然流淌，浑然天成。《母亲与河》的最后一段写道："在那个绵延不绝的梦里，母亲一定又听到了水流冲刷屋墙发出的沙沙声，也一定又看到了鱼儿跳跃和鸟儿飞翔的动人情景。黄河，我在心里替母亲说，你的女儿回来了，回到你怀抱里来了……"这样的语言，这样的想象，这样的情味，如此美妙的虚实结合，令人回味悠远……

小说家写散文，自有其特殊的风采，既有小说的想象空间，又有散文的抒情韵味。作者写实、写意融合，联想丰富，想象奇瑰，绵密而潇洒，徜徉其中，真乃乐也。

在欣赏《母亲与河》的过程中，我充分感受到，作家为写好这篇文章可谓下足了功夫。古代典籍、地方志书、村名乡貌……无一不是。"写出好文章真是不易！"这样的一篇文章可抵得上百首"打油"，又何止百首！无病呻吟者，苦人也哉。但王涛先生却说："我其实写不了散文，被赶上架的鸭子而已。"如此谦虚，不知又让多少人汗颜。读过这篇文章后，我们会由衷感喟：有几个能写出这样大气、厚重、情深的散文的"鸭子"？

如果你想了解黄河的历史与文化，如果你热爱山河大地，如果你也想给自己的母亲献上一首赞美诗，如果你想提高自己的写作水平，如果你想领略写实与写意的美妙结合，那么请读一读王涛这篇大散文——《母亲与河》！

守正创新，做好黄河文章，讲好黄河故事，我们文化人责无旁贷。与此同时，我们也期待读到王涛先生更多的大散文作品。

2022年2月8日

沉浸在读写的海洋里

小题材，大主题

——浅评王涛短篇小说《小喇叭》

一口气读完王涛先生短篇小说《小喇叭》，心中很是震颤，为其高超的曲折有致的叙述，为小喇叭的心灵、命运……

傻女小喇叭与小喇叭、电线杆紧紧地联系在一起，后者是傻女情感之维系、心灵之维系、命运之维系。"满足而幸福的微笑"是傻女最美的表情，而这与小喇叭、电线杆传出的"嘤嘤"的声音息息相关，没有了这声音，小喇叭的命运自然也必然走向"终结"。因为，人一旦没有了精神的慰藉，没有精神的寄托，也就失去了一切，正像祥林嫂一样。这是我们不愿看到的，但是又无能为力。

小喇叭的心灵世界与命运，或者说她的形象意义，具有普遍性，而非小喇叭之个体。作者肯定有这样的人文关怀，小说也必然体现了这一点。这正是作者、这篇小说的可贵之处。我读着《小喇叭》，就想到了现实生活中小喇叭一样的小人物，他们或卑微，或残疾，或穷困……但同样需要被关注，需要爱与理解，需要一个微笑，一个善意的眼神……和谐社会，应该是方方面面的和谐呀。

这篇小说运用了现实主义手法，虽是大篇幅叙述，但是我们能想象到画面、心理、细节，想象到海明威提出的文学创作的"冰山"原则，能够走进小说的情境里去。"魔鬼在细节里。"没有细节，就没有小说。这篇小说有很多细节，傻女小喇叭的种种神态与心理都在细节里。

读这篇小说，我还想到了卡夫卡的《变形记》。《小喇叭》多少有《变形记》的影子。情节虽然简单，但可以展开联想与想象，甚至可以升华意境。小喇叭正像格里高尔一样，是孤独的、无助的，又是渴望关爱的。家人对小喇叭的态度比格里高尔的家人对格里高尔要好一些，但是，我们也充分感受到莫名的无力。

《小喇叭》还再现了时代的变迁，以及给人们思想与精神的冲击与影响。时代洪流滚滚向前，人们是跟上还是不跟上呢……这也许有点哲学意味。

小说的结尾，很可见出王涛先生的写作功底与情怀：

在我看来，她那只不时弯曲的手指并不是敲击在电线杆子上，其实是在华丽的琴键上跳跃，从而让它制造出色彩斑斓的洪大声响，通过它，这个孤独而可怜的智力障碍者才能与外部的世界相通，才能让她的灵魂在广大的天地间越走越远……

他的小说的结尾每每如此，充满思考，充满亮色，飘逸而深沉，读者顺着她的手指，游过优雅的凄美的草木，"潜入到苹果花碎了满地的果园"……

人活在这个世界上，没有物质不行，没有精神更不行。有了物质，还要有精神的依托、抚慰。人的精神的丝丝缕缕如果飘然不存，人也就空落无依了。

这篇小说的意义究竟是什么？我愿以鲁迅先生的话回答——

希望是附丽于存在的，有存在，便有希望；有希望，便是光明。

2023 年 9 月 15 日晨

 沉浸在读写的海洋里

不变之情结与剧变之茫然

——王涛短篇小说《万象更新》浅析

"男大当婚,女大当嫁"之声不绝于耳,特别是春节期间。这千古不变的情结,萦绕在中国百姓、中国父母的心头。在当下中国,具有普遍意义。无论是城市,还是乡村,许多大龄青年不婚不嫁,困扰家庭,愁云笼罩,难见欢颜。这纯然是一个社会问题(尤其是农村),正引起或必将引起高度关注。它不仅关乎家庭,也关乎社会与国家的稳定。一个和谐的社会,一个美丽的国家,每一个公民都应该享有人文关怀和幸福生活。这不仅仅是人类学家、社会学家的事情。

"太岁壬寅年,高低尽得丰。"虎年春节,我怀着喜悦、探宝般的心情,一口气读完了国家一级作家王涛先生的短篇小说《万象更新》。用"应运而生、非常及时"八个字形容之,再恰切不过。"终于,有人关注大龄青年了,并以文学的形式向社会传递强烈的信号!"我边读,边有此念。

《万象更新》,是王涛乌龙镇系列之一,礼献春节具有特别的意义。小说以"打工者回家过年有无带回女朋友"为主线,以"我"(米哥)为叙述视角,所见所闻悲喜故事,一幕幕悲喜剧。严格说,没有喜剧。若有,也是一刹那、一丝而已;或者说,悲又从须臾之喜中而生。小说中以两代人——"父亲、张二猫、王大狗"为代表的父辈,以"我"、王三杠、小飞——为代表的青年——的矛盾与冲突,不仅仅是年龄差异,性格使然,更是思想与文化的冲撞,以及重压之下的扭曲,而似乎不得不产生的种种畸形表现。这些,小说都有精彩的描述,让你悲酸不已,甚至哭笑不得。张二猫与王大狗的"开战",以及相关内容的描写,既有无比的真实性,又给人锥心之痛。那么,重压何在?不仅是金钱物质(有些事不是钱能解决的),传统思想与文化已渗入中国人的肌肤,甚至血液。一句句"怎么没有领回来一个?"压得年轻人喘不过气来,

以致用"偷""换"等手段"弄"回一女子而蒙骗老人,得过且过,当然好景不长(王三杠即是)。其实,也难怪"父亲、王大狗"他们——天下父母有哪一个不盼望自己的亲生骨肉早日成家立业呢?儿孙绕膝、含饴弄孙,是古老而年轻的中国百姓所希冀的。从这个层面讲,"没有领回来一个"不是某一个人的错,也不是年轻人或父辈的单向错误。或者说,有错又没有错。所以,《万象更新》带给读者的不仅仅是一声声叹息,更多的是深层的思考:如何改变这一窘况?有没有"万全之策"?"男大当婚,女大当嫁"应成为一幅和谐美好的社会图画。

王涛很重视小说主题的展现。他曾说过:"小说创作要主题先行,虽然有些绝对,但不能忽略。"关于这篇小说的主题,我与他有过深入的交流。"男大当婚,女大当嫁",在《万象更新》中确实有鲜明的体现,从文字的叙述中便可彰明。但是,还不能仅停留于此。社会的变迁和观念的更迭,给已处在凋敝和解体状态的传统乡村社会带来了困惑和冲击。面对这些难以解决的新型课题和矛盾,葆有农耕时代特点的乡民们感受到非同一般的茫然和不堪忍受的阵痛……这在小说中得到了曲尽其妙的展示。在外务工的青年男女回到家乡与父老乡亲特别是自己的父母扞格不通,上演了一幕幕哭笑不得的"人间喜剧"。

作者以《万象更新》为题,意义正在于此。小说本身,以至于结尾,丝毫没有显现"新"的气象,而且有些许的压抑。为何又"万象更新"呢?作家意在告诉人们:打破桎梏,找到瓶颈,多人文关怀,城乡一元,万象更新也就不远了。这是一种强烈的呼唤,更是美好的期待。

小说最后写道:"我咬住牙,拼命抑制住这种冲动。下雨了。望着缤纷飘落的雨丝,我突然举起两手,使劲捂住眼睛。我的泪水比雨水落得还要猛烈……"

这比"雨水"还要猛烈的"泪水",蕴含着多少丰富的内涵啊!情理相生,言尽而意无穷……这是小说结尾的魅力所在。

王涛小说创作达 700 多万字,相当成熟,已臻佳境,思想性与艺术性几近完美统一。《万象更新》,从整体而言,是严格的现实主义创作手法,以冷峻的眼光,批判的意味,剖析了人世间之悲酸苦辣。小说采用第一人称叙述

方式，娴熟、自然，便于景、情、理论相融。对比、衬托手法，心理描写、环境描写，相当成功。故事的层层推进，合理明晰。词语运用颇有水准（如"乜斜""觳觫"）。作为优秀的小说家，王涛善于跌宕生姿的描写，比喻、象征更是炉火纯青。且看：张二猫背对着村子，一只手打着眼罩，像一匹老公猴似的朝我来的方向痴痴地看着。

小说开篇寥寥数语，便吸引住了读者。

信物"香囊"在小说中多次出现。它既是一个道具，也是一个意象：几年过去了，这只香囊已经没有了过去的芳香，尽管我使出很大劲儿，也只能嗅到它散发的一点点气味，而且似乎不是香气，而是一种淡淡的酸味，一如我此刻悲凉的心情。

读着这样的句子，既有美的享受，更觉思味不尽。

写于 2022 年 2 月 9 日，2024 年 2 月 15 日又改

巅峰相见风景异,大河奔流沛然来

——评王涛《大河》三部曲

一

"人生最宝贵的是时间,人生最重要的是进步。"这一箴言,在王涛先生身上得到了真切验证。他的78万字的《大河》三部曲——《黄河带我回家》《黄河滩枪声》《黄河岸边的孩子》横空出世,雷霆乍惊,掀起一股旋风,一股文学的热浪,席卷鲁西大地,深植读者心灵。

可以说,由《大河》观之,他的长篇小说创作达到了一个新的高度,是不断突破自我的又一次飞跃,是献给黄河人民、东阿人民的又一份珍贵礼物,是作者凤凰涅槃、精彩蝶变的又一次创新,是繁忙生活中自我斗争的一次深刻较量(故有开篇之语)。

我历时半个月读完《大河》三部曲。我用我一贯的读书方法,字字句句,边读边思,边画边写(既龙飞凤舞,又丑陋不堪),每天再忙,也要挤出时间静下心来读,慢慢读,细细品,一次次沉浸,一次次震撼……这是我读王涛先生作品最用心用情、最受灵魂洗礼的一次。最后读《黄河岸边的孩子》小说末章《千流归大海》时,我不可遏抑地流下了眼泪。

……现在,儿子的不幸遇难便成了压垮他身体的最后一根稻草,当女儿踏上革命的征途,从此后就像一只出巢的鸟儿翔在了天空里,再也用不到他保护和操劳了,到这个时候,他这台始终处于高速运转中的机器终于要熄火了。于是,他从远去的女儿身上收回目光,把它投到高远的天空里,对着从头顶上飘飞而过的白云,喃喃地说了一声:"我来了……"便直直地倒下去,

倒在了高高的黄河大堤上。

我想,作者在写作之时也如同我一样,甚至比我更泪流不止……

空言无据,文本为实,探幽发微,含英咀华,生发感悟,是一个读书人应有的态度。

我与王涛先生相识于二十年前。不长不短的时间,让我们积谊深深,三观相契。我读了他的不少文章,写了以下诗文(足有13000字):

《磅礴行文,绵密载道,哀婉抒情——读王涛长篇小说〈尺八〉》。

《一篇"讲好黄河故事"的力作——读王涛散文〈母亲与河〉有感》。

《小题材,大主题——浅评王涛短篇小说〈小喇叭〉》。

《不变之情结与剧变之茫然——王涛短篇小说〈万象更新〉浅析》。

《低调,最牛的炫酷——我与王涛先生的交往》。

《黄河涛声——致敬王涛先生》。

我以此表达对王涛先生的敬重之情。

二

《大河》三部曲之所以让我震撼,有多方面的原因。

首先,它是献给家乡人民的赞歌,是一次全方位赞美东阿人民的力作。正如他在《后记》中所说:"《大河》三部曲的写作,圆了积存在我心头多年的一个梦想,那就是为黄河,为生活在黄河岸边的父老乡亲,为过去那段已经成为历史的充满血与火的岁月,唱一曲饱含深情的歌,让我们的子孙后代不要忘记发生在这片土地上的那些虽然平凡却也惊心动魄的传奇故事……"小说中,黄河、鱼山、枣棵杨、东阿、东阿县城、东阿阿胶、阿胶糕、孙秀珍……与东阿有关的字眼反复出现。这在他的其他作品中是很少有的,也是很多本土作家所不及的。"为什么我的眼里常含泪水?因为我对这土地爱得深沉。"王涛先生为了写好《大河》,真是下足了功夫!我不想多说,从他的《后记》以及文本中都能充分地感受到,无论是其本人及亲人生活在黄河岸边,还是研读东阿地方史料，都让读者毋庸置疑地体会到三部曲内容的真实性与给人的厚重感。因此，《大河》三部曲是一部革命现实主义力作。这个评说，也许有些过时，但我坚决地认为恰如其分。

其次，小说拓宽了写作领域，塑造了众多鲜活而凄美的人物形象。《大河》三部曲所写内容，跨度时间长，而且大多与战争、爱情有关。这对作者来说是一个不小的考验，确切地说，是一种挑战。欣幸的是，作者少曾涉及的领域写得竟是那样的到位，那样的娴熟，那样的有画面感，把战争的残酷、惨烈，老百姓的苦难、坚强，人民的爱国、爱家，法西斯的暴行，当然还有爱情的美好……都立体地展现出来，读者就像看电视剧一样……这样的效果是不易达到的，也是我始料未及的。在读的过程中，我不断地感叹："涛哥，你真是下功夫了！"《黄河带我回家》"内容简介"说："富有时代特点、地方色彩和史诗品格。"我认为，不只是《黄河带我回家》，整个《大河》三部曲都是这样，可谓波澜壮阔，荡气回肠，气贯长虹。

成功塑造人物形象是小说创作的关键之一。《大河》三部曲究竟塑造了多少人物形象？我只能模糊地说，得有几十个吧。不错，肯定有！小贞子、父亲、哥哥、李叔叔、拴住、改成、韦铁皮、阿菲、韦跛子、翠莲、毛丫、尚有志、青年陈、李三、庆生、冯二虎……作者通过众多的人物形象，揭示了复杂的人性，以及人性的美与丑，讴歌了美好的爱情，以及错位的爱情观，展现了爱国的光荣与神圣，卖国的可耻与可悲，赞美了亲情的温暖，以及离经叛道的可怜与可恨……不可一一尽述，实在是包罗万象，精彩纷呈，灵魂受到洗礼，情感得到陶冶，脑洞豁然大开。我好久没有过的阅读快感，在《大河》里来了个恣意汪洋……

三

《大河》丰富的内容，高度的思想性，人性的昭示，自然是读者所关注的。同时，我的思绪依然沉浸在作者现实、深刻而又飘逸浪漫的描写上。这是我之于《大河》"喜欢得不行"的一个重要原因。应当说，王涛和莫言一样，是一个讲故事的高手，不仅爱讲故事，还善于讲故事，叙述、描写、抒情、议论（当然议论的笔墨不能多，要恰到好处）有机地统一在一起，让你尽享生活、人生、生命之美好体验与深刻感悟。心理描写极其成功，作者善于把人物的内心世界以排比和反问的形式呈现出来，要么自言自语，要么对话冲撞，要么梦境虚幻，给人以五彩斑斓、圆融剔透之感。我想，这既有王涛本人的特质，也有其受西方小说的影响。熟知王涛者，都知道他对他所崇敬的美国作家福克纳、俄罗斯作家阿斯塔菲耶夫……津津乐道，而自受浸染。而且，他也坦言，莫言是他喜欢的作家之一。所以，王涛小说有莫言的影子。

王涛先生说过，文学创作必须过语言关。他不仅是"知"的智者，更是"行"的典范。我知道，他投入写作的状态是怎样的，那简直是另一个世界，徜徉其中而"不可自拔"，云蒸霞蔚，氤氲升腾，霞彩焕然，而有狂野之势。这是一般人所不能做到的，更不是一般人所能享受的。那么，《大河》的语言有怎样的特点呢？

《大河》三部曲的语言可以说达到了炉火纯青的境界，既浪漫潇洒又符合语法规范，用"无可挑剔"形容也不过分。简单来说，有以下特点。

1. 善用修辞

比喻、比拟、排比、夸张、反问……交错叠加，多姿多彩。"这样一想，韦铁皮便掐死了离开李家庄的念头。"这个"掐死"用得多好！特别是比喻与排比，他的语言接地气，来自生活，来自鲁西大地。我为王涛先生一个个精彩的比喻叫好！

2. 长句多

这是我一个很大的发现。就这一点，我专门问询了作者，他坦陈如此。长句意味着什么？一是难以驾驭，二是便于抒情，三是修饰语多、形容词多，非一般人所能为，而王涛先生驾轻就熟，语言的表现力、感染力得到充分彰显。我与文友交流，他们也很赞同我的观点。

3. 鲁西方言

比如，"爹挚""腆着老脸""喜欢得不行""你让我骂鸡，我不敢骂狗""你让我指桑，我不能骂槐"……很是亲切。当然，这不仅是方言的问题了。

4. 文化气息

"一个女孩家家的,关注的应该是风花雪月,而不是月黑风高。"非常喜欢这样的句子。

品读行云流水、狂野奔放的语言,真是一种享受。他的语言可以说达到了一种化境,与其为国家一级作家之非常相匹。这是我爱读王涛小说的一个重要原因。

四

我极力推崇《大河》三部曲,最为重要的是,其艺术水准达到了相当的高度。前边已有所提及,这里重点谈三点。

1. 景物描写

景物描写在小说创作中并非可有可无。换言之,小说创作没有景物描写是不可想象的,就少了些许灵性。鲁迅名篇《祝福》关于"雪"的描写,路遥《平凡的世界》中大段大段的景物描写,都给作品增添了几分绮丽的色彩。王涛《大河》三部曲精美的自然风光描写,让人立刻爱上了东阿这片热土,让你热情相拥:滔滔黄河水泛着金光,茂密的林木沙沙作响,鲁西平原一望无际,鱼山高耸……

2. 故事腾挪跌宕,伏笔照应天衣无缝

作为一个成熟的小说家,王涛讲故事的能力不可谓不强,没有一个故事按直线走,总是设置悬念,埋下伏笔,最后都能得到圆满的周至的或明或暗的照应。这是很了不起的。如《打赌》,虽然万字,却在作者的巧妙安排中一波三折,引人入胜,最后李三竟然是刘嫂的男人。"我的男人,刘嫂猛烈地扑在李三尸体上,丧心病狂地大声号哭起来,我终于找到你了,可我怎么没有认出你啊?是我瞎了眼睛,是我害死了你呀……"但凡你读过,就不得不叹服!

3. 隐喻与象征

这一条恐为许多读者所忽略。借助某种事物暗示特定的人物或事理,赋予象征意义,能丰富人的联想,耐人寻味,使人获得意境无穷的感觉,能给

人以简练形象的实感,能表达真挚的感情。《大河》中的"日头、月光、霞光、芦苇、鸟、大黑鱼……"都附着了某种感情色彩与思想情味,从而增添了小说的哲学意味与理性色彩!

五

掩卷沉思,是什么力量激发了作者的创作热情?又是什么精神让作者笔耕不辍,达到700余万字?王涛先生在《后记》最后说:

长期以来,我在进行"乌龙镇"系列小说写作的同时,从来没有放弃对鲁西文化资源的挖掘和书写……《大河》三部曲,是我致敬家乡、献给家乡的又一组作品。以后我肯定还会进行这方面作品创作的。感谢我的家乡,为我源源不断地提供了如此多的创作素材和灵感。

我从这里找到了答案!

一言以蔽之,《大河》三部曲是革命现实主义和革命浪漫主义完美结合的杰作!

《大河》,让我领略了顶峰相见奇异的风景,让我看到了大河奔流的浩浩气势,让我充满希望而又真实地做着文学的梦!

我永远不能忘怀的是,《大河》更让我看到了复杂的人性,人情的冷暖,生命的不息!这便是《大河》之精髓!

最后,我敢说,王涛先生,你是东阿的骄傲,聊城的骄傲,山东的骄傲,也必将是中国的骄傲!

写于2024年5月30日,6月29日又改

王涛小说创作的新高度

王涛是鲁西大地走出来的一位扎实而又先锋的作家,是一位创作了700多万字,又有新的宏大写作计划的作家,是一个在短、中、长篇都有建树的作家。随着其《大河》三部曲的出版、系列座谈以及媒体的关注,王涛的名字再次被人们记住。应当说,王涛小说创作达到了一个新的高度!

为什么说他的小说创作达到了一个新的高度?我认为,王涛的小说具有以下明显的特点。

1. 史诗性与民族性

这是最难能可贵的,最值得尊敬的。他的作品时间跨度长、人物多,再现特定时期的社会风貌,有很强的时代性民族性,内容波澜壮阔,思想深刻激荡,自成系列,自成风景。他的小说有着浓重的家国情怀,有着独属于他的鲁西风情。民族的,世界的。中华民族自强不息、爱国主义精神、家国情怀在他的作品中得到了充分的体现。"乌龙镇"已为王涛所独有。这种宏阔的史诗性、鲜明的民族性非轻易有之。

2. 先锋性与规范性

你也许会有一个很大的疑问:来自一个蕞尔小县城的作家怎么会有如此鲜明突出的先锋性?因为他读了大量西方名著,马尔克斯、福克纳等深深浸润他的写作灵魂。他的小说不时呈现魔幻色彩,象征、隐喻,随时迸溅,现代性、现代主义驾轻就熟、腾云驾雾……小县城,大笔法,这本身就是一种传奇!

我说的规范性,是指语言表达的规范性。语言是文学的基本元素。任何作者、读者都会关注语言。不重视语言的作家基本没有;语言不过关者可远之。王涛的小说语言,可说是炉火纯青。何以言之?简单说,善用修辞——比喻、比拟、排比、反问、夸张、反复等交错迭出,层峦耸翠,词语运用准确到位,排山倒海,方言俚语恰到好处,妙趣横生……然而,我更看重的是语言表达

既绚丽多姿,又合乎语法规范。小者说,清爽了读者心目;大者说,纯洁了汉语本身。善莫大焉。

3. 丰富性与深刻性

现在,王涛的小说给人以耳目一新的感觉,给人以多方面的收获。我非空言,而是信而有征。农村、城市、历史、军事、爱情、国内国外……选材广泛,触须深远。这是比较外在的,内在的则是思想的光辉,理性的力量。他的小说不仅是感性的传达,更有隽永的深刻的理趣,在恰当的议论抒情中给人以思考、启迪甚至鼓舞,让你升华。他不是为写文而写文,思想的深刻性直抵读者的心灵。这不能不说是一个新的高度。

4. 跌宕性与吸引力

为什么小说有那么多受众?我想原因之一就是有引人入胜的故事情节。这一点,王涛的小说可以说到了极致。蒲松龄《促织》,用现在的话说,就是"魔幻+现实",因是名篇,不再细说。王涛的小说,不消说长篇、中篇,就是短篇,也是跌宕起伏,一波三折,娴熟运用突转、延宕艺术,曲折有致,曲径通幽,最终有"那人却在,灯火阑珊处"之感。短篇《打赌》就是一篇这样的小说。

5. 哲思味与突破性

随着年龄的增长,写作的成熟与渐趋完美,王涛小说最大的突破,或者说蝶变,便是对人生意义与哲理、人的生存、人文关怀以及国家、民族的命运与未来的探寻,不再仅仅停留于"好看""有趣"。《大河》三部曲就给人这样的震撼。我读其小说,时时有某种程度的哲学思考。与王涛先生多次交谈,我还能充分感受到,他并不满足"现状",在他的超强的大脑里还有更重要的作品,更史诗性的,还有更有"看头"的。通过交流,我能感觉到他丝毫没有放慢脚步的意思。那就祝福他!同时也满满地期待!

6. 神速化与狂欢化

王涛先生写小说的状态可能很多人不知,他现在进行文学创作是直接用语音的形式呈现,你可以想见他的写作状态,那样沉浸,那样投入,几近狂欢。他说,这种写作已达310万字。这不能不说是一件神奇的事(一般人在电脑上写就很"费劲"儿)。他告诉我,二十六七万字的长篇小说《黄河带我回家》

只用了 23 天时间就写完了。"《黄河带我回家》的写作是在很短时间内完成的，甚至可以用'一口气写就'来形容，开创了我写作速度上的先河，也让我体验了一把激情创作的狂野和酣畅……"所以，王涛先生作为一个已届花甲之年的作家，这样的神速与"狂欢"是很难想象的，是令人敬佩的！

如此说来，王涛的小说创作确实达到了一个新高度，并不是一句空话。我认为，仅就他已创作发表的小说来说，就俨然是一座丰富的宝藏，需要我们发掘、探究、整理，形成一个研究体系，为他本人也是为我们鲁西文学乃至山东文学献上一份珍贵的礼物！这方面的工作，目前来说还比较薄弱，呼唤有识之士用力行之。

我们热切期待王涛先生更多的惊世之作面世！

2024 年 7 月 18 日

 沉浸在读写的海洋里

继农老哥和他的《远去的岁月》

王继农，共和国同龄人，我得以有幸相识。与之相识，离不开一个人，就是其堂弟王涛先生。

去年春天，继农兄邀我等几人一聚。而今约我者，多与文字、文学有关。果不其然，这次也是。知我者，皆知我"雕虫小技"。他手拿厚厚的文稿，像自己的孩子，更像自己的生命，那般呵护，那般疼爱。那段时间，高三毕业班正在向高考冲刺，我当然很忙，但是，我还是欣然允之而又徜徉于文字的海洋中……

我校订文章，有自己的原则，不随意修改。我做的是别人不大喜爱的工作，那就是，一字一句地看，不放过任何一个错字、标点、语病……我始终认为，一个作家的写作水平再高，一旦出现文字方面的错误，特别是不该出现的错误，必然影响作品的质量。但也不能过于较真，为修改而修改，那是很让作者"反感"的。我想，我把握的度是比较适宜的。正因如此，很多文友乐与我相交，乐把其珍贵的文稿让我先睹为快。手指掐算，真的不少了。一本书背后的故事太多太多了。

继农老哥的散文集《远去的岁月》出版了！作为一个特殊读者，我自是高兴。王涛兄给我继农老哥新书时，那种喜悦感似乎不亚于作者本人。

不几日，又得知定于1月10日在县政协会议室举行新书出版发行暨座谈会，我更是喜不自胜——这是为东阿作协2024年送出的第一份厚礼！2024，东阿文坛盛事、喜事定会多多。

出乎意料的是，《远去的岁月》一切那么好，那么完美。从纸张到装帧设计，从疏密到内容编排，都相当考究。一句话，符合我的审美。一本书的出版，不注重审美是不行的，正如歌词，词再美，没有好的谱曲，效果也是枉然。

《远去的岁月》，与我长期的"三有""三感"之写作观是一致的。

"三有"，即有思想、有内容、有文学性。有思想，有内容，对继农老哥是自不必说的。他是共和国同龄人，经历了那么多年代，做了那么多事，有那么多的人生感悟，酸甜苦辣，爱恨情仇，爱国情、故乡情、师生情、同学情、亲情、友情，无所不有，无所不味，无所不抒，尽在其笔下流淌，汇成一条悠远的岁月之河……这也是继农老哥写这本书的要义所在。尤其是这本书中最长的文章——《生命极限》，更是饱含了他的人生况味，七天空腹，爬火车，从黑龙江佳木斯到山东老家，一路颠簸一路苦，那少年磨难啊，怎一个"愁"字了得！心有眷然，为之陨涕。想必每一个读者读到这里，必然引起无限的共鸣与共情，触动那根最敏感的神经。

这本书有300页之多，内容宏赡，分为"故乡情深""少年磨难""青春年华""旅途散记""宝岛探亲""海外纪事"六部分，另附有古体诗"诗意人生"。由是足见此书之厚重，作者阅历之丰富。我认为，此书最重要的是前三部分，也许作者正有此意。没有特殊的年代、特殊的经历、特殊的体会，就写不出特殊的情感。作者所展示的独特的鲁西风物风情，运用的方言俚语，浓浓的乡音乡情，不仅给我也给很多读者留下深深的印痕。这必然是一笔宝贵的财富。随着岁月的流逝，亦必然弥足珍贵。这是很多人望尘莫及的吧。就这一点而言，我们应该感谢王老先生。

《远去的岁月》是一部有情有韵的书。有的人写文章有情而无韵味，有的有韵味而无情。有情有韵，方为至美。贾平凹的散文即是。《远去的岁月》情韵兼之。这本书的最后有29首古体诗。作者说，大都是打油诗。很明显这是谦虚之词。《后记》中说："诗歌部分，均按古体诗格式，没有讲究平仄押韵。"这是自相矛盾的话，既然"均按古体诗格式"，那就要"讲究平仄押韵"。《美国行》88句（与白居易《琵琶行》毫无二致，一样长），通篇押an韵。《台湾探亲行》44句，《留恋的小院》44句，两首诗都通篇押an韵。这难道不是非常讲究押韵吗？（也许在平仄方面欠之）。所以，我认为，王继农先生看似自相矛盾的话，恰恰说明了他的内敛、谦虚与低调。须知，低调是最牛的炫酷啊！

至于作者写的其他方面，我在这里就不表了。

一篇文章，一本书，没有思想，没有内容，肯定是无病呻吟。《远去的岁

月》,既是个人回忆录,又是新中国发展的印记,每一个读者特别是年长者都感同身受。浓浓乡愁,故土情结,是这本书的一条主线。读进去,会让你穿越时空,把你带入那个充满激情的年代。

说实话,校订文稿伊始,文学性是我所担心的。可是读完这本书,完全出乎我的意料。当然,我们也不能像一个作家那样苛责于他,非得要求如何。可以明确地说,这本书确有一定的文学性。我还是比较有发言权的。仅举一例,《池塘旁的皂角树》这篇文章的开头和结尾是这样写的:

傍晚散步,发现洛神湖公园东门两旁,分别新移栽上了一株主干"丫"字形的别样树种,问园林工作人员是什么树,说是皂角树。猛然间,我"旧情"复发,一条条长约二十厘米、宽二三厘米,扁平紫黑,状如刀鞘,形如豆角的皂角映在我的眼帘。我两手轻抚着大树,心中异常兴奋,这将我的思绪又拉回到了几十年前的老家,那就像一个古老而又恬静的梦境。

……

洛神湖东门的两棵新皂角树茁壮成长,冒着可爱的新枝绿叶,结出了串串金黄的弯弯皂角。站在大树下,我仿佛又闻到了母亲洗过的衣服上的那淡淡的皂角清香……

你看,前后照应,语言长短相间,比喻、想象很别致,特别是情感的表达那样美而清新。这不就是文学性的体现吗?对一个长期写公文的他来说,已经非常难能可贵了。这也是一种"角色"转换,有剧痛,也有幸福。因为,享有创造的快乐才能真正体验到幸福为何物。

写作"三感",指历史感、时代感、真情实感。很明显,《远去的岁月》是具备的。说一字,便是多余。

由是观之,《远去的岁月》是一本非常厚重的书。而这种厚重,一是作品本身,二是真切的感受。这本书可以说是兼而有之。这是很少能做到的。

最后,用较少的文字说一说继农老哥。继农老哥,既然是共和国同龄人,那么他今年就75岁了,和我姐差不多,且我又与其堂弟王涛兄是老相识,还有,我的学生李继生也喊其"哥"(亲戚关系),我也只好呼其"老哥"了,请恕我的不敬。

去年春天，和老哥见过两次面。一谈及他的心爱之物、生命所系——《远去的岁月》，谈及美好而又沧桑的过往，谈及他幸福和谐的家庭，谈及他的同学好友，他总会侃侃而谈，激情澎湃，像一个少年……有时陷入沉思，有时慷慨激昂。他这一生啊，风风火火走来，实在不易。

少年已去，而情犹在。继农老哥高大的身躯稍有伛偻，但豪情壮志不减。"自古逢秋悲寂寥，我言秋日胜春朝。晴空一鹤排云上，便引诗情到碧霄。"诗豪刘梦得的《秋词》，老哥不会不知吧。

现在的你就是这样，以此祝福你。

2024 年 1 月 9 日

沉浸在读写的海洋里

伟大的父爱，永生的怀念

——简说张军《怀念父亲》

张军先生的《怀念父亲》，我读了不止三遍。每次读，总让我泪水潸然……这是一篇作者在父亲九十周年诞辰之际写的回忆文章，是在其友"应该为父亲写点什么"的"正告"中写就的。

这篇回忆文章长达万余字，分十二个部分：《父亲的信仰》《父亲的格局》《父亲的境界》《父亲的荣耀》《父亲的情怀》《父亲的微笑》《父亲的善良》《父亲的坦然》《父亲的幽默》《父亲的遗憾》《父亲的遗言》《告慰父亲》。从这些小标题中，我们就能分明感受到文章的内容、脉络，以及其父亲张鹭芳的人格魅力、平凡而伟大的一生。仔细读之，必深受感染。我作为一个读了多遍的读者，更是心有戚戚焉，不写几字便觉少些什么，对不住作者的辛劳以及父子情深。

作者以纪实的手法、朴素的语言、真挚的感情全面回忆了父亲。他的父亲在供销系统摸爬滚打近半个世纪，兢兢业业、勤勤恳恳、任劳任怨、不计私利，吃苦在前、享受在后，解决了老百姓很多"急难愁盼"问题，以实际行动践行了一个共产党员的初心和使命，得到了各级领导特别是广大群众的热情称赞。作者也必然为有这样的父亲而骄傲与自豪，因而也潜移默化于自己的工作和生活（在文章中有所记述）。

文章虽是纪实作品，却有很多感人的细节，挥之不去。这种细节，不是刻意地去写，不像作家那样求得精细化表达，《怀念父亲》所写的一切都是自然而然的，都是基于生活的真实，都源自真情。这种真情，不是一时，而是一生，浸入骨髓与血液。这种深沉的感情融注于字里行间，而又激荡在读者心中。正因如此，作者笔下的细节寥寥数语就把你带入情境中去。

《父亲的遗憾》中，有爷孙俩"脸颊相贴"的画面：

张希来到父亲病床前,用双手握住父亲的右手,用自己的脸颊贴到了父亲的脸上,父亲的热泪与张希的热泪交织在一起,此处无声胜有声……这泪水里,有爱,有寄托,有希望……三天后,一个正直、善良、伟大的心脏逐渐停止了跳动……

这种爷孙情、隔辈情就这样展示了出来。我,一个年近六十的读者,又怎能抑制住自己的心情呢?写下这几个字,我已泪水满眶。令人欣慰的是,张希——作者的儿子,父亲的孙子,考上了大学,考上了研究生,分配了好工作,娶得了好妻子……张希,张家的希望!这里,多么有艺术张力,多么有人间温情,多么催人奋进……

每读《父亲的遗言》这一部分,我都泪奔不已,绝非我的脆弱:

有一天,父亲在睡梦中醒来,含着眼泪说:"我刚才做了个梦,大夫说我是癌症……"我当时失声痛哭起来。为了掩盖肺癌的事实,我强忍着悲痛说:"爸爸,梦都是相反的,再说今天医学这么发达,哪里有病换哪里,你只管养病,治病是医生的事。"虽是这么说,父亲还是怀疑自己得的是癌症。

随后,他又说:"我要真的走了,你要照顾好你母亲,她近几年身体也不是很好,老年痴呆越来越严重,我们这个家多亏了她。我工作忙,走南闯北,他在家里照顾老的照顾小的,为我们家立了大功啊!……"我怕他听到我的哭声,一直没有答应。

我生怕概括不到位,只得将这两段文字全录下来。我想,作者在写这些文字的时候,肯定是泣不成声,我是真的被感染了……我不想拉长篇幅评说如何有感染力、如何打动读者,恐笔力不逮。只要进入文本,你就能感觉到……

这个场景,无论在现实生活中,还是影视剧中,都有真实而生动的"演绎",所以必然引起共情。

有一个细节,恐怕被忽略,请看:

沉浸在读写的海洋里

我始终不敢接话，一会儿他睡着了，一会儿又憋醒了。他又说："今天是 2011 年的最后一天，我若明天走了，能算 80 岁不？……"这时我不说话不行了。

这个细节，对于年长者来说，有生活阅历的人来说，一定很有触动。因为，在中国人的传统思想中，人人都盼望高寿，而 80 岁，在过去是相对长寿的年龄。所以，文中父亲说："今天是 2011 年的最后一天，我若明天走了，能算 80 岁不？"其实，中国人说年龄传统说法是阴历而不是阳历，这时作者的父亲还不到 80 岁，是虚岁，而且还不到新年春节。读到这里，我"崩溃"了：老人的心啊——天下父母啊——

《怀念父亲》虽说是叙事、回忆，但"情"字贯穿全篇——亲情、友情、爱情、父子情、爷孙情、故乡情、家国情……正是因了这"情"字，这篇长文才那么宝贵。

写到这里，我也自然想到了我的父亲。我的父亲离开我已整整 30 年，我是不是应该再写一点关于父亲的文字。

慈父爱子，非为报也。"树欲静而风不止，子欲养而亲不待。"愿天下的年轻朋友，好好孝敬你的父母，这也是美好的人性！

2023 年 12 月 13 日

群山回响，余味悠远

——读童村中篇小说《群山》

癸卯元宵日，读完军旅作家童村中篇小说《群山》，给这个玉兔春节画上圆满句号。

童村先生长我3岁，多次晤面，甚为相投，皆源真诚。小说如其人，冷峻高远，毫无漂浮，愈读愈有味儿。

《群山》刊载于《时代文学》2022年第6期。小说讲了抗联西征的故事，情节极其简单，几无跌宕之感，但是，却深觉厚重。那就是作品表现了中国军民抵御外侮视死如归、团结一致、坚如磐石的民族气节，壮怀激烈，可歌可泣。环境的恶劣，物质的贫乏，敌人的围追，可想而知。作者用了很多笔墨进行描述，无不体现作者严肃认真的现实主义创作精神。比如：

雪，到这个时候，竟是越下越大了；森林里的风也越刮越紧，一声连着一声，狼嚎一样。如果这是一个有月光的夜晚倒也好些，可以借着雪光和月光向前行走，哪怕走得再慢一些，都是能够坚持下去的。但是，没有。路，越来越难走，更何况是要从没路的地方走出一条路来。

……

这是一个月光明亮的夜晚。天空蓝得像一块冰。月光静静地泼洒在冰冻的小河上，映出连绵起伏的山岭轮廓，以及小河两岸的一草一木。不知过了多久，随着一阵浓重的困倦袭来，几个人就在这无边的月色里，不知不觉走进了寒冷的梦境……

无论有没有月光，都有可怖之感，更何况两个女子和一个孩子！我想，作者在写作时肯定是用心用情用功去写的！这样的描写非常多，都让读者进

入意境之中。这种写作态度在今天尤其可贵。

至于那些关于"果腹"的文字,更让你凄恻不已。

小说中人物不多,李桂香、冯寿山,简玉秀、高宏野,两对夫妻,明线暗线交织,推动故事发展。李桂香、简玉秀两位女子是重点人物,作者通过她俩把所有故事连缀起来。李桂香的坚忍、智慧、担当、大义,简玉秀的由弱而强的升华,都清晰可见。从她们(当然还有其他人物)身上,我们看到了中华民族所彰显的"伟大创造精神、伟大奋斗精神、伟大团结精神、伟大梦想精神",这样的主题是非常富有正能量的。这也是《群山》根本魅力之所在。

"在还没有彻底赶跑日本鬼子之前,说什么咱也不能让心上的这座山先把我们自己压垮了呀!"

"没有国,还有什么家?冯寿山愤愤地说,日本鬼子来了,脑袋都得搬家。只要有人就行了!"

即使是今天,每一个中国人都有切肤之感。那就是,个人只有与祖国紧密相连,青春只有融入时代,方得永恒。

童村,是一位严肃的作家,也是一位注重技巧的作家。除上述之外,首尾呼应有致,插叙自然丰满,语言刚柔并济,叙述修短合度。

群山幽幽,人性绵绵,回响不绝,余味悠远。

2023 年 2 月 16 日

一部执法力作，浓浓黄河情怀

——简说张道强长篇小说《步步较量》

先是，道强之名早有耳闻，但其人未尝见。我不晓他怎知我的存在，并加了微信。在一个阳光明媚的午后，他手拿厚厚的一大本《步步较量》与我。我用20天时间细细读完，惊诧不已，赞之曰真正的"黄河之子"！他的诸多荣誉与黄河有关，其长篇小说《步步较量》网上连载，数家媒体报道，社会反响很大。

他丐序于我，我心怀忐忑。我虽写过近20万字评论，也曾为人作序，但黄河宏大主题令我生怯。面对英气率真、阳光向上、才华卓越的他，我只好允而行之。

黄河流域生态保护和高质量发展已然上升为国家战略。习近平总书记指出："黄河是中华民族的母亲河，是中华民族和中华文明赖以生存发展的宝贵资源。""促进全流域高质量发展、改善人民群众生活、保护传承弘扬黄河文化，让黄河成为造福人民的幸福河。""要完善流域管理体系，完善跨区域管理协调机制，完善河长制湖长制组织体系，加强流域内水生态环境保护修复联合防治、联合执法。""一张蓝图绘到底，一茬接着一茬干，让黄河造福人民。""让黄河成为造福人民的幸福河"，成为沿黄各级政府和人民的时代强音。

"文章合为时而著。""保卫黄河"文学作品应运而生。道强历时700多个日夜、满腔热情而就巨制——《步步较量》。作品讴歌黄河卫士，展现黄河风情，蔚为壮观，堪称首部以"保卫黄河"为主题的执法小说，实可一读。张道强被评为2021年度"十大法治人物"，成为全国水利系统唯一获此殊荣者，给予其颁奖词是：

一条黄河，澎湃着数千年华夏文明的脉搏；
一部小说，奏响了绿色卫士的忠诚颂歌。

沉浸在读写的海洋里

绿水青山就是金山银山,
步履不停,你走遍黄河两岸,
笔耕不辍,愿只愿河海安澜!

在颁奖会上,他说了这样的话:

黄河,是咱们中国的母亲河。我从小就生活在黄河岸边,黄河水养育了我们。一定要爱护好我们的黄河,当时老一辈没少跟我说这个话。有人为破坏母亲河的行为,我们坚决进行打击,为的就是还黄河一片安宁。

我们的所有努力,就是要把黄河的事情办好,让黄河成为造福人民的幸福河。

多么朴实而大气!

所以,作为年度法治人物创作的长篇小说《步步较量》,就具有非同寻常的意义。

作品以正义与邪恶之较量为主线,一以贯之,环环相扣,动人心弦,谱写了一曲可歌可泣、惊天动地的壮丽凯歌。"乌云遮不住太阳"(高尔基语),邪恶力量无论多么奸狡强大,最终必然被正义战胜。这一宏大主题表现得曲折有致、荡气回肠。刘秉直、李平等众多正面形象给读者以鲜明而深刻的印象。

我被作者超凡的叙事能力、壮阔的场景描写、娴熟的运思技巧深深吸引。作者将中国古典小说与现代武侠小说完美融合,且有适当的魔幻色彩(如最后郭寒的梦境),给读者心头平添一抹温暖的阳光。作者曾阅读大量武侠小说,故而武侠之风氤氲全篇,颇能入心。每一章拟有非常考究的标题,既内容昭然,又文脉清晰,极富美感。

成功、立体刻画人物是文学作品的重要任务。《步步较量》无疑是突出的。小说中人物不下几十个,无论是主要人物、次要人物,还是正面人物、反面人物,都立体多元、栩栩如生,避免了"脸谱化"和"扁平化"(曹禺语)。于此,《步步较量》不可谓不成功。比如,副局长汪梭、副市长步利、普通人司力的刻画,都是矛盾着的对立与统一,人性善与恶的交织。众多人物在作者

别出心裁的构思布局中，在读者的步步疑惑、悬想与期待中，都有巧妙的结局，而各得其所，各自完成心灵与人性的救赎，让人回想、回味，而意犹未尽。

优秀小说须展现广阔而生动的社会生活画面。《步步较量》没有也不会让你失望，令你眼界大开，思味不尽。城市与乡村，亲情与爱情，平民与官场，正义与邪恶，鲁西风情，黄河文化……有时险象环生，有时扣人心弦，有时层峦耸翠，有时美轮美奂，荡气回肠，美不胜收。

特别指出的是，既然是"执法力作"，就必须紧扣"法"去写。此书正是如此。在读的过程中，我深刻感受到"法"的力量。作者谙熟关于黄河的所有法律条文，在行文中运用自如，有板有眼，平添几分厚重感。"为国以礼"（孔子语），亦应"治国以法"，礼法兼行，方河清海晏。法不容情，阳光下的法律熠熠生辉。这是《步步较量》极为突出的一点。

上述之外，可圈可点之处很多。语言兼古典与现代之美，诗句、歌词、俚语、网络语交互生姿。句式长短自如，腾挪跌宕。词语运用宏赡富丽，让你洵有所获。从中足见作者阅读之广，积学储宝而用之，快也哉。"瑜"中亦有小"瑕"：网络语较多，有些词语过于生僻。若加整饬，就更好了。

深刻的主题、丰富的内容、精彩的描写、独特的黄河风情，在《步步较量》中完美呈现。我有一个强烈的感觉，这部"执法力作"若拍成一部电视剧，必给人以多方面的警示，俘获众人心，引来好评如潮。我们拭目以待！

我多次与作者接触，而成挚友。他的黄河情怀非一般人所有，他张口也黄河，闭口也黄河，黄河成了他心中最美的挥之不去的意象。"让黄河成为造福人民的幸福河"，"黄河卫士"张道强正在并继续用行动和生命践行习近平总书记重要讲话精神。

关于此书，我之言不知达意否？依然忐忑！

2023 年 4 月

沉浸在读写的海洋里

短篇精品，气节荡魂

——简析武俊岭《断路》

我与作家武俊岭仅晤一面，便觉亲切。我早知其为小说高手，尤擅短篇。2022年1月12日济南市高三年级学情检测语文试题之现代文阅读《断路》，作者"武俊岭"赫然入目。旋即告知，武兄甚喜。作品被选为大型考试试题文本，足以说明小说之水准，以及对作者之认可。

《断路》是作者2021年发表于《椰城》杂志的一个短篇。虽然只有7000余字，却意蕴丰富，给人警醒，思想性、艺术性都可称道。

聊城是著名的革命老区。《断路》表现了抗战时期的民族危机与矛盾，正义与邪恶、人性的美好与丑陋之间的较量贯穿全文。主人公良士（人物命名寓褒贬）与保长良雨、姨表弟辛希才有着不可消弭的裂隙与仇怨，后者卖国求荣之嘴脸刻画得淋漓尽致。故事的焦点则是因日寇的扫荡（包括经济）而造成的民生凋敝，百姓极端贫困饥饿，以至于"土路两边的榆树、槐树，叶子都被吃光了"。在此情形之下，中国人民有着极强的民族气节，没有丝毫的卑躬屈膝，与势不两立者果断"断路"。"小三，记住，咱老武家没有姓辛的这门亲戚，以后不再来往了。"毅然决然，荡气回肠。

标题精致传神，对话简洁生辉。小说标题，乃全文之眼之魂。鲁迅之《药》《祝福》，堪称经典。小说以"断路"为题，含义有三：（一）父亲与当汉奸的姨表弟辛希才断绝亲戚关系；（二）与有粮有权的亲戚"断路"，意味着断绝自己生存之路，象征父亲高尚的民族气节；（三）意味着"生路"，有了以父亲"良士"为代表的有家国情怀的普通人与生存机遇的"断路"，中华民族才能走向生路。如此言之，作者拟题可谓匠心独运。

没有对话，就没有小说。小说人物语言应该追求个性化。《断路》极具特色，良士尤为鲜明。"日本人的狗！爹爹恨恨地说。""爹爹的眼睛里，燃烧着愤怒的火焰。嘴里轻轻说出三个字：'狗汉奸！'"三言两语就把主人公的切齿之恨活画出来，张力十足，地道十分。不仅如此，小说在对话中交代情节，丰富内容，节省篇幅，悬念迭出。

对话之外，则是小说叙述语言。篇幅短，却有 52 段，清晰明了，每一段（有时一句）就再现一个小的场景，凸显人的性情。如第 41 段"爹爹的眼睛看向窝头"，第 42 段"就在爹的手伸向窝头的时候，良雨走进了院子"，第 43 段"爹爹的手缩了回去"。不用分析，明眼人一看，便知作者笔墨之经济，表现力之强，画面立现。动作、细节、场景，立体传神。若合在一起，效果顿失。作者所写每一句、每一词，甚至每一字，皆耐咀嚼。这是我阅读其他小说很少见到的。短篇之功之魅，在武俊岭笔下尽彰。

"村子里不见人影。一条狗贴着墙根走到大街上，没有了往日的活跃。一只母鸡，在一个柴垛根上双爪乱刨一通，却没有发现能让它的头低下去的一粒粮食。"这里的"鸡""狗"，有着特殊的意味，其萎靡则表现出无粮之现实与敌占区之萧条。鸡狗如此，何况人乎？借物表意，非同一般。我最欣赏小说开头："太阳淡黄淡黄的像个煎饼，悬在高高的青天上让我够不着。"把"太阳"比作"煎饼"，正如鲁迅把"雪"比作"梅花"（《祝福》），形神兼备，贴切新奇，既刻画了一个孩子正处在饥饿中的心理，又确立了小说的叙述视角（"我"——第一人称）。一石二鸟，实有大师之风。还有很多精彩比喻，如"他高高瘦瘦的身子弯得像只河虾""爹爹的泪水像是两条羞怯的小虫子"，都能看出一个优秀作家的语言功夫。

简单说一下"棍子"。棍子在小说中出现三次："爹爹右手摸起一根棍子，拄着，哆嗦着往前慢走。""右手拄着的棍子与他的脚步并不配合。""爹爹站起来，右手拄棍。"显然，棍子只是"爹爹"走路时的一个辅助，而没有起到伏笔的作用。窃以为，如果最后"爹爹"用"棍子"打姨表弟辛希才而折断，以示其坚决与仇之深，则效果更好，更能彰显主题。

良士是小说主要人物形象，作者并没有孤立刻画，而是把他置于复杂的环境之中。细节无处不在。"走出十几米远，我回头一望，看到希才叔家屋顶上有炊烟急急冒出。""炊烟"，表现出辛希才加入汉奸组织后，欣喜地招待举荐他的保长良雨。此处的"炊烟"与小说开头不久良雨家的"炊烟"前后照应，

不能不惊叹这是作家的神来之笔。小说地域色彩也很分明，主要体现在鲁西方言的提炼、使用上，如"吱啦怪叫""撞饭门""燖地瓜干"。

《断路》，言简意丰，隽永悠长，是一篇不可多得的好小说。我为聊城拥有武俊岭这样优秀的小说家而骄傲。

2022 年 1 月 19 日

复杂的人性，巧妙的构思

——武俊岭小说《大水》主题初探

作家武俊岭的小说不可阻挡地进入了我的阅读世界。其人，厚道坦诚，情深义远；其文，雅俗有致，隽永悠长。发表于 2022 年 4 月《椰城》的 8000 多字小说《大水》，让我又一次走进作者的人性天地。小说的意义在于揭示人性的美好、丑陋与复杂，催人向善、向上。无疑，《大水》做了积极而不同凡响的尝试。我认为，这也许是《大水》推为"实力榜"之重要原因。

评论之忌之一，就是面面俱到而未深达心灵。故而本文撮本避末，仅就复杂的人性——男女之爱之情之性进行粗浅的解读。

"饮食男女，人之大欲存焉。"孔子认为，凡是人的生命，不离两件大事，一是要吃饭，一是男女追求。这种普遍的心理或人性，在芸芸众生中确实存在，不容避讳，而又常被遮蔽，不见其"真容"。伪道学是不足取的，作家的使命就是把藏于人内心之真善美、假恶丑形诸语，描绘并指向一个光明的图景。我敢说，《大水》做到了，武俊岭做到了。

《大水》主要内容是：民国某年，一场洪水突然来临，春生与妻子巧云、儿子避难于二百年的老榆树上。生活刚刚有点就绪，一块门板漂来一个叫莲花的姑娘。春生把莲花解救上树。随即几个人产生微妙的关系：春生艳羡莲花的美貌；春生的救命之恩、阳刚之气，让莲花暗生爱慕；巧云窥破二人内心，用一场干兄妹的结拜仪式，把男女情感转化为永久亲情。

小说名曰"大水"，当然内容与"大水"相关，当然要描写大水之险之恶之势，以及大水给人造成的生活困难、生存艰难、心理影响。我认为这只不过是由头而已，或者说一个媒介，作者主要是借助大水的故事表现（青年）男女之间幽微的心理变化，人性的复杂，特别是异性光芒的吸引。这也是武俊岭高明之处。正如评论家指出的那样："我们回首那些真正的经典小说时，故事永远都被作家安置在意义之下。它们存在和被叙述的理由，就是为了阐释作品，以及作者的思想、道德及困惑。它们是故事，也是好看的故事，但它们服从于小说的意义。作家并非为故事而故事，而是为意义而故事。""为意义而故事"，多么精准！

小说刻画春生、巧云、莲花三个人物的心理、神情变化，以及故事情节的推进，极其细微、绵密，极其巧妙、成功。请看：

这天，天色刚刚像鱼肚子那样白的时候，春生从树上下来，想去金堤打探一下水情。突然，一块门板漂了过来。细看，门板上还有一团黑黑的长发。再看，看到一个女人的上身。春生朝着门板奋力游去。到了近前，春生发现女人已是昏迷。于是，春生在门板的另一侧，扶板划水。到了树下。

"巧云，快看，我救了一个人。"

"什么人？"

"女人。"

树上无语了。

巧云冷冷地往下看。不用看别的，只那一头秀发，就不是她巧云能有的……

作品三分之一处篇幅这样的叙述，既承上文，更展开下面故事情节：一男两女之间的"好戏"开始了。我最佩服春生、巧云两个人的对话，一个得意，一个伤心，区区三句话，表现力无限。

那么，莲花究竟为什么让春生得意、巧云伤心呢？读者的期待正是作者着力描写的。巧云看到的莲花——"比画上的人还美丽。鼻子，圆润玲珑。嘴口紧抿，小巧精致。从脸庞直到脖颈的肤色，白如蛋清，呈现一种光泽。"作者将两个女人进行了对比——"巧云因为已是媳妇，成熟美艳如牡丹。还是姑娘的莲花，则娇美青涩似桃李。"面对这样一个姑娘，作为有了一岁儿子的春生来说，更会有一个男人独异的不可言说亦能想见的感受。于是，春生为两个女人（当然主要是莲花）悄没声儿地展开了一系列行动——"买了三尺红头绳，两把羊角梳子，两瓶雪花膏……"春生的勤劳、善良、智慧在小说中尽显，有着美好的人性，他把身上的"几十个铜板"给了饥饿者。但是，这并不排除他的"鬼心思",心里一直想着莲花:"洪水给他送来了美如天仙的莲花。莲花真好。春生脑子里的想法,如蓬蓬春草。"这也许是很多男人的普遍心理。其实,莲花心里也有春生。"在巧云低头操鱼之际,春生定睛地看了莲花一眼。莲花呢,这次竟然勇敢地与春生的目光接触了一瞬。然后,莲花的脸红热,避开春生的目光,看向春生的胸脯。春生坚实的胸肌,让莲花心生赞美。"一对男女目光的相撞,必然掀起层层波澜……春生、莲花的梦语:"春生吧嗒吧嗒嘴唇,感叹地说,莲花真好!真好!""春生这边刚刚说完,莲花又嘤嘤呻唤,春生哥!春生哥!"巧云坐不住了(任何人都坐不住)。春生、莲花之言之行,是情,是爱,亦有性。这不单是小说中的男女,生活中也是。这种心理具有普遍性,也是人性复杂之体现。新柏拉图主义之父普罗提诺说:"人类处于神与禽兽之间,时而倾向一类,时而倾向另一类。有些人日益神圣,有些人变成野兽,大部分人保持中庸。"神圣,野兽,还是中庸?哲人分明已经告诉你。

巧云面对春生与莲花此等情状,想出了一个绝妙主意,让春生第三次去金堤时"买几炷香来",让二人结拜而为干兄妹,把男女情感化为永久亲情。小说戛然结束。如此,于情于理皆圆满。兵法云:"不战而屈人之兵,善之善者也。故上兵伐谋……"男女之间,夫妻之间,难免磕磕碰碰,甚至方枘圆凿,不能动辄得咎而离婚。从这个角度上讲,这篇小说有很强的现实意义。因为,它给人们指出了一个"光明的图景"。

这篇小说的故事具有某种真实感,但更是虚构的。这无关紧要。关键是有无意义与价值,能不能给人以昭示。我们亦可逆向思维,如果小说写的是一个女人和两个男人的故事,同样也会凸显人性的复杂这一主题,只不过不如《大水》这种构思更好驾驭,更有美感。

著名小说家洪放说:"小说本身的意义,就是要让小说揭开人心中那一些日常的却被遮蔽的情感。文学必须是美的。美是小说创作所要达到的高度。"《大水》的意义与美正在这里。

《大水》的地域性(寿张、张秋、金堤)、民国风(银圆、小妾)很明显。最后补叙莲花"漂"来之原委,非常周至。顺便一说。

2022 年 5 月 11 日

沉浸在读写的海洋里

一首工业题材的好诗

——浅析崔梅英《火与冰的相伴》

许久未写专评，笔有些钝，但目及崔梅英之诗《火与冰的相伴》，如火的热情燃烧着我，决意一评。

崔梅英是近年来东阿诗坛崭露头角的一位新秀。她是一位"80后"，在紧张的工作之余，耽于古典诗词，写了很多抒展性灵的婉约词，而成一方之美，散发浓浓的梅香。其现代诗以清新的意象、高邈的诗意、明快的节奏再现了她所爱的生活、大地山河……毫无无病之呻吟。《火与冰的相伴》耳目一新，在选材、立意、手法上都别具匠心，人人称好。

写工业题材的诗鲜见，《火与冰的相伴》便是"罕物"。东阿钢球，"亚洲第一"之品牌，声震寰宇，而与之笃情厚意者，莫过于一线工人。作者是一名质检员，日日与钢球打交道，熟稔之至，久而生情，自然而就一首妙诗。钢球在诗人笔下活似一个生命、一个孩子，有情有韵，有滋有味。每一道工序，每一个细节，都了然于心，情韵悠远。"一箱箱的钢球/经历了多少次/打磨，挑选，清洗/来到了我的面前"。甫一开篇，不蔓不枝，颇有代入感，美好的钢球形象就进入了读者的视野。工业题材的诗少于其他，更显此诗之珍贵。

钢球，自然是此诗描写主体。"投身800多度火炉里/淬火历练/褪去稚嫩的外衣/养成坚强的内心""当你刚刚站稳脚跟/眨了眨眼睛/想看看这个世界/又让你进入冰的箱包"，钢球经受了"火"与"冰"的洗礼，成为"名副其实百炼成钢的精品"。诗之所以是诗，就在于激发人们的想象力，由此及彼地生发瑰奇的联想，给人以精神的激荡和思想的陶冶。读这首诗，人们不禁思考：不唯钢球，一切（包括人与国家）都要经受住各种考验，方能立于不败之地。由此观之，《火与冰的相伴》立意之高远。顺言之，上引诗行起到承上启下之效，亦可见构思之功。

有人说，写诗，不在技巧，而在心。我说，《火与冰的相伴》，既有"技巧"，亦有"心"。"诗心"前面已述，字里行间洋溢着诗人对钢球的热爱之情，赞美之情，当然也有怜惜之情。"还得寻找你 / 怕你 / 找不到同伴 / 迷失了方向 / 怕你 / 发挥不了应有的价值"，一个"怕你"，蕴含多少情……

下面简单说一下技巧。标题《火与冰的相伴》，准确形象，相契内容，先"火"后"冰"，相伴相融，灵性十足。中间"又让你进入冰的箱包"，过渡自然，前后浑然一体。诗意深致，步步推进，抒情渐次高潮——"我坚信 / 你最终成为 / 适用于各种制造业 / 最亮丽 / 最耐用 / 最长久 / 闪闪发亮的钢球 / 因为 / 你是东阿钢球人 / 永远的骄傲"。诗的最后画龙点睛，升华主旨，境界全出，钢球之美之魅熠熠生辉，堪称绝妙。

然此诗最突出之处，则是第二人称与拟人手法的运用，贯穿全文，一脉相通。"我"与"你"，如此之近之亲，恰如诗人的生命。诗人饱含深情地写道——"偶尔有一两个 / 像调皮的孩子 / 落到地面，活蹦乱跳 / 遍地打滚，淘气撒娇"，完全赋予钢球以人的感情，如一个个可爱的精灵。我深服诗人表达的细腻、蕴藉与巧妙。没有与钢球的亲密接触、"望闻问切"，是不会有这样的体悟的！

一言以蔽之，《火与冰的相伴》是一首描写工业题材的好诗！诚愿诗人拓宽写作领域，写出更多精品，以犒赏喜爱她的读者。

2022 年 10 月 26 日

沉浸在读写的海洋里

高铁精神，山河作证

——观电影《高铁作证》

25日下午，东阿一中组织教职工观看了首部高铁建设题材电影《高铁作证》。虽寒气逼人，但心暖似火。我特别欣喜与感动，一为学校用心之良善，二为中铁人牺牲奉献精神由内而外之敬佩。

《高铁作证》是一部思想性与艺术性很强的影片。虽时长只有102分钟，但内容的详略与取舍、思想的冲击与震撼、感情的跌宕与深入，都处理得相当到位，绵密有致，急缓相宜。音乐与歌曲铺垫渲染，丝丝入心。细节拿捏精准传神，有情有韵。观众无不受到熏染，心怀涤荡。影片的每一个细节都传递了积极的信息。比如男一号铁建（"高铁建设"）和女一号金帼英（"巾帼英雄"）的名字分明就有正能量。

影片内容并不复杂，但颇为震撼。选取塌方43小时之内里里外外发生的惊心动魄的故事，进行叠加、转换，牢牢地吸引着观众。每一细节，每一言行，都抓着你的心。

李卫民对着手机录像："娘，儿子死了，你就能领到抚恤金……"这样的画面很具代表性，让人有一种撕心裂肺的痛。化亮是影片中一个比较重要的角色。"这回要是活着出去，老子还要干高铁！"他的话朴素而坚定，分量很重，是中铁人深情与精神的最好诠释。铁、金二人的举动与对话，更是击穿心灵。"化亮、帼英，我们都是共产党员，我们要振作起来！"铁建的话像定海神针，凸显了共产党员之本色与先锋作用。焦急地等到牛奶到来时，铁建问帼英："好喝不？""好喝，我从来没有喝过这么好的牛奶。"那神情，那心情，那画面，真是无以形容。最揪心的自然是帼英在昏厥之时对铁建说的话："我跟你道歉，对不起……我从来不想害你，你能不能原谅我？""我不想让我的儿子成为孤儿。"听者动容，心都碎了。铁建说："我会把他接到身边当儿子。"

听到这话，帼英有些安然，于是，闭上了眼睛（庆幸的是，她并没有死——这是后话）。铁建泣不成声："英子，你怎么不能再多挺一会儿。"然后自然地吻她的额头。这是影片最感人的桥段。

影片主题曲，此时唱起，在播放厅萦回：

我曾经许下诺言
把大地山河装在心间
每一句都是我血性的诺言
……

我把这温暖的语句快速写在手机上。

洞内险象环生，洞外紧急救援。矿山老板乔富宝："铁建，快出来，我老娘等着你过寿呢！"语言极富个性化，人物形象的刻画与升华，演绎到了极致（此前，铁与乔有很大的冲突）。

叙事性文学作品（包括影视剧），不能没有矛盾与冲突。没有矛盾，就没有冲突。没有冲突，就不会吸引受众，更不能很好地展示人物的内心世界。而且，这矛盾与冲突，亦符合生活之逻辑。《高铁作证》就有很多矛盾与冲突：铁建与乔富宝，铁建与金帼英，铁建与肖一虎，铁建与父亲（父亲去世，铁建也没有近前。一声"儿子不孝"催人泪下），金帼英与肖一虎，金帼英与儿子强强……有了矛盾与冲突，就要化解，就要消释。有伏笔，就要有照应。这些，影片都处置得滴水不漏，圆圆满满。

影片最后以外国专家在高铁上对中国高铁的称颂以及一组惊艳世界的数字结束，大气而周至，有很强的说服力与感染力。

"高铁为我们作证！"一曲感人至深的高铁壮歌，在每个观众，在每个中国人心里，必将久久回响……

感谢学校，感谢《高铁作证》，我的灵魂又一次受到了洗礼！

最后要说的是，《高铁作证》的编剧是东阿鱼山镇司庄村人——孟广顺，他是中国作家协会会员，中国电视艺术交流协会常务理事。这不能不说是我们东阿的骄傲。

2021 年 12 月 6 日

 沉浸在读写的海洋里

以小见大，大爱润心

——观电影《沸腾吧，沉沙池！》

蕞尔小县能制作出长达 90 分钟、像模像样、可圈可点的影片，无论怎样说，都不同凡响。

2023 年 8 月 26 日上午，我等近 20 人观看了山东圣土影视文化传媒有限公司推出的心血之作——《沸腾吧，沉沙池！》。看完，天正下着雨，与泪水交织……

这部影片有很强的历史感、时代感，紧扣国家黄河流域生态保护和高质量发展战略，演绎了一曲热爱家乡、心怀天下、舍己为人、无私奉献的慷慨壮歌！这种宏大的主题，不是贴标签、口号式"凸显"，而是极其成功地运用了以小见大的手法，将东阿人民治黄治沙、引黄济津、克服困难、甘苦与共的战天斗地精神曲折有致而又一览无余地展示出来，完全遵循了艺术的法则。一言以蔽之，深衷浅貌，意蕴丰富。

我为之叫好！我是在影片渐次展现、臻于佳境、高潮陡转、满含眼泪中看完的。因之震撼我心，看毕，却又陷入深深的回味之中……孟子之"于我心有戚戚焉"恰是。

影片人物并不多，有李能行、小童、小美、赵英霞、王大张、汪淼等，均贯穿始终。李能行，名字起得好。人物故事与跌宕命运紧扣"李能行究竟行不行"展开。无论是李能行心路历程的自我"流动"，还是小童、小美以及村民百姓的外在评判，都能清晰地看出李能行由孤弱而无能到强大而"能行"的生动变化。从他身上可窥东阿人的家国情怀和精神风貌。这是这部影片的成功之处。

无疑，李能行是这部影片的灵魂人物，其他人与之有密切的关联。小童眼中的爸爸形象逐渐高大起来，最后两人的完美演绎达到了极致，使故事推

向高潮。小美的形象，随着剧情的逐步展开，在观众心中也由丑而美而通亮，越来越舒爽。李能行的奶奶赵英霞是一个不可或缺的人物，她声泪俱下的表演，让观众"低回不能置"。历史与现实交织迭现，穿越回转，影片处理得非常好。村民委员会主任王大张的表演也有模有样，让观众笑之余而服膺。

艺术的可贵在于源于生活而又高于生活，在于细节的真实与情节的铺垫相对应。这部影片也有所体现。导演汪淼对小童曾说——突发状况要灵活处理。影片的最后，小童与李能行在台上对话时，突然停电，一片黑暗。在陷于尴尬之际，小童瞬间想到汪导的话，灵动地生发一段精彩对话，台下手机光亮交相辉映，观众的情绪也随之高涨……这不能不说是一个亮点。

得知大部分演员都是本土市民，甚为欣喜。

一个小县首部影片能有如此效果，难能可贵。当然也有某种程度的稚涩之感，如影片前边就比较模糊，不够通畅。故事没有置于大背景中表现，亦可理解。因为，以小见大，体现人间大爱，是这部影片的基本基调，已达初心。加之资金等现实问题，也不能勉为其难。

我想，有了这样良好的开端，山东圣土影视文化传媒有限公司一定会拍出更优秀的作品。我们拭目以待。

2023 年 9 月 6 日

沉浸在读写的海洋里

灵魂的碰撞,真情的倾诉

——读王应槐《张中信创作论》(修订本)

认识"大巴山之子"——张中信,是偶然,也是必然,似神交已久。他的多才多艺,他的爽朗真性,他的敏锐卓识,无疑,是我所相交者中不多的一个。我与他虽然鲁川相隔三千里,但却如面对面,灵犀一点,欣然相从。他的诗词、散文诗、散文、小说,早已花开烂漫,香满大地。我为之写了《一骑绝尘〈红尘书〉》《张中信:"新笔记小说"的积极实践者——读张中信笔记小说集〈匪妻〉有思》《永远的野茶灞——读张中信散文体小说集〈野茶灞纪事〉》《张中信:乡土文学的守望者——张中信长篇小说〈哦,野茶灞那些事儿〉赏析》《情韵依依,诗意人生——张中信诗集〈峰源诗三百〉述评》等5篇评论,2万余字。他的创作成就让我倾慕不已,已占据我的心灵,而今更是挥之不去。

"评论川军"的资深评论家王应槐先生撰写的《张中信创作论》(修订本),经过长途跋涉,送到了我的手中,墨香犹在,温润我心。我翻阅数遍,又详读之,一种强烈的感觉沛然而生:一个是当今文学创作的多面手,一个是文学评论的佼佼者,可谓经典之碰撞,知音之相通。由此,我不禁想到苏轼对王维经典之评:"味摩诘之诗,诗中有画;观摩诘之画,画中有诗。"此评,我最津津乐道。如此神评有几何?达经典之评者,须写者评者两相悦,均有极高建树与成就,缺一不可。而张中信、王应槐正是如此,可谓"巴蜀双璧"。张、王相识十多年,惺惺相惜,默契若神,互相欣赏,自是碰撞出灿烂的火花,而霞彩满天,烛照每一个读者的心灵。

当今评论界,就一个作家的创作进行广泛热议、专论的并不很多。据我所知,评论、研究张中信创作则有《泥土的姿势》《张中信大巴山文学地理书写研究》《在大巴山深处远眺》等多种专著和评论集,文章超过百篇,洋洋60余万字。而王应槐《张中信创作论》(修订本)则是集大成者。无论是张中信的创作，还是王应槐的评论，都可视为"现象级"。这是我读两人之文得出的理性结论。我曾想：究竟什么原因出现这种"繁花盛开"的现象？为什么那么多人关注张中信及其作品？我读王应槐《张中信创作论》（修订本），终于找到了期盼的答案。

王应槐，这个名字我并不陌生，我在读张中信《野茶灞纪事》（2012年10月出版）时就看到其评论《泥土的姿势：一个人的执着与坚守》，对张中信热情赞扬，印象极为深刻。而今又看到22万字《张中信创作论》（修订本），我只能用"震撼"来形容，其他都显苍白。因为，这是一个"70后"的优秀评论家对一个"50后"的知名作家的倾心之评、隽永之评、经典之评。若没有彼此的推心置腹、莫逆相交，没有对作家的深入了解、对作品的深挖细研，没有对文学的钟爱与坚守，又怎能写出如此的洋洋洒洒、入木三分、心悦诚服的评论专著？

我不想对这部专著进行过多的评述与援引，甚至越少越好。一是我的笔力不逮，无论怎样写都怕辱没。王应槐先生腾挪跌宕、流畅生动、瑰丽多姿之文笔让我叹服，自愧弗如。二是内容丰富多彩，张中信的坎坷多彩人生、率真性情、多样作品、文学情怀，以及对大巴山文学、四川文坛乃至全国文学，都有涉及，让你眼界大开。三是眼光敏锐，切中要害，广博而幽邃，既热情称颂，厚爱有加，又一针见血，提出问题，指明方向。四是学养深厚，引用文论繁多而又恰到好处，古今中外，俯拾即是，像我等评论者如获至宝，喜不自胜。五是全书布局井然，脉络清晰，既并列相间，又纵深开掘，步步推进，曲径通幽，不时引人进入妙境。六是创作态度严谨，钩沉索隐，论证考据，有板有眼，一丝不苟。古稀人，炽热心，我爱他的观点，爱他的语言，爱他的博学……

本书分为《楔子》《少年不识愁滋味》《乡村白房子：梦想开始的地方》《大巴山升起的文学新星》《独特的生命感知：乡土情怀》《成都：诗和远方》《衣带渐宽终不悔》《我为故乡写本书》《大巴山之子：紧贴大地的审美姿势》《结语》10个部分。从这富有诗意而精准的标题可以看出，作者的奇思妙想、谋篇布局、悠悠情韵已经达到了相当的高度！既剔透玲珑，脉络分明，又厚重大气，凸显重点。标题如此，其中详尽的叙述、评赏，更是让你思味不尽，美不胜收，收获满满。以我对张中信及其作品的了解，王应槐先生的每一评述，都相当到位，切中肯綮，精彩至极，用"弹无虚发，环环靶心"形容恰如其分。

由于我对张中信其人其文的深爱与知悉，以及对本书的数遍阅读，我觉得他们有一个共同点，那就是——情！情之融注，情之贯通，情之深挚，情之感人。写法上也有共同点，那就是——《史记》笔法。我们知道，《史记》每一篇传记没有把一个人物的所有"故事"写完，而是采用互补的写法，前后相续，此篇突出重点，彼篇有效补充。张中信的小说很明显有这一特点，很多熟悉的人物在不同篇目中交互出现，有点有面，全面完美呈现。王应槐《张中信创作论》（修订本）也是这样。读者也许会訾议我的提法。但是，我还是坚持我的观点，这样不仅有助于全面了解，而且能提升对张中信其人其文的认知。

前面已述基本特点，还有必要撷取一二具体感知。

《衣带渐宽终不悔》："一个人只要心中充满阳光，有执着的信念，无论在何种情况下，生活都不会亏待他的，是会对他热情张开双臂的。真是应验了那一句话，命运对张中信关上了一道门，却在无形中慷慨地为他敞开了另外一道门。"书中如此形象而富有人生哲理之语，比比皆是，不仅能很好地激赏评论对象，而且让读者也脑洞大开，受到灵魂与精神的淘洗。

《我为故乡写本书》："语言是文学表达的翅膀。有好的语言表达，作品的思想价值才会飞得更高，更远。《巴山夜雨》的语言极富特色，在看似不经意间，便插上了飞翔的翅膀。"我很欣赏这样的快评，张中信的语言真的像"插上了飞翔的翅膀"，行云流水，翩然起舞。

《大巴山之子：紧贴大地的审美姿势》："张中信既是一个热爱社会、热爱生命的作家，又是一个真实、真诚、真情的农民儿子。他正是怀着这种热烈朴素的个性，从此出发，写作散文。因此，他的散文，满载丰沛的个性特征，走出当前散文写作的困境，洒满美学的阳光。尤其值得注意的是，他对散文的探索和创新，以及小说体散文的实践，别致而新颖，取得了较为丰硕的艺术成果，得到文学理论界的肯定。"爱写评论者，一看就是"高手"。"美学的阳光""小说体散文"，何其精美！这样的评述随处可见。

  如果你想了解张中信，领略他多姿多彩的文学魅力，如果你想徜徉大巴山风光，熟知野茶灞，如果你热爱评论，希望快速提升自己的鉴赏水平，那么，请读王应槐先生《张中信创作论》（修订本）！

  张中信、王应槐，各有其美，双璧生辉，璀璨奇瑰，妙然天成。他们的作品彰显着巴山蜀水的独特风韵，我们应该对他们有更多的期待，他们也必然会带给我们更多的惊喜！

2022 年 3 月 11 日

沉浸在读写的海洋里

非虚构作品必须重视文学性

——以张中信、杨芸滔长篇非虚构作品《红旗漫卷大巴山》为例

没有文学性，就谈不上文学创作。何谓文学性？文学性就是形象性，含蓄蕴藉、细腻生动地表达，注重细节描写，运用多种艺术手法，意味隽永，直入人心，产生回响，起到文学的教育作用和审美作用。近年来，非虚构作品在文学界风行，关于它究竟需不需要文学性的问题，也颇有争议。笔者认为，非虚构作品必须有文学性，而不能口号充斥，语言直白无味。如果在非虚构作品的创作中偏离了文学性，恐怕也看不到霞彩满天，遑论浸润心灵了。

苏洵的《六国论》，虽是一篇史论，却也有可赞的文学性。"思厥先祖父，暴霜露，斩荆棘，以有尺寸之地。子孙视之不甚惜，举以予人，如弃草芥。今日割五城，明日割十城，然后得一夕安寝。""以地事秦，犹抱薪救火，薪不尽，火不灭。"作者用形象的语言把前辈创业的艰苦和子孙的"败家"活灵活现地展示出来，给无数读者留下深刻的印象。

"言之无文，行而不远。"古今皆然。张中信、杨芸滔倾心之作《红旗漫卷大巴山》，让我领略到了长篇非虚构作品文学性的魅力与重要。《红旗漫卷大巴山》，从书名到内容，从整体架构到每一章节，都是地地道道的非虚构作品。此书900多页，近百万字，鸿篇巨制，史诗般地再现了红四方面军创建川陕革命根据地波澜壮阔、艰难跌宕的传奇经历，塑造了徐向前、李先念、陈昌浩、许世友、张琴秋等高级红军将领真实而崇高的形象，并用相当多的笔墨描写了张国焘的顽固不化以及给红军带来严重损失的惨痛教训，揭示了跟着红军、跟着共产党能取得胜利的人民意愿。

写作这样重大而严肃的长篇非虚构作品，要彰显其文学性，可以想见是多么的艰难！言易而行不易。我和作者之一张中信是挚友，我深知其为人与文风。他在微信上问我："此书文学性可强？""很强，很强，对非虚构作品来说，这是非常可贵的。"我回答。"我在创作时尽量在细节上、文学性上作了努力！"他听后如释重负地作了解答。设若此书没有较强的文学性，我是很难在这个癸卯年炎炎夏日看完此书的。相反，他的创作让我有了新发现：非虚构作品必须注重文学性，而且是真实的符合生活逻辑，有大量细节支撑的文学性。

一、文学性离不开细节，离不开真实，让读者通过真实的富有细节性的描写，回到"历史现场"。

请看书中关于红军翻越大巴山的情景描写：

半山腰有一条羊肠小道，当地老百姓叫"裤带路"，大概指其形状细长弯曲。道宽不过三十厘米，一边是陡峭的山崖，没有任何可以攀附的地方，一边是几百米的深沟，由于冰雪覆盖，小道已变成光滑如镜的冰带。

幸好先头部队通过时，已经在冰道上凿出一道道冰梯。

为安全起见，大家将谷草缠在脚上，蹲在地上小心地向前移动，仍不时听见有人和牲口滑下深沟的惨叫声。

走在最前面的徐向前和陈昌浩，听见后心疼不已。两人商量后，命令战士们用绳索互相牵连，在冰道上蹒跚前进。(《风雪大巴山》)

这样的文字，需你一字一句地阅读、揣摩。当年红军的艰难是现在的我们无法想象的。"将谷草缠在脚上，蹲在地上小心地向前移动""不时听见有人和牲口滑下深沟的惨叫声"，不仅"走在最前面的徐向前和陈昌浩，听见后心疼不已"，我们读者也会"心疼不已"……革命何其艰难，胜利来之不易呀……这样的效果，就是细节使然。

文学性不仅体现在细节描写，还要通过对话描写再现场景，展现人物性格与心情，烘托气氛，而不是一味沉闷地叙述。

下面的对话，真是过瘾，百读不厌，饶有趣味：

次日一早，李先念亲临红33团组织干部察看地形，一路上他都在询问带队的老乡，沿途的地名和特征。

至今，在空山坝当地流传着这样一段精彩的对话。

李先念问带路的老乡：

"右面叫什么山？"

"大骡马。"

"后面的山呢？"

"小骡马。"

"再后面的山呢？"

"白马寺。"

"眼下这座山呢？"

"红春垭。"

李先念闻言哈哈大笑，诙谐地对大家说："敌人进攻空山坝，不是大落马就是小落马，还要白马戴孝呢！"

他兴奋地大手一挥："大家加油吧，我们前面就是火红的春天！"因为敌军连续占领巴中、南江两县而士气低落的红军战士立刻情绪高涨。师长倪志亮在一旁，连连夸他关键时候就是有办法。（《空山坝战役》）

对李先念知之不多的读者，读了以上文字，肯定会记住一个诙谐幽默、风趣智慧的红军将领。"大家加油吧，我们前面就是火红的春天！"多么鼓舞人心！我们应该感谢作者为我们"存留"了如此美的佳话与红色记忆。这些对话真实无疑，但是如果没有文学性的"支撑"，是不会这样让人齿颊生香的。

二、非虚构作品以再现真实的自然环境、社会环境、风土人情为使命，但绝非"复制"式的，也应有声有色，有情有韵，有滋有味。

下面的一段文字则以"对歌"的形式，把当年川东北人民对红军欢迎的情形历历在目地呈现出来：

阳光灿烂的天空下，清澈的河水缓缓地绕城流过，水波不兴，不远处有人在田野里纵情对歌。河这边在唱：

要吃米，把秧栽，

要过河，把船摆。
穷人要想得自在，
快快建立苏维埃。

河这边才刚刚唱罢，河那边就有年轻女子用清脆的嗓音接着放声高唱起来：

红军同志来远方，半夜三更出太阳。
一打虎，二打狼，穷人掌印坐天堂。

河岸边，田畴间，山林间，不绝于耳地回响起一串串愉快的欢笑声。（《中央来了个"钦差"》）

在张中信创作的很多小说中，读者都能领略到浓郁的山歌情味的大巴山风情。这应当是他的独特创作手法，也是他的一大文学贡献。

革命红色题材作品，肯定悲喜交织：喜则洋溢着革命浪漫主义精神，喜庆、欢快、祥瑞、美好；悲则惨不忍睹，撕心裂肺，为信仰与理想而备受迫害，甚至献出生命。下面一段文字，展现的是《红旗漫卷大巴山》中鲜有的轻松：

相比中央苏区的愁云惨淡，川陕苏区还是一派生机勃勃的景象，正在操办着一场喜事儿。

川东北的暮春时节，漫山遍野的杜鹃花竞相开放，映红了一座又一座山峰，与雄伟瑰丽的"赤化全川"石刻标语遥相呼应。

一阵爽朗笑声，叩响了汉城的黎明。

张琴秋和林月琴一早就起来打扫卫生，旁边有不少女战士拿着从山上采来的杜鹃花，还有几个小战士用细长的茅草编织成一些好看的小动物、小碟子、小碗……院坝里摆着五颜六色、形状各异的桌椅板凳，一看就是从各处借来的。（《干瘪的柠檬》）

极其普通的"一场喜事"在革命战争年代显得那么珍贵，那么温馨，那么有人情味儿。这也恰恰说明人们对和平的呼唤。这里的场景描写，很明显有极强的文学性。虽着墨不多，但颇具特色的文学性语言传达了丰富的信息，女战士们的心灵展示尤其宝贵。

三、红色题材作品，意在让新时代的人们铭记悲惨的过去，珍惜今天的幸福生活，永远跟党走，踔厉奋发，笃行不怠。

旷继勋是红四方面军颇具威望的高级将领，但他却成了张国焘的眼中钉，肉中刺。他因莫须有之罪而惨死，可谓"千古奇冤"：

得到许可后，旷继勋在破桌前坐下来，铺开一张给他写交代的纸，拿起毛笔，想了想，挥笔写道："中生、琴秋同志，我先走一步了。请你们多加保重，如果活到胜利，请向党中央报告，旷继勋是革命的，是含冤而死的……"

写到这里，他把笔在墨碗里蘸了蘸，似乎有很多话还要写。可他没有写下去，他毅然将笔一扔，大声说道："走吧。"

几个执行队员一拥而上，把旷继勋的双手反绑了，推到了关帝庙后面的院子里。

院子里栽有许多高大的树木。两个执行队员上前，用绳子套住旷继勋的脖子，将绳头抛向树丫，另外两个执行队员抓住绳子使劲一拉，旷继勋就像一只破败的风筝，被高高地吊在空中。他的身子挣扎着，抽搐着，一会儿便僵直了。

对于杀害旷继勋的黑手，军中将领都心知肚明，王宏坤更是直言不讳："我清楚地记得旷继勋被害前后的情况，老实说，张国焘是搞了阴谋的。"（《旷继勋就是突破口》）

以上文字的文学性毋庸置疑。但正是这样的文字，激发了读者对张国焘"倒行逆施"的痛恨和对错误路线的不解，以及对党的正确领导的热切期盼。可以想见作者写作时，心中荡漾的满满"恨意"。

像旷继勋这样牺牲的烈士不在少数。寻找他们的信息、资料，让他们"回家"，自然是后人特别是烈士后代抹不去的重要"使命"。《红旗漫卷大巴山》

的《尾声》部分，以大量篇幅、真挚情意再现，尤以旷继勋女儿的哭诉最为悲恸，最为感人：

见到挺立在青山之上，松林之间的墓碑，看见旷继勋三个字时，旷继勋的女儿再也抑制不住内心的激动，抱着墓碑号啕大哭："爸爸啊，我终于抱着你了，我娘想了你一辈子！爸爸啊！我终于见到你了，我想你呀！做梦都在想你，我想喊你一声爸爸啊！"

一声声含泪的呼喊，让在场的人无不潸然泪下。几十年的天人永隔，几十年的追寻，终于有了答案。

旷继勋的在天之灵，终于可以安息了。

读到这些文字，已不仅仅是文学性所能概括的了。它已上升到更高的层次，更高的境界。尼采说："一切文学，余爱以血书者。"这里是，《红旗漫卷大巴山》全书皆是。正如张中信在《创作后记》中所说：

在创作和修改作品的六百多个日日夜夜里，我时常被那些气壮山河的英雄人物和历史故事深深感动着，很多情节的演绎都是在泪流满面中完成的。我不祈求这本书带给我任何"光环"，只希望真实记录那些为创建川陕苏区浴血奋斗，不胜不休的英勇红军将士和伟大苏区人民的浴血荣光！

"不忘初心、牢记使命。"红色题材的非虚构作品，既要还原历史，回归现场，真实再现，又要似潺潺流水流进读者的心田，激起朵朵鲜艳的浪花，用无可非议的文学性和艺术性浸润我们的内心，荡涤我们的灵魂。张中信他们无疑做到了。

2023 年 9 月 26 日

爽辣的文字，人性的呼唤，真善的回归

——张中信散文集《抚摸，或呼喊的村庄》面面观

一

张中信，是一个活跃于巴山蜀水、追求性灵、善于开掘人性的著名作家。他对生活于底层的农民的关注，是那样执着，那样迷恋，那样深情，而成一道文学风景，一种独特现象。他时时匍匐大地，呼唤乡村，聆听心音，发出正声……

张中信，诗人、散文家、小说家三者完美地荟于一身，而各有气派、风采。他的古体诗集《峰源诗三百》确有唐风宋韵，当今实不多见，我写6千字长文评之赏之。他的短篇、长篇小说，我几乎悉数阅读，独属于他的野茶灞味儿永远抹不掉。散文集《野茶灞时光》《成都书》等获四川散文奖、冰心散文奖。散文诗《背影女孩》《在仪陇，在生长蚕桑的村庄》，不知勾去了多少人的魂魄。他无论写什么，无论什么体式，都有其共性，那就是——诗性、诗意、美味、美韵，诗情画意，情景相生。即使是近百万字非虚构性作品《红旗漫卷大巴山》，也有妥妥的文学性。不读不知，张中信每写完一部作品，即传于我而一睹为快，因而深有感触。他在国内各种报刊发表作品200万字，作品入选数十种选本、选集。应当说，数量不算很多，但依我之审美，皆可谓精品。

精品之精何在？那就是浓浓的散文味儿氤氲整个文学创作。换句话说，张中信天生就有散文气质。而以散文的形式讲故事，更能入心入情。他历经数年倾力打造的系列人物散文集《抚摸，或呼喊的村庄》把你带入一个有十足野茶灞味道的淳朴而美丽的世界……

二

《抚摸,或呼喊的村庄》"以小说的笔法写散文,骨子里是散文"(张中信语)。所以,我们完全可以说这部书是小说式散文集。也正因如此,这部作品才更真实,更有趣味,更有看头,更能酣畅淋漓地展示人物的心灵世界,探寻中国普通老百姓的心灵密码。我这样说的意思,很明显就是具备了散文之质与小说之形的《抚摸,或呼喊的村庄》,更有震撼人心的力量。

《抚摸,或呼喊的村庄》每一篇篇名,《寡嫂》《六指》《豹先进》《杨花婶》《靳诗人》……都蒙上了一层朦胧的色彩,引你进入每一个精彩的故事。这些篇名所含的人物貌似子虚乌有,你若长久生活在农村,或者谙熟农村的那些人那些事儿,你肯定认为其有凿凿的真实性,更佩服作者的智慧,那就是艺术化了的真实。没有比这样的故事更吸引人的了。

读了这部书,你不仅从篇名,更从内容,感知到每一篇中的人物都是真实的,都是大地的精魂,都是生存于底层的普通老百姓,都是客观的存在,让你发笑,让你气愤,让你哀怜,让你仰望,让你沉思。我读着读着,就会联想到现实生活中的男男女女,一类人,某一个人,甚或是我之故乡的某某。这难道不是这部书的魅力所在吗?

三

我一直在思考:张中信为什么集中写了那么多小人物?这些小人物的原型来自哪里?他们身上有哪些品性?作家借写他们,在昭示什么?……我从来没见过一个作家写这么多生活于底层的小人物(请原谅我的孤陋)。用"名不见经传"就似乎不大妥当,他们就是这个社会的一棵芥草,一粒尘埃,微不足道。巴尔扎克说:"小说是一个民族的秘史。"(当然,这部作品是小说式散文)。那么,我想巴尔扎克的这句话应该是对《抚摸,或呼喊的村庄》一个最有力的注脚。作者冠以"呼喊"二字，并非一时之兴，分明是积于心久也。作者试图以此为中国普通百姓特别是为那些心灵受到压抑、人性难以张扬的人"树碑立传"，揭开神秘的面纱，让人们从正、反两方面吸取人生的教训，走向人生的坦途与正道。普通百姓，更需要爱与理解，更需要被关注。这正是一个作家的责任与担当。

张中信之所以对小人物挖掘如此深，与其睿智洞见固然相关，但是他多年的基层工作，以及他的老父亲本身就曾是大队干部，做出过突出贡献，这必然为作家的写作助力。没有生活的土壤，是写不出好作品的。

不可否认，《抚摸，或呼喊的村庄》中的每一个人物不是完美的，或者说，有很多的污浊与不足，且有"呓语"的味道，但是，作者并没有停留在脸谱化的描写之中，不能简单地以"好人""坏人"称之，每一个人物都有多元性格，都有喜怒哀乐、爱恨情仇，都有普遍的人性。正因这样，才是真实的，才更可读。作者对书中的人给予理解、同情，有的也不乏批判。无论怎样，所写人也好，故事也好，在你嬉笑之余，都会让你从正面思考：一个人怎样才能适应时代大潮？怎样才能受到人们的尊重？怎样确立正确的价值取向和情感取向？怎样才会有一个有意义、有色彩的人生？

这部书所呈现的是普通人的悲喜剧，有的喜剧多一些，有的悲剧多一些，但是归根结底，从立德树人的角度审视，这部书呈现的应该是"正剧"。这样的理解是正确的，也是作者的初心。

四

兹举例说明。

《寡嫂》开头说：寡嫂是个苦命的人。说她苦，是因为她这一生就毁在两个男人手里。第一个身体差，结婚三年光景，便莫名其妙地一命呜呼，这是自然而然。而第二个男人则改变了她的命运，也升华了她的人格。因为，这个男人曾经"祸害"过她，而她当时不知是他，后来和她结婚同房的包工头，竟然是"祸害"过他的那个男人。因为，寡嫂发现他的下身赫然有一个醒目的手抓印痕，而这个印痕就是曾经祸害过她的有力证据。于是，寡嫂毫不犹豫地"举报"，包工头"新婚之夜被公安局抓走"。种什么"因"就有什么"果"。多么大快人心。寡嫂真可谓一个华丽转身！这传递的难道不是正能量吗？

《靳诗人》，铁铁的来自生活，无可置疑的真实。特别是如我20世纪60年代出生的人，都知道那个年代的年轻人梦寐以求"吃国家粮"，当"公办教师"。而靳诗人发表了一首八行的小诗，就沾沾自喜，就以为赢得了未婚妻"莲"的芳心。然而，"理想虽然很丰满，现实却很打脸"。"我可以写诗，可以挣稿费，养活你！""你那个诗可以当饭吃？可以生产出粮食来？"这对青年男女的话就注定了各自的结果。莲嫁给了一个有十来岁女儿的公办教师，靳患精神病而失踪了……靳诗人的可怜与可悲不为其所独有。这不是什么夸张，有很强的时代感。

《覃桂花》是我很喜欢的一篇散文。覃桂花当然也是一个不完美的人，但是她身上的人性美，对孩子的疼爱，让你边读边有笑意。改革开放初期，要是吃上热乎乎、香喷喷的肉包子，那真是高级享受了，特别是孩子。桂花姐按人头，每人两个包子。"大伙儿吃得正起劲的当儿，忽然闯进了一个小丫头。原来是窝棚子的梅女子来了。""梅梅，你来晚了，我们把包子都吃完了。""哇"的一声，"梅梅忽然放声大哭"。"梅梅别哭，姐这里还给你留了两个包子。""桂花姐那天自己根本没有吃包子，她把自己的两个包子全部给了梅梅。"桂花姐的美好形象一下子非常立体地呈现在读者面前……

《抚摸，或呼喊的村庄》39篇故事都是这样引人思考、回味……

五

《抚摸，或呼喊的村庄》在写人上继承了中国传统小说的手法，从中可以看出作者深受其影响。作者最爱用白描手法，时有讽刺与夸张。有时还有点魔幻色彩。

请看下面两段文字：

老太明白儿孙们的心意。可那该死的牙齿，为啥就没有一点松动呢？老

太也曾偷偷地用榔头使劲敲打过，除了换来钢声钢气的回声和满嘴的斑斑血迹，牙齿还是牙齿，硬硬地长在嘴巴里，钢火依然好得很。

……

罗锅的身材属于五短型，头如乌龟，呈伸缩状，颈细且软，左转右旋，伸转自如。肚子有些椭圆鼓胀，形似小儿屎包肚。更让人称奇的，其腿短而粗，手脚细而长，十指伸张，行走与武大郎的打头神形皆似。

一个"老太"，一个"罗锅"，就这么栩栩如生、活灵活现地跃然纸上。你不得不佩服作者的观察能力、描写能力，以及驾驭语言的能力。

作者特别爱运用成语，驾轻就熟，极富表现力。这是他语言的一大特色。

六

"民族的才是世界的。"张中信无论什么体式的文章，都有着浓郁的野茶灞风情。换言之，有野茶灞情结。正如鲁迅之于绍兴鲁镇，莫言之于高密东北乡，张炜之于龙口万松浦……《抚摸，或呼喊的村庄》，几乎每一篇散文都提到了"野茶灞"，"板板桥"次之。

"以地方性来展现独特性，以民俗文化的描写彰显文化色彩，以方言俚语的大量使用体现艺术个性，这种地方叙事的写作风格，成为作家不谋而合的共同选择。"（阎晶明《地方叙事、精神故乡与时代变迁》）。这样的评述同样适用于张中信。于此，我有发言权。《抚摸，或呼喊的村庄》，不仅故事本身发生在野茶灞，语言也是野茶灞味儿。

在广东的几年中，老夫子东一榔头西一棒，不但没有挣到钱，连名声也搞臭了。实在没有办法，只好灰溜溜地回到野茶灞。

回到野茶灞的老夫子，一直猫在家中，父母年事已高，他已经三十啷当，却还一事无成，更不用说成家立业的事情了。

于是，他的母亲有事没事，便把一张嘴搁在老夫子身上，无休无止地数落。大数落三六九，小数落二五八，偶尔想起了，还要数落一四七。（《老夫子》）

"东一榔头西一棒""猫在家中""三十啷当""三六九""二五八""一四七"这样的极富地域特色的语言,是不是很值得玩味呢?

最能体现大巴山风情的,还是作者山歌民谣的娴熟运用:

巴山高也诺水长(哪),
感谢恩人共产党(喂)。
穷人翻身分土地(呀),
幸福生活像蜜糖(啊)。(《乡村歌王》)

这样的余音绕梁,直把你带到大巴山去……

七

《抚摸,或呼喊的村庄》所写的每个故事,有其独立性,连缀起来,则是一个有机联系的整体。张中信熟稔《史记》之"互见法"。这部书也是如此。"我的父亲张有福""武队长"在很多文章中多次出现。短则短也,说长亦未尝不可。《抚摸,或呼喊的村庄》就是一幅写系列人物的大散文长卷。有了这样的认识,你就晓得其非凡意义了。

《史记》,被鲁迅誉为"史家之绝唱,无韵之《离骚》",充分肯定了《史记》的史学价值和文学价值。那么,我在前面已言,《抚摸,或呼喊的村庄》有为中国普通百姓"树碑立传"之意,如此说来,也有其"史学"意味,或者说是探寻中国老百姓心灵密码的极好的文学教材。由于张中信的散文气质与美学追求,加之这部作品所具有的散文美质,言其是无韵之佳作也就不足为怪了。

总之,《抚摸,或呼喊的村庄》有着爽辣的文字,有实实在在的烟火气,有中国味儿,强烈呼唤美好的人性与真善的回归!

张中信,我喜爱的作家,一个浪漫飘逸而又沉稳执着的作家,必然愈加"凌万顷之茫然",直引诗情到碧霄!

2023 年 11 月 13 日

沉浸在读写的海洋里

巧思深致，韵味无穷

——简析短诗《敲》

诗之美不只是层次、节奏，不只是用词、修辞，更在隽永的情思、理趣的表达，以及隽永的回味。短诗《敲》即是。

初读《敲》，自然想起余光中先生《乡愁》。整饬井然的结构，循环复沓的旋律，递进深入的情韵，几毫无二致。细读之，更觉韵味无穷。

我最欣赏的是，朴拙的语言呈现出的张力，诗意自然美妙的跳跃，以及蕴含的丰富情感。

"敲一只空碗／成片成片的庄稼就长出来"，劳动的艰辛，丰收的喜悦，幸福的渴望，广阔的画面，驰足你的想象力，一下子把你带入诗情画意中。

"敲一枚指环／密密麻麻的针脚就长出来"，"母亲"的劳作、深爱与温暖，跃然纸上，可谓"不著一字，尽得风流"（不言"母亲"，而"母亲"尽在其中）。

"敲一扇窗户／斑斑点点的烛光就长出来"，"烛光里的妈妈"立时映现读者眼前，充满无限怀想……

"隆冬时节／我不敢再敲了"，既是过渡、转折，又是深入，诗意更为深沉。

"我怕成片成片的雪花会长出来／我怕密密麻麻的白发会长出来／我怕斑斑点点的泪痕会长出来"，在结构上，既巧妙承前，又意趣深远，由"庄稼"而"雪花"，由"针脚"而"白发"，由"烛光"而"泪痕"，岁月沧桑，人间挚爱，情思深沉、邈远、绵长……

"再敲下去／我怕惊醒了天堂里的母亲"，诗至最后，在读者殷殷期待中，"母亲"自然而现，绝妙而踏实，虽是收束，却回响于高山大海，不禁热泪涌眶……

要之，《敲》乃一曲母亲颂歌，其方方面面精心考究，思想性、艺术性臻于高度统一！这"敲"出来的美丽，不同凡响！

2021 年 10 月 6 日

一粒米，金灿灿的启示

——简评《一粒米掉在了地上》

粮食安全，国之命脉。节约粮食，人之大德。粮食，不仅关乎国家，亦牵系苍生。中国农民之于粮食，如之于土地，怀有深情，根植心灵。

如何艺术而深刻地再现这一宏大、严肃主题（当然此诗不止于此，亦有歌颂劳动之美、贬斥靡费等），我一直苦苦"寻觅"……小诗《一粒米掉在了地上》，让我喜出望外，如获至宝。我喜于小诗之隽永、别致、新奇、回味久远。

"一粒米"，绝非表面的一粒米，而具象征意义，有很强的隐喻性。在这里，"一粒米"有劳动的艰辛，有温暖的幸福，更有浪费的可耻，道德的沦丧。

诗题——"一粒米掉在了地上"，司空见惯，平中见奇，引人幽思：一粒米掉在地上将会怎样？给人怎样的冥想？又会带来怎样的"苦果"……诗人并未急于告诉你答案，而是由"果"溯"因"，由内而外，回归"一粒米"的本原。

"我想它一定/是很疼的"，一个"疼"字，不仅写出一粒米掉在地上之"疼"之惨状，也写出人心之"疼"，因不小心或不珍惜而抛之于地而怅然若失，痛心不已。在此基础上，紧接着自然地写"一粒米"掉在地上的情形："赤裸着身子/平白无故地被/抛弃在人间的空白处"，"赤裸着身子"让人无限怜惜"一粒米"之清纯之美真之无辜。"平白无故""抛弃"，言人们对待"一粒米"的态度：这种浪费是人为的、随意的、于己无关痛痒的。用词朴拙，却很奇崛。

那么，"抛弃""一粒米"用怎样的"办法""弥补"呢？诗人写道："弥补的办法，就是让它/回到碗里，回到筐里/回到父母的打谷场/让它重新穿上衣裳/回到田头回到枝头/从秋天回到夏天"，这是诗的主体，也是诗意向前推进、进一步渲染的核心。六个"回到"，构成腾挪跌宕之气势，酣畅淋漓，又迂回深沉。诗人以时间为经，空间为纬，时空两线交织，极具匠心，富有

感染力。"一粒米"确实来之不易，浸透着劳动者（特别是诗中所说"父母"们）的辛勤汗水。诗人打破常规，运用倒叙手法，简笔白描。"碗""筐""打谷场""田头""枝头"，一个个含着劳苦、辛酸的劳动场景次第再现，给读者丰富的想象。"从秋天回到夏天"，"一粒米"消耗劳动者多少时光、多少汗水……这样的"追溯"写法，非一般人所能为，效果极佳。另外，"让它重新穿上衣裳"，照应"赤裸着身子"，前后一体，浑然天成。

诗的最后："让锄禾的人 / 再抚摸一回可怜的孩子"，真乃神来之笔，把诗意推向极致。"锄禾"二字，令人自然想到李绅名诗《悯农》（二）："锄禾日当午，汗滴禾下土。谁知盘中餐，粒粒皆辛苦。"诗旨立显。"再"字，绝非轻易，情意殷殷。"抚摸"，感情复杂，有爱亦有悲。"可怜的孩子"，诗人之聪睿尽彰。贫穷饥饿者，着实"可怜"。对于老百姓用血汗挣得的劳动成果（如粮食等）"视之不甚惜，如弃草芥"者，尤其"可怜"。而"可怜"之人不吸取教训，不"戒奢以俭"，不珍惜劳动所得，必是更"可怜"之人，即诗中"可怜的孩子"。

小诗《一粒米掉在了地上》，如此之隽永，如此之奇崛，如此之深刻，如此令人警醒，是我所不曾见过的。简单的"一粒米"给我们带来这么多金灿灿的启示，岂不美哉！

以此表达由衷敬意！

2021 年 10 月 14 日

语文之美

遨游语文之海，领略语文之美，乃语文教学之使命。

我在我的语文课堂尽情彰显语文之美，尽情演绎语文之美。

知识之美。语文学习的魅力首先来自知识的芳香。词语的丰富多彩，修辞的绚丽多姿，语法的缜密严谨，标点的无声意蕴……都如一个个精灵跳跃在你的心田，向你"报到"，听你"驱遣"。

自然之美。"岱宗夫如何？齐鲁青未了。""日出江花红胜火，春来江水绿如蓝。""乱石穿空，惊涛拍岸，卷起千堆雪"……祖国山河大地在诗人笔下灿然生辉。"美不美，乡中水，亲不亲，故乡人。"浓浓的故土情结在作家笔下浸淫开来……"江山如此多娇，引无数英雄竞折腰。"我们怎能不爱我们的美丽中国？

诗意之美。语文是诗意的，无人否认。从《诗经》到杜甫、白居易，从《离骚》到李白、李长吉，从陶渊明到王维、孟浩然，从苏轼到龚自珍、毛泽东……诗情涌动越千年，诗意中国花烂漫。这诗意之美，非语文莫属。

文化之美。语文归根结底是文化的。中华文明五千余年，尽在中国典籍。《老子》《论语》《孟子》《庄子》《荀子》，《史记》《汉书》《后汉书》《三国志》《资治通鉴》，《西厢记》《红楼梦》《人间词话》《少年中国说》《阿Q正传》……绵长的中华文脉都在语文里跌宕生姿……坚定文化自信，语文责无旁贷。

思维之美。现在的语文学习不能停留于浮泛与浅薄，要悟言外之意、言下之意，甚至要有哲学的思维。语文课堂应该是多种思维的碰撞与幻化，辩证思维、批判思维、逆向思维、形象思维、联想思维……轮番交织，宛如一场大型音乐交响会。这样的语文课堂注定曼妙无穷，学生沉浸其中。

开放之美。新时代的语文教学注定是开放的。没有开放，哪有真正的语文学习。在我的语文课堂上，可以说，我把"开放学语文"的理念演绎到了

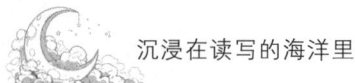

极致。《典籍里的中国》《经典咏流传》等优秀文化类节目时常与学生"撞个满怀",我写的诗词、散文、评论之"下水文"不时"抛砖引玉",老子、王阳明、尼采、马克思的哲思妙语自然流出,焕发神奇,受益无穷……这样的语文课堂,学生又怎能恹恹欲睡?学生不无感慨地说:原来语文课可以这样上!

语言之美。最后我要说,学习语文必须领略语言之美。因为,学好语文,一切从语言入手。"宽阅读、深思考、善表达",是感知语言、学好语文的必由之路。你一定要有"恋语情结",爱语言,爱她的音、形、义,爱她的色、质、味,爱她的语感、语境。你有一颗敏感的热爱语言的心,你必然与语文成为至交知己。

1234567,哆来咪发唆拉西。领略语文之美,了然每一个音符,你语文学习的节律就和谐美好,你语文素养的提高就自然而然。

此则语文学习之道也。道御才,必然道以成。循道而成,吾之经也。

语文之美,你美者何?

2023 年 7 月 5 日

"寂寞如一间空屋"

"树干上留着一只蝉蜕，寂寞如一间空屋。"

你读过这样的句子吗？你能想到这是谁写的吗？其实，这并不重要，重要的是，这禅意的空灵的表达是怎样来的？又有怎样的诀窍？它不是凭空来的，也不是纯粹的靠灵感来的，一定有生活的体验，有生命的体验，一定是一个人在有独特的感受之后才有的。

"树干上的蝉蜕"，我们是经常看到的，或者习焉不察。无论怎样，那是一个客观的存在，丝毫引不起一般人心灵的波动或震颤。但是，一个人若经历了人生的苦难，身体的，心灵的，方方面面的，他（她）就会把自己的心情意绪转移到一个"物象"上。而这物象，不是随意的，不是任何"东西"可以寄寓的，它必须有某种质感的准确的形象特征，读者、欣赏者能看到这个物象就能引起某种共鸣，进而产生共情。这个物象，一旦入诗入文，它俨然就成为——意象。成为意象，它所含有的情感是不会剥夺走的。

那么，"树干上的蝉蜕"怎么就"寂寞如一间空屋"了呢？你想，树上的"蝉蜕"空有一壳，毫无血肉，没有生命，更无灵魂，岂不就如"空屋"了吗？"一间空屋"再富丽豪华，若无人住，其用尽失，岂也不"寂寞"了吗？所以，"树干上的蝉蜕""寂寞如一间空屋"是不难理解的。

但是，这远远不够。因为，真正理解一词一句所蕴含所表达的感情，还必须知人论世。对一个文学鉴赏者来说，这"知人论世"的功夫是必须有的。你想，一个人在"最狂妄的年龄忽地残废了双腿"，21岁就坐上了轮椅……他想报答母亲，他想成为一名作家，他想用发表的"头一篇小说"让母亲高兴，可是他母亲只有49岁就离开了他……这样的一个人，一个男人，能不凄怆吗？能不触景生情吗？这不就是王国维所说的"有我之境"吗？

《人间词话》云："有我之境，以我观物，故物皆著我之色彩。"通过以上

俗而论之，这"有我之境"真的就明白了些许。

以上分析，与欧阳修所说的"穷而后工"也有某种相似。

写到这里，你定然知道"树干上留着一只蝉蜕，寂寞如一间空屋"是谁写的了吧？

不再卖关子了，这是纯粹而且乐观的文学创作之神史铁生的代表作《我与地坛》中的句子。这样的句子不在少数。

2024 年 1 月 23 日

缘情造景

古人写诗为词，往往缘情造景，即因情写景。这是很容易理解的。因为，诗（词）中之景既是客观之景，更是作者心中主观之景，"著我之色彩"，也就是王国维所说的"有我之境"。景随情变，情是主脑。

请看柳宗元《柳州二月榕叶落尽偶题》：

宦情羁思共凄凄，春半如秋意转迷。
山城过雨百花尽，榕叶满庭莺乱啼。

这首诗写于诗人遭贬柳州后的柳州刺史任上。诗词鉴赏最当知人论世。结合这一点，此诗很明显就是缘情造景，又集中体现在"春半如秋"和"莺乱啼"。

仲春时节，雨后榕叶落满庭院，让人错以为是秋风扫落叶。但是，即便如此，也不会有这样的感受，因为，毕竟是春天。要者是诗人再次被贬，仕途失意，远离故乡（柳宗元，河东人，即山西人），心中凄迷怅惘，虽是春天，却感觉如秋天一般。这就是缘情造景。

"莺乱啼"，"莺"啼无所谓"乱"与"不乱"（当然，自然界万物亦有性情）。这里的"乱"字，是诗人"别有用心"，是诗人心绪烦乱使然。心绪烦乱，才觉得欢快的鸟鸣声那样杂乱难听。这也是缘情写景。我们不得不佩服诗人用词之高妙，将环境景物与诗人内心情感完美融合，自然无痕，毫无斧凿之感。

这令我想起2015年山东高考语文试题第14题，宋词人张元干《卜算子》："起舞闻鸡酒未醒，潮落秋江冷。"表达了诗人怎样的思想感情？"秋江冷"，这里的"冷"，很明显也是缘情造景。"秋江"怎么会"冷"呢？显然是"心冷"。

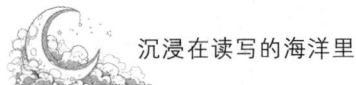

当年高考参考答案是：寓情于景，写江潮退落和秋江冷寂，委婉地表达了作者面对国势衰退内心的悲凉，寄寓了浓郁的爱国之情。

同样，今人写诗也会缘情造景，只不过没有这么艺术罢了。

2023 年 3 月 23 日

对话的智慧

前几天，我和我熟识的两个说话无忌的少年的简单对话，依然萦绕耳边，很觉好玩有趣。

说话的语境省略，直接说两句对话。

"我承认我自己就是一个神经病。"其中一个说。

我听到，马上不假思索地说：

"因为你承认你自己是一个神经病，所以你不是神经病。"我面带微笑。

"哈哈，绝妙！……"另一个胖胖的女孩说，并双手伸出大拇指，朝我示意。

"既然知道自己是神经病，就说明你的头脑很清楚，你的头脑清楚就说明你不是神经病。"这是我的简单"三段论"推理；当然我没有即刻告诉她，显然另一个女孩悟到了。神经病者，头脑混乱，不承认自己是神经病。

说自己是"神经病"的女孩一脸茫然……

这就是说话的智慧与不解其意的尴尬。

这令我想起刚看过的沈腾主演的电影《飞驰人生2》。有两句对话，也让我暗生"好喜"。

一个说："没想到你这么懂规则。"

"没想到你这么不懂规则。"张弛说。

你看，张弛的话多么富有智慧，把对方"击"得无力回应。要是现实生活中回击"这么不……"肯定会把对方"噎死"。我顺着影片中对话的思维再造一个"对话"，肯定能收到神奇的效果。

甲说："没想到你这么内行。"

乙回应："没想到你这么不内行。"

当然，这样的对话不能随意说，有一个前提，那就是说话者的双方彼此真正了解，而且其中一个做得很不好。

对话，无论是现实生活还是文学作品，都不可或缺。没有对话，还是生活吗？生活还有趣味吗？人生不是枯燥的吗？一个和谐幸福美满的家庭，欢声笑语，有庄有谐……反之，不可想象。文学作品也是，必然是，特别是小说。我经常说，没有对话，没有语言描写，还叫小说吗？对话，是小说的主体。对话，能展示人物性格，能推动故事情节，能彰显人性的美好与丑陋。《我是猫》《简·爱》《老人与海》……不都是对话连缀而成的吗？精彩的人物对话，是小说看点之一。

孙犁名篇《荷花淀》有很多可圈可点、生花妙笔之处，几个"青年妇女"的对话尤其"撩心"，请看：

女人们到底有些藕断丝连。过了两天，四个青年妇女集在水生家里来，大家商量："听说他们还在这里没走。我不拖尾巴，可是忘下了一件衣裳。"
"我有句要紧的话得和他说说。"
水生的女人说："听他说鬼子要在同口安据点……"
"哪里就碰得那么巧，我们快去快回来。"
"我本来不想去，可是俺婆婆非叫我再去看看他，有什么看头啊！"
于是这几个女人偷偷坐在一只小船上，划到对面马庄去了。

每个读者读到这里，都不禁"叫好"，为青年妇女缜密巧致的心思，更为作者的语言个性化特色——她们的性格性情、境界高低跃然纸上。你也许会脱口而出：这几个青年妇女好逗！

我国的古典文学对话描写也是精湛至极。不消说"四大名著"、元杂剧、明清传奇，就是诗歌也极富神韵。我国第一首叙事长诗《孔雀东南飞》的人物对话给我的印象极为深刻。无论是刘兰芝、焦仲卿，还是焦母、刘兄，他们的对话都极具个性化，都透露着熠熠生辉的智慧，形神毕现，画面感强。《孔雀东南飞》是传统名篇，凡是上过高中的人无不熟悉，故人物对话不再赘引。可以说，没有人物对话，就没有《孔雀东南飞》之神采。

以上所写所及，都是真实的，无丝毫的虚假，有生活，有文学……小文虽短，古今中外皆有，无他，意在说明——对话的智慧。

2024 年 3 月 4 日

文言文究竟学什么?

语文老师接触最多的大概就是文言文了。因了日日相伴的缘故,我的文言语感渐渐培养起来,爱写些文言色彩的小文,少则百字,多则千字,累积而成几万字。心想,语文老师不该如此吗?

文言文(诗词除外)是教学重头戏,初高中有相当数量的名篇。那么,文言文学什么?又怎样学?我有过不少的看法。这里,主要谈三点。

一、强化知能积累。对于文言文,知识是第一位的。而知识性是由其特点决定的。文言文知识繁多而有趣,面宽而深入,有其独特魅力。文学文化常识、实词虚词、一词多义、古今异义、通假字、文言句式、词类活用、偏义复词、固定结构、所字结构、断句、翻译、名句识记与理解……而每一类知识又细分为若干个"点"。文学常识,熟记每个朝代的重要作家作品及其风格。文化常识又有官职、科举、地理、姓名字号谥号、皇帝年号庙号、干支纪年纪日等。18个常见虚词的用法、重要实词的意思须了然于心,且随时抽取。文言句式包括省略句、判断句、倒装句、被动句,倒装句又有主谓倒装、定语后置、状语后置、宾语前置,定后、状后、宾前又各有其两种类型,被动句也有常见的几种类型。词类活用又有名词作状语、名词作动词、形容词作名词、使动用法、意动用法、为动用法等。"知"太多,不一一列出。这是基本功,必须历练。

有"知"就有"能"。"能"不是孤立的,既与知识紧密联系,又有其原则性、灵活性。文言文学习最终是理解句意,一切为此。翻译是最高体现。学生的文言文功夫如何,看翻译就知道了。而翻译又有很多技巧。断句是高考必考点,综合能力也很强,姓名地名官名,主谓宾搭配,文言句式,意思前后统筹,多管齐下。"对文章内容的概括和分析"是三个选择题最后一个,必考,考生比较犯难。我总结了四点错因:(1)张冠李戴,人名、地名、官职、时间错位

(其中之一)。(2)无中生有(或曰于文无据)。(3)过于绝对(警惕关键字眼)。(4)重要词语理解错误。有一选择项是"绝食而死",原文是"绝吭而殒",是否一样?做这样的题,都要回归原文,须有耐心,找到相应的"点",有效对照。

从我以上所写可看出,学习文言文必须沉静下心来,耐心细心,善于总结。"功夫不负有心人",你一定做得很好!

二、写作借鉴。依我之见,古人比今人有高强的写作功夫,有很多可借鉴处。我在给同学们讲解文言文时总是自觉不自觉地联系写作方面的特色。韩愈《师说》,议论文典范之作。我总结了这样几点。

(1)中心突出("师"字贯穿始终),很好体现了"围绕中心选择材料、观点和材料统一"的写作观。这是高考一类文的显著特点。

(2)观点性句子熠熠生辉。"古之学者必有师","师者,所以传道受业解惑也","道之所存,师之所存也","圣人无常师","是故弟子不必不如师,师不必贤于弟子,闻道有先后,术业有专攻"。处处闪耀着思想的光辉。

(3)论证手法灵活多样。举例论证,对比论证(古人今人对比,巫医乐师百工之人、士大夫之族对比),引用论证(孔子的话)。举例有点有面,对比巧妙,引用有力。这都是议论文写作的"真经"。

(4)思想认识敏锐、深刻。对教师职能,韩愈概括为"传道受业解惑",千年过去,丝毫未变。择师标准,"道之所存,师之所存也",无"道"谈何"师",无"道"之师枉为师。对士大夫之族不从师的原因的揭示更是入木三分、一针见血——"彼与彼年相若也,道相似也,位卑则足羞,官盛则近谀"。真是佩服,有这样的吗?学生写作就缺乏这一点。思想的深刻入心,是我们应该极力做到的。

(5)语言流畅,气势充沛,非常符合韩愈散文"韩如潮"的特色。

我想,每篇文章这样引导,学生写作就会有章可循。《劝学》《赤壁赋》《屈原列传》……都能让你受益匪浅。

三、汲取思想精华。"文以载道",乃古人写作之道。这是学习文言文不可忽视的。文言文教学不仅注重"言"的传授、学习,而且"文"的丰富与浸润,亦不可少。我谙于此、乐于此。上述《师说》即可见之。《劝学》中提及学习要做到三点——积累、坚持、专心,今天不同样需要吗?"吾尝终日而思矣,不如须臾之所学也","学思"结合,可谓妙也。《屈原列传》,很欣赏司马迁对《诗经》的评价——"《国风》好色而不淫,《小雅》怨诽而不乱",精彩至极!写诗为文,做人做事,都应如此,都要有个"度"。"推此志也,虽与日月争光可也"。司马迁与屈原惺惺相惜,用心融情去赞美,深沉而浪漫的情怀跃然纸上。难怪鲁迅有经典之评——"史家之绝唱,无韵之《离骚》"!

荡涤污浊,驱除晦暗,烛照心灵。我的心境每天如此⋯⋯

语文老师不易而有荣,每天与好的文章打交道,每天畅游于古今中外的文学艺术长河里⋯⋯

2020 年 8 月 9 日

沉浸在读写的海洋里

写作之悟两则

1. 写作是神圣的

写作是很神圣的事情，不可轻率以待。激发写作热情，初衷不可谓不好。但还必须规范行文，"戴着镣铐跳舞"。

文从字顺，语意畅通，是基本前提。错别字时有，标点乱用，"的地得"不分，用词错误，语病一大堆，语言啰唆，不合语法规范……更有可笑者，写古诗没有标点，文章题目加书名号……常识之常识，随处可见。如此，怎能与文学相牵？难道文学创作不讲究这些吗？怎么办？一是提高自身修养，二是不断学习，让人修剪。

写作既要看语言，还要看思想，看内涵。没有思想内涵的文章，是经不起推敲的，是经不起检验的。写文章一定要有思想深度，要有深刻内涵，要情理兼具。随意为文，言其亵渎，也许有些重，但必须有起码的认真态度，必须有一定的思想引领，要能穿透心灵。一句话，不能那么浮漂，那么浅薄。

写作，还要讲究一定的形式，正所谓"有意味的形式"。写作者，要有较高的审美水平，多少懂点美学，有美感意识。比如，好多人不注意段落，要么支离破碎，要么臃肿压抑。段落的明细合理都与思想表达有直接关系。其他亦然。

写作是神圣的。不是假话，也不是套话。我们必须内外兼修，长期实践。"谁终将声震人间，必长久深自缄默；谁终将点燃闪电，必长久如云漂泊。"尼采的话就是灵丹妙药。

写作要注意"四多"——多读、多思、多写、多改，缺一不可。唯此，才能登上文学的殿堂。

2022 年 1 月 11 日

2. 诗的小悟

你读的诗多了，你自然知道什么是诗，尽管你不会写。

我越发感觉，现代诗不外乎两种：一种是写景咏物，曲尽其妙大自然之美，一种是对生活、对人生、对自我甚至对天地宇宙的感悟。与其说感悟，不如说人生哲理的探究。为什么有的诗读不懂，或者说读不明白，就因为诗里蕴含着很多哲理，而你却浑然不知。即使你有所知，也不是那么通透。从这个角度讲，很多诗人有思想家、哲学家的色彩。事实正是这样，你不得不承认。获得诺贝尔文学奖的诗人就是如此。

这是我好久好久就知道的，今天只是写出来而已。几年前，我读诺贝尔文学奖得主、波兰诗人辛波斯卡的诗就有这样的感觉，而且写了约3000字的评论《诗的絮语，兼谈辛波斯卡之诗》。

2024 年 7 月 11 日

沉浸在读写的海洋里

作家往往不走"直线"

近段时间,我鉴赏文章说得最多的一句话就是——"作家写文章往往不走直线"。我为自己的话得意。因为,此语通俗、形象而又比较准确地道出了作家写文章"曲径通幽"的妙处。写诗写文都如此,特别是散文创作。

散文最大的特点就是形散而神不散。形,是文章的内容;神,是文章的主旨。作家为了达到写作目的,或者说凸显"文以载道",把自己的思想倾向、价值取向与读者分享,总要想办法以达其成。我经常给我的学生说,真正的作家写文章写的一切内容都不是"闲笔",不是"废话",而是"别有深意在其间",都是为了服务于文章的主旨。

下面举例说明。

首先以朱自清《荷塘月色》为例。《荷塘月色》共10个自然段,第1—6段写了"荷塘月色"本身,很全面,很圆满,按说结尾也就自然而然。可是,朱自清偏偏宕开一笔,第7、8、9三段回到了古代——"忽然想起采莲的事情来了。采莲是江南的旧俗,似乎很早就有,而六朝时为盛……"不仅引用了南朝乐府诗《西洲曲》,还有梁元帝《采莲赋》。这又是为何呢?很明显,朱自清成功运用了反衬手法,以古代"少年的女子""荡着小船,唱着艳歌"悠闲地"采莲"来反衬作者当时淡淡的哀愁。如此,既丰富文章内容,增添诗情画意,又有文化韵味,巧妙地表达了作者情感,可谓一举多得。

郁达夫是散文高手,深谙"曲径通幽"写作之道。无论是《故都的秋》还是《江南的冬景》,都娴熟地运用了对比衬托手法。《故都的秋》,作者调动各种感官来体现故都之秋的"清""静""悲凉"等特点。郁达夫,浙江富阳人。他为了突出"北国之秋",多次提及"南国之秋"——"江南,秋当然也是有的;但草木凋得慢,空气来得润,天的颜色显得淡,并且又时常多雨而少风……"就这样进行了比较。

他写《江南的冬景》，又提到了"北方夏夜"，你说这"还有治吗？""我生长在江南，儿时所受的江南冬日的印象，铭刻特深；虽则渐入中年，又爱上了晚秋，以为秋天正是读读书，写写字的人的最惠节季，但对于江南的冬景，总觉得是可以抵得过北方夏夜的一种特殊情调，说得摩登些，便是一种明朗的情调。"

作家就是作家，总有其法。

老舍《想北平》也是我很喜欢的一篇散文。老舍先生是北京人，人尽皆知。一个"想"字包含了作者对北京的所有的无比的想念。可是，他为了突出对北京的喜爱与赞美，用相当的篇幅写了西方城市：

伦敦，巴黎，罗马，与君士坦丁堡，曾被称为欧洲的四大"历史的都城"。我知道一些伦敦的情形，巴黎与罗马只是到过而已，君士坦丁堡根本没有去过。就伦敦、巴黎、罗马来说，巴黎更近似北平，不过，假使让我"家住巴黎"，我一定会和没有家一样的感到寂苦。巴黎，据我看，还太热闹。虽然那里也有空旷静寂的地方。

不耐心的读者，读到这些文字，肯定会"大发雷霆"：老舍作为文章大家，怎么会这样？

是啊，一般人都想不到会这样写。而作家偏偏如此。为什么？无他，"别有深意在其间"——为表现主题的需要。

那么，我们为什么做不到或者有些"生涩"呢？我想，不外乎两个原因：一是没有养成这样的写作习惯（或者说意识），二是知识储备不够（包括人生阅历等）。这两方面具备了，我们也许并且必定这样。这当然有个过程。我乐见我们的写作爱好者（包括我自己）朝着这个方向努力，不走"直线"，曲折有致，曲尽其妙，曲径通幽，而繁花锦绣。

2024 年 1 月 24 日

 沉浸在读写的海洋里

"点燃"孩子写作激情

——浅谈如何指导学生作文

我指导过的学生作文,可以说不少了,有小学生、初中生、高中生,还有大学生,也有一些社会人士。权用"指导"一词,实则是真诚地交流,激励每个人去写,表达自己想要表达的东西。最多的时候是自由写作,当然,为了"应考"之需,还必须有一定的规范与限制。

一个几乎把我的朋友圈发的文章看遍的朋友给我写了一句"长话":"我脑子有思想,就是没词,不过您的文字感染了我,有了写作的激情与欲望。我明白了一点,您指导学生写作的一个小秘密,就是点燃——点燃写作激情!"

我轻轻回了一个字——"是"。他说的还有道理。

为什么好多孩子经过我的"点染",他(她)的作文就比较"立竿见影"了呢?因为,我针对孩子的不同特点(也就是"个性","个性化"教学很重要),想尽办法与之沟通,激励、唤醒、点燃,现场就写,立刻就写。如果是完整的作文,那就在家里限时写完。然后面批,一字一句,一个标点都不放过,全方位"拿捏"。这场景,真可以说是一道风景……如果整体比较好,那就在平台上推出来。这是一个完整的过程,这才是真正的指导。你想,作为一个学生,一个家长,作文在平台上呈现出来,那是一种怎样的心情?我只能用"善莫大焉"来形容!学生也好,家长也好,人家要的是——效果,确切地说,是——结果!

为什么有的指导不大见效呢?因为太简单,只是说一些存在的问题,也许让学生写一写,但细改的程度不够,更别说推到平台发布了……

其实,作文指导是很复杂的,看上去简单,实则要调动各方面的积累,同时也要讲究一定的艺术性。对于小学生、初中生,我爱让孩子"即景"写作。比如,外面下着雨或雪,我就适时地引导,激励他们进行作文片段训练。每

次训练要有针对性，不能模糊，关于"雨雪"片段训练，当然是——"情景交融"。我清楚记得，一次外出，天空的云很美，朋友圈立刻刷屏了，让你不禁成为一个诗人！我抓住这难得的训练机会，让孩子写。洛神湖夕阳，洛神湖夜景，都是绝好的风景。如此训练，学生的观察能力、想象能力、表达能力，自然都会得到强化。由此也看出，语文学习（不只是作文）要面向生活，联系生活，表达生活。语文就是生活。

高中生面对高考，就不能这样指导。"原则性与灵活性的统一"是我的一个原则。高考主要是议论文写作，必须规范训练，"戴着镣铐跳舞"。作文指导，没有理论思维，没有写作理论武装学生头脑，往往不长久，立不住。我总结的"三感"（历史感、时代感、真情实感）、"三论"（论点、论据、论证）、"四有"（有思想、有内容、有文采、有章法），以及"宏观取胜方略"，都能给学生以"定心丸"的作用。

仅仅做到了以上还不够。很多学生家长，一提到语文，特别是作文，就犯难，愁云密布；甚至一些语文老师也束手无策。其中，有一个很重要的因素，就是语文教师本身必须是一个热爱读书的人，一个乐于写作的人，一个善于评点文章的人。恰巧，我这三方面都比较具备。我不能说我读的书多，与读书达人相比仍难以望其项背，只能说也读一些，且比较全面，不只是文学方面，美学、哲学也读。高尔泰《美是自由的象征》、罗素《幸福之路》、李泽厚《美的历程》，让你懂得什么是美，什么是幸福。波兰女诗人、诺贝尔文学奖获得者辛波斯卡的《万物静默如谜》也有哲学的意味。《道德经》《论语》读了好几遍，也写了很多感受，近又读《曹植全集》（当然不可能都读，起码名篇必须读下）。不读书，你就不知道文章之美之妙。一个教了30多年的初中语文高级教师，看到我朋友圈发的我圈点的《洛神赋》的图片，发来微信说："您是被文学浸泡的人。您这学习能力这么强是怎么练就的呢？"读经典文章，我一般都是晚上。

读书，对任何人来说也许不是难事。但是，若说写，就不敢"恭维"了。因种种原因，很多人没时间写，更不愿写。学生了解我最多的便是写。关于写，我不想多说。除小说外（大学投过一次稿），什么都写，古体诗词，长短不一的现代诗，散文随笔，各种评论，中高考"下水文"，当然还有很多的教学论文、

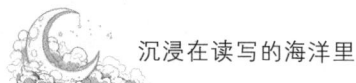
沉浸在读写的海洋里

随笔……正因自己有写作的体会，才能自如地给学生讲。一名老师，无论教什么学科，"自如"很重要。说得高端些，就是要达到一定的境界。我平时指导作文，从没有什么参考书，就是一张嘴，都是从教学实践而来，从自己体验而来。这也许是我异于他人之处。

读与写是很重要的。作为一名语文教师，还要有一个硬功夫，就是善于评点。我经常说，我写得不好，但爱评点。不能说，也不敢说"点石成金"，但必须准确，切实指出存在的问题，让学生信服。这样的例子太多了，我不想多举例，以免耗费大家的时间。好多人知道，我在老年大学上课时评点张艳华女士朗诵高尔基的散文诗《海燕》后即兴说的一个小排比句——"这是一只矫健的海燕，这是一只勇敢的海燕，这是一只高大的海燕，当然，这也是一只美丽的海燕！"（她个子很高，故言"高大"）。旋即，掌声雷动……

指导作文，最忌讳的就是——空！空洞说教，乏味说教，没有具体的生动的例子。我们经常说"空洞乏味"，你说，"空洞"不就"乏味"吗？我有一个习惯——爱保存学生的美文。我的学生二三十年前的还有（翟萍、齐怀军、井慧、张梅、路秀荣、侯晓莉、刘晓真……），更不用说现在的学生的了。有时，我也用我自己写的为例子（《理发》《父亲》《七夕又雨》《现在的女孩》《固"本"得"妙"境界开》……），学生自然有亲切感。这也许是我比较独特的一点。

就写到这里吧。

2024 年 2 月 27 日

语文学习中的哲学思考

哲学与我们的生活并不遥远，而是息息相关。有哲学意味的生活是幸福的。学生做题，解答问题，也充满了哲学色彩。

哲学上经常讲"普遍性和特殊性的关系"（即共性和个性的关系）。而我则经常强调"原则性和灵活性的关系"。做人如此，学习、做题也是如此。做题，有其普遍性，每种类型的题都有答题的规律，都有一些基本的角度。但是，现在的高考题之所以感觉比较难，或者说有越来越难的趋势，就是因为你防不胜防，与你平时的指导有很大距离。而所考，则是每一个阅读文本最突出的，有几分理论色彩，并且是独具特色的。按照我的说法，就是抓住独特的"这一个"。

独特的"这一个"，就是考查的重点。小说、散文阅读经常如此。如淄博市一模第9小题："有人说，《木偶儡戏》和《边城》一样都具有散文化小说的特点。请从小说三要素（人物、情节、环境）的角度，谈谈你对本文这一特定的认识。（6分）"当然"小说三要素"并不陌生，而"散文化小说"对学生来说，就是一个小小的挑战。这就要求语文老师对"散文化小说"进行必要的解说，并举例印证，学生才不至于茫然。这就是哲学上讲的"特殊性"。作文中的哲理思辨更不用说。

科学理性思维是学生必须具备的，必须努力培养。没有必要的哲学思考，缜密全面辩证的思维，是很难适应今后的学习的。语文课堂，我经常给学生渗透哲学的点点滴滴（当然我只是蜻蜓点水），期盼同学们能在学习中有哲学的思考，特别是在考试中提升思维的品质，有效地助力做题的质量。

充满哲学意味的人生、生活是幸福的。

2023 年 4 月

沉浸在读写的海洋里

语文与英语的默契

我认为语文与英语有很多共通之处。语文好，英语也必须好。这到底符合不符合逻辑？请大家思考。

上高中时，我的英语成绩比语文好，高考也是。因这参加了英语口试，但由于地域原因（距离阳谷近，z、c、s，zh、ch、sh 不分），加之自己发音不标准，而未通过。也正因这上了中文系。如果当年英语口试通过，自然就上了英语系，也许我的人生将会改变。但我庆幸我的现在。

今天和两位同学谈起了学习语文与英语的感受，我举了很多例子，证明二者是相通的。他俩听得津津有味……

第一，词汇量要丰富。无论是语文还是英语，都必须拥有丰富的词汇量。我记词语或者难写的汉字，比较得法。关键就是抓住汉字"音形义"特点，认清其构造，一般都不会写错。比如，旖旎、饕餮、纰缪、缱绻、睚眦、邂逅、踟蹰……英语单词也是这样。记英语单词，熟记音标很重要，音标准了，发音准了，单词就很容易写对。而且，英语单词都有一定的规律，有的有后缀，有的是由几部分组成的。如"下午"是"afternoon"，由"after"和"noon"两部分组成，因为"下午"即"中午之后"，如此灵动的联系，"下午"的英语单词自然就写对了。这是一个很简单的例子，很多都是这样。复杂的单词也是如此。只要你善于发现、琢磨、总结，终会寻得妙法。

第二，英语语法与文言文颇有几分相似。英语中的"定语从句、状语从句"，包括"时间（when）状语、地点（where）状语后置、定语后置（that）"，与文言文有得一比。"苏子与客泛舟游于赤壁之下"，"于赤壁之下"就是状语后置，翻译成现代汉语作"游"的状语，用英语表达肯定也是在动词谓语之后。"客有吹洞箫者"，"有吹洞箫者"作"客"的定语，用英语表达也是如此——在中心词的后面。你一旦领略了语法之真谛，这些都是极其容易的。

第三，悟语言之道。

语文与英语都是以语言为中心，领略语言魅力，挖掘思维之美。这里说说英语。还是说英语单词，每一个单词都不是"死"的，都是一个个小精灵，都有独特的构成，都有自己的思想与情感，甚至单词的语气与声调能与词义相联系。如，"up"（上），很明显语气上扬；"down"（下），很明显语气向下：岂不妙哉！不知你发现了没有？我还发现，简单的事物，其单词字母一般比较少，如dog、cat，多么简单。而很抽象的事物，单词则比较长，如，question（问题）、civilization（文明）。当然，这也许是个例，绝不尽然。我的意思是单词的"创造"必有其因。

第四，标点能说话。我经常给学生讲：标点会说话，能传达情感，不能忽略。英语和汉语各举一个最简单的例子。英语单词 really（真的），如果后面用上不同的标点，则表达不同的意思和情感：really？/really！/really。/really……汉语"哦"，后面用不同的标点，更容易辨别不同的意思与情感：哦？/哦！/哦。/哦……你注意了这一点，你就逐渐领略语言的魅力。

第五，多读多背，努力培养语感。

学习语言，一个很重要的方法，就是努力培养语感。怎样培养语感？最重要、最有效的方法当然是多读、多背！我的高中英语老师周传邦就是这样教我们英语的。他每节课都让我们背重点语段。何谓重点语段？就是单词、短语、语法突出的语段。这一招很管用，学生无形中就掌握了单词的意义、用法，语感自然就有了。语文就更不用说了，也不用举例。为什么有的人学语言很费劲，或者说没有感觉，就在于对语言不敏感，读得少，悟得少，自然培养不起语感来。没有语感是很头疼的，那就"逼迫"自己多读多背多写，熏陶渐染，慢慢就会好起来。有了畅快的语感是多么的幸福！必须有这个信心。

英语相对于语文来说还是比较简单的，但是亦有其魅力，奥妙无穷，需要在语言实践中强化。我觉得一个重要方法就是"学""思"结合。记英语单词，必须是读与写结合，只读不写，或只写不读，效果均不佳。还要熟读重点语段，研究重点语法现象。不读，不思，是不行的。

我小学、初中均没有接触过英语，完全是上高中后"生硬"学起来的，

 沉浸在读写的海洋里

全然零基础。就是这样，英语之于我也成了好朋友。

前几天，偶然看到了一段英语，很有正能量，单词也不复杂，我非常喜欢，就记在脑子里，并比较熟练地写了下来，一个字母不错，且有人围观：

Have a dream is easy. If you want to dream come true, you must make effort. We must never give up！

如果你喜欢（like）语文与英语，就要立刻（lì kè）行动。

写于 2023 年 6 月 22 日，2024 年 6 月 14 日又改

新起点，新目标，新征程

尊敬的韩校长、弓车先生，各位文友：

大家上午好！

首先感谢韩校长，为我们提供这样一个绝好的学习与交流的机会，韩校长炽热的教育情怀，对读书、写作、文化的重视，让我感动，"宽阅读、深思考、善表达"的语文学习理念，深契我心。感谢我的母校——东阿一中，我读书、学习、工作的地方，从 1980 年上高中到现在 42 年，从少年到青年到中年，念兹在兹，情感相依。感谢各位朋友的一路支持与帮助，没有你们，我的文学之路不会走到今天。

下面就写作以及与之相关的方面，向大家简单汇报。

一、写作方面，可以用 12 个字概括——"量而不质，杂而不精，驰而不息"

除去小说、戏剧之外，其他各个领域几乎都涉及。格律诗有绝句、律诗，古体诗有长篇歌行（其中最长的《阿胶行》88 句，获"青春视野"征文二等奖），词有小令、中调、长调。长短不一的现代诗歌、散文、散文诗、思想评论、文学评论、影视评论，还有十几首歌词，近两万字文言色彩的文章，当然还有很多教学论文。第一首现代诗《青春》写于 1985 年。小说《心底的潮水》写于 1985 年，发给《上海文学》编辑部张斤夫老师，而且回了亲笔信，现在看来极其幼稚，只有激情，毫无文学色彩，不值一哂。第一篇评论是关于铁凝短篇小说《哦，香雪》的，写于 1988 年。第一篇文章发表在 1991 年上海《语文学习》。诗文发表在"学习强国"、《山东工人报》《齐鲁晚报》《聊城晚报》《华西都市报》《德阳日报》《巴中日报》《鲁西诗人》《山石榴》等，教学论文发表在《语文学习》《中学语文》《中学语文教学参考》《中国教育电视》《山东招生通讯》《学语文》等。

诗歌千首，散文、评论都在百篇以上。尽管如此，总感觉写得大都很蹩脚，质量很一般。

凡事皆有因果。所有蓄过的力都是此刻的光。我相继加入聊城市诗人协会、聊城市评论家协会、聊城市作家协会、中国散文学会、四川省文艺评论家协会、山东省作家协会。

二、修改诗文

由于长期从事语文教学，以及自己的"恋语情结"，我对文字、标点、语病等非常敏感，夸张地说，炼就了"火眼金睛"。最多的当然是学生的作文，我保存了学生作文400多篇，篇篇有评语。鼓励学生参加叶圣陶杯、语文报杯等作文大赛，每篇作文都是精批细改。仅2021年上半年，我教的四班一个班就有8篇作文被"学习强国"录用，这样独特的风景不是偶然的。

酒香不怕巷子深。朋友们知道我爱改文章，于是让我过目，看一看。举三个例子。2021年"全国十大法治人物"、东阿县人大代表张道强写的50万字、关于黄河的长篇小说《步步较量》，我一字一句看完，全面校正。我县老作家贾兴耀老师的两部长篇小说——《大地之恋》《最后的乡村》，我也是一字一句看完，进行校订，并写了两篇评论。张天杰老大哥由于是小学毕业，写的诗文错别字比较多，我一一订正，然后才得以成书，从而结下了深厚的友谊。

究竟给多少人修改了多少文章，真的记不清了。正所谓：修改文章无数，评点佳作有声。甘苦浑不知，皆如云烟去。

三、征途漫漫，奋然前行

新起点，新目标，新征程。作为一个有26年党龄、36年教龄、晋升高级教师21年、送毕业班20多届的老师，我将继续践行我"学习、创造、谦虚、执着"的人生哲学，继续发扬"三牛"精神，为党育人，为国育才，为东阿县教育贡献自己的力量。我要以入选山东省作家协会为契机，再接再厉，乐于读书，耕耘不辍，怀揣梦想，笃定前行，向着更高的目标迈进！

谢谢大家！

（此文系在"舞动的文字遇见美好的时代——东阿一中教师、校友入选山东省作家协会座谈会"上的发言）

2022年4月29日

在"他们从东阿出发"座谈会上的发言

俊采雅集会美居，高朋宏论起涟漪。
文坛何处金光闪，蕞尔东阿耀鲁西。

首先，感谢东阿知联、感谢范玮会长提供了又一次向各位作家学习的机会。作为地地道道的东阿人，一个从教 36 年的语文老师，一个文学爱好者，我为我们东阿涌现出叶梅老师、陶纯老师、童村老师等众多优秀作家感到由衷喜悦与振奋！2017 年，我在《文学不可小东阿》一文中提出"东阿作家群"之概念，而今之盛况，更有呼之欲出之快感！这样一个绝好的机会，也必然催生我前进的力量！

叶梅老师，是我熟知、敬重的作家。最初是她入选 2017 年北京市语文高考题的《根河之恋》，那样富有诗意；然后是 2019 年写的《永远的鱼山，永远的故乡》，桑梓情深，深沉绵长。2021 年春天，在东阿影视城聆听了叶梅老师关于生态散文的讲座，脑洞大开。今年 6 月 13 日，又读了叶梅老师发在朋友圈里的散文《大江小河》，有着浓郁的人文地理气息。这两天又读了她的重要小说《最后的土司》。通过读叶梅老师的文章，我很明显地感觉到她是一位悲天悯人、有人类情怀、有责任担当的优秀作家、大作家！由于她毕业于湖北大学汉语言文学专业，再加之她本身的追求，我特别感觉到她对语言的钟情热爱，用词精当、纯粹，诗情画意，富有美感，散文小说化，小说散文化，完美融合。而且，我还充分感觉到，她越来越突破自己，在小说、散文、报告文学、人物传记乃至戏剧各个领域都颇有建树，成为一道瑰丽的风景！她虽然很少写诗，其实她的每一篇文章都有浓浓的诗意，即使是小说创作。这是一种很奇特的现象！我暂且称之为——叶梅现象！

叶梅老师的文学创作很多源于、取材于家乡母亲河——龙船河。中篇小说《最后的土司》也是。这篇小说主要写了三个人物——土司覃尧、外乡人李安、哑女伍娘，故事围绕这三个人物逐步展开。存在的即是合理的。三个人物的性格特征、命运走势都合乎逻辑，小说的意义推动着故事情节的发展，人性的美丽与丑陋在作者精彩绝伦、天衣无缝的描述中淋漓尽致地展示。土司覃尧是一个矛盾着的对立统一体，善良、隐忍，又充满智慧，真心爱着伍娘，深藏于心，最终有了自己的儿子，延续香火（小说以此结尾）。应当说，覃尧是一个比较完美的存在。"唯有初夜权，覃尧自感惭愧。"理性思之，正因如此，才有了这篇小说诸多跌宕而凄美的故事，意料之外又在情理之中。外乡人李安，开始给人比较好的印象，随着故事的深入，"仇恨"的火种愈烧愈烈。其命运必然是被"砰的一声枪响""震倒在地上"，完成其因果宿命。

伍娘是最让人怜爱的人物形象，"她以她的生命完成了对舍巴日的祭祀"。她的人性之美得以升华，有一种魔幻般的色彩。人虽去，美丽、可人、坚强的伍娘却在读者心中永远挥之不去。而这种"美感"，正是作者对伍娘的倾心描述而产生的。请看下面两段文字：

梯玛和妇人悄然退去。伍娘独自静卧在厢房的西兰卡普上，候着神的到来，这一天伍娘盼望已久。不会说话的伍娘对世间的万事万物有着自己特殊的领悟，几乎从来到这个世界开始，她就朦胧地感觉到有无数的精灵在天地间活跃，她惊奇太阳的落下月亮的升起，花儿的开放和庄稼按时的成熟。她在无师自通的舍巴舞中感到自己要与那种既无所不在却又无影无形的力量融合。老人们许多次隐喻的启示使她知道有一种方式可以抵达，那与她的舞蹈不约而同地有着相通之处。这世间，有什么语言还能比身体的语言更为淋漓尽致呢？

覃尧看着伍娘一点点长大，她简直就是神的女儿，伍娘自小就显得超凡脱俗，美丽的脸上总是一派纯净，她逐渐丰满的身体透着不可言说的灵秀，就是她的哑，也只是增添了她的妩媚和神秘。尤其是她舞蹈起来的时候，从内心迸发出来的热情和天真烂漫，让覃尧一次次心醉神迷。他把她视作一件宝物，像爱着他的龙船河一样爱着伍娘。但他从未想过要娶伍娘为妻。三年前覃尧娶妻田氏，田氏因生产死亡，族人四面八方为覃尧寻找合适的姑娘续弦，有贤惠美貌者则门不当户不对，有门户相当者又因占卜不利八字不合。提到的姑娘成百上千，但任何人包括覃尧自己都没有想到伍娘。

  从这里，我们读出了人性之美，情感之美，当然还有文字之美，让读者沉浸其中，而物我偕忘。我非常佩服叶梅老师描写男女之情之爱之纯美、优雅，没有丝毫的亵玩与污浊。这是很多人难以做到的。

  成功的人物塑造是小说之魂之本。除此之外，《最后的土司》有很多幽微之处值得咀嚼赏鉴：鄂西恩施巴东风情一览无余；传世之宝"虎钮錞于"三次出现，前后伏笔照应；多处插叙了无痕迹，使小说内容丰富而自然；心理描写极其成功（特别是土司覃尧）；语言表达变化多姿，有情有韵。

  可以说，叶梅老师的很多作品都是艺术臻品，惊艳新时代文学。

  2023年是叶梅老师从事文学创作50年，我盼望届时在聊城、在东阿隆重举办"叶梅文学创作50年座谈会"，切盼文学之风再次劲吹鲁西大地！

  最后，诚望叶梅老师以及每位作家扶植、提携家乡文学后进，不胜荣幸与感激！

2022 年 8 月 14 日

犯其至难,图其至远

——在新书《大地的召唤》首发式上的答谢词

各位领导、作家、学者、文友:

大家好!非常感谢各位百忙之中前来参加我的新书《大地的召唤》首发式。感谢从北京、济南、聊城、高唐等地风尘仆仆来到阿胶之乡的各位作家、学者,感谢市、县两地记者、媒体朋友。感谢东阿县领导、文学界的朋友们。你们的到来,我深感荣幸,定将铭记于心。感谢我的学生、国胶堂董事长司家勇先生为这次首发式提供场地以及盛情接待。

参加这次首发式的,有我文学之路上的指路人,有我引以为知己的文友,有我的高中、大学同学,有我的语文同行朋友,有我的高中学生与老年大学学员,你们都是我生命中的贵人。在此,一并表示真诚的谢意!

千呼万唤始出来,拙著《大地的召唤》终于出版了!忘不掉每一个风雨星夜执笔伏案,忘不掉一字一句一标点的斟酌拿捏,忘不掉花镜下的抽丝剥茧、含英咀华,忘不掉亲朋挚友知音般的倾情相助……一切忘不掉,所有蓄过的力都是此刻的光!

这本书的封面上写了我精心思考的"孤独的灵魂行走于大地,日月相伴,星辉作侣,倾听自然的回应"。这是《大地的召唤》基调所在。这不禁使我想起了叔本华的话:"真正伟大的思想者,就像雄鹰一样,把自己的巢穴建筑在孤独的高处。"这并非诳语,而是我努力追求的境界。

《大地的召唤》是一部散文、评论集,是我的第4本书,也是与文学比较接近的一本书,全书共110余篇,35万字。这本书历时一年零八个月,因疫情、不断更换出版社等原因,而今得以与大家见面。这样的过程,让我体会到了出书之艰难,朋友之可贵,文学创作之美好而又征途漫漫。

这本书有以下三个特点:

一、跨越时间长

从 1988 年的散文诗《访诗屋》，关于铁凝的小说《哦，香雪》的评论，到 2021 年 8 月为东阿著名诗人刘轩老师诗集《乡情》写的序，跨越 33 年。33 年，可谓不短。33 年，对一个人来说意味着什么；33 年，我的心路历程是怎样的；33 年，我们的国家、我的故乡、亲人，我一刻也没有离开过的学校，都发生了什么：所有这些都在这本书里可以寻到蛛丝马迹……

二、触角比较广泛，内容比较丰富

这本书有散文，散文诗，有随笔短章，涉及故乡、教育、读书、人生感悟等。

评论占了本书的大部分。关于古今中外诗歌、散文、小说、影视、哲学的评论，无所不有。从中可以看到很多你熟悉的名字——李白、杜甫、苏轼、鲁迅、巴金、郁达夫、丰子恺、林语堂、梁衡、路遥、贾平凹、铁凝、叶梅、余华。你可以看到外国作家的名字——契诃夫、卡夫卡、罗素、渡边淳一、村上春树、马尔克斯、辛波斯卡。也有你比较陌生的名字——《浮生六记》的作者沈复，四川作家张中信、湛蓝（两人的大部分文章我都看了，写了 7 篇评论）。

评论有长有短。有几篇比较长。《文学不可小东阿——东阿县文学创作综述》，11000 余字。带有文言色彩的诗评——《情韵依依，诗意人生——张中信诗集〈峰源诗三百〉述评》，6000 余字。对我的学生、爱徒靳然和高岩芳的散文的评论都是 5000 多字。

关于东阿籍作家的评论，不下 10 篇。弓车先生的几本诗集，王涛先生的长篇小说《尺八》，贾兴耀老师的长篇小说《大地之恋》《最后的乡村》，"黄河卫士"张道强的长篇小说《步步较量》，张勐的长篇小说《迷失长安》，高岩芳的诗歌散文集《岁月之舞》，刘轩老师的诗集《乡情》，我都写了专评，并收录其中。

很多文友的诗文，我精心雕琢，反复修改，不放过一个错字，哪怕标点的错误。改文章，写评论，倾注了大量心血，唯有自己知道。我最大的感受是，必须认真，有耐心，有自己的审美眼光。但是，为了共同进步与提高，我乐此不疲，如徜徉花海……

三、紧扣"大地",情以贯之

这本书名曰《大地的召唤》,得到了很多文友的肯定。"大地的召唤",是我评论余华的小说《活着》的题目。这里的"大地",就是我们热爱的、脚下的这片热土,我所从事的教育事业。每一篇文章,都不是空落无依,都来自生活,都有生活的影子,都有不同的感悟。每一篇文章都有具体的写作时间。家国情思,故乡情结,教育情怀,充溢着全书,如淙淙溪水,流向读者的心田……

这本书的每一篇文章,每一部分内容,看似零碎、松散,实则有内在联系,或形成系列,或情以贯之。如《求学之路》,就写了我"小学、初中、高中、大学"四个阶段的学习经历和感受,缺一不可。

作家高岩芳在通读了《大地的召唤》之后即时写了热情洋溢、神采焕发的读后感长文——《吴福木老师的人生关键词:大地》。她用"美哉,家乡的大地""美哉,杏坛的大地""美哉,文学的大地"三部分构缀成文,一气呵成,蔚为壮观。理性而言,有溢美之词,但是她确实走进了文本,生发阐释,正合我意。

我很赞同我的挚友张中信先生在给我的贺信中提到的——"你一直崇尚讲真话,写美文,无论文学创作,还是文学批评,都以人为本,言之有物。"我写评论,注重走进文本,不架空文本,不游离文本,把文本中蕴含的真善美挖掘出来,而且比较尖锐地指出不足或存在的问题。人称"吴氏评论"。

由于我长期从事教学,读书有限,思维滞涩,我感觉这本书的文学性还应进一步增强,想象力还应更丰富,评论的理论深度还要进一步厚实。"犯其至难而图其至远。"今后,我要继续秉持"学习、创造、谦虚、执着"的人生哲学,修炼道德文章,多读书,多思考,出精品。"一心朝着目标前进的人,整个世界都给他让路。"(爱默生语)"顽强的毅力可以征服世界上的任何一座高峰。"(狄更斯语)我要向着更高的目标攀登!珠峰有"高",人生的高峰不是山本身,而是不断超越自我的义无反顾、勇往直前!

梁启超说:"人类进化云者,一群之进也,非一人之进也。"我相信,今天这么多作家、学者的宏论妙语对东阿的文学创作与繁荣必定产生一个强大的冲击波,东阿文学未来的天空定会群星璀璨!

《大地的召唤》既已出版，下一步目标也已明确而清晰：既要读书学习，又要笔耕不辍，一手伸向传统，一手伸向生活，努力写出精品，为繁荣东阿文学尽己绵薄之力。

千言万语道不尽我之感谢与感激，无以为报，唯有努力！再一次感谢各位朋友，感谢国胶堂！

2023 年 5 月 27 日

 沉浸在读写的海洋里

在东阿县作家协会 2023 年会上的讲话

尊敬的刘凡水主席、弓车先生、刘广涛教授、高扬主席，尊敬的东阿酒厂、彩旺包装、润惠堂阿胶各位企业家，各位文友：

大家上午好！

首先，请允许我代表东阿县作家协会对你们的到来，表示衷心的感谢和热烈的欢迎！

今天，我们在美丽的维也纳大酒店隆重举行东阿县作家协会年会，共襄盛会，见证东阿人的成功与喜悦。这是一件盛事、喜事，必将对东阿县文学艺术事业的繁荣与发展起到积极的推动作用！

一年来，在县委、县政府的领导下，在县委宣传部、东阿文联的支持下，在所有文学创作者、爱好者的共同努力下，东阿作协的各项工作取得了扎扎实实的进步，亮点纷呈，受到广泛好评与认可。在此，对各级领导、作家、学者、所有文友的厚爱与帮助表示真诚的感谢！对王涛、高岩芳两位主席所做的一切表示由衷的谢意！我要特别感谢东阿酒厂、彩旺包装、润惠堂阿胶的企业家们，你们的爱心赞助使今天的盛会锦上添花。感谢山东圣土影视文化传媒有限公司无偿制作视频，使今天的盛况传向四面八方。感谢台前幕后的每一位朋友，没有你们的辛勤付出，今天的年会就难以顺利进行。

作家艺术家要"坚守人民立场，书写生生不息的人民史诗；坚持守正创新，用跟上时代的精品力作开拓文艺新境界"。在这一光辉思想指引下，2023 年东阿的诗人作家们迸发出前所未有的激情与才情，创作出了很多"精品力作"，以实实在在的成绩证明了东阿作家的非凡实力，是聊城名副其实的文学高地。

以王涛先生为首的小说创作井喷式爆发，今年创作足有 50 万字，共发表 8 篇作品，其中 3 个短篇小说、4 个中篇小说、1 篇报告文学（且在山东省范围获奖），共计 18 万字，为东阿作协赢得了宝贵的荣誉。年轻作家，东阿河

务局职工张道强 488 页长篇水行政执法小说《步步较量》出版，在《中国水利报》连载。

2023 年，东阿文坛刮起了一股散文风。以高岩芳为代表的散文创作有声有色。她写的《黄河的儿子》大气磅礴，很有思想深度。散文高手单清林、王庆军沉寂多年后的写作激情在今年被点燃，佳作频频。由王涛、韩长代、李继生和吴福木共同助力的共和国同龄人王继农的散文集《远去的岁月》出版发行。散文有大有小，小者清心，大者荡志，各有所长。我们要下大气力致力于散文创作，让东阿的散文走出去！

东阿作协诗词创作队伍庞大。以李静新老师为首的东阿诗联、蓝星诗苑的诗人词人笔耕不辍，一首首美妙诗词汇成一条汩汩流淌的溪流流向远方……

近年来，东阿的现代诗创作也呈现蓬勃发展态势，队伍也越来越大。高岩芳、杨士江、刘轩、崔梅英、徐哲、刘新华、张辉、朱大志等人写了很多脍炙人口的好诗。今后，我们要在著名诗人弓车先生等人的引领下继续前行，写出更多无愧于伟大时代的优秀诗作。

"胶乡诗意里处处飘清风。"今年，曹植诗社荟萃东阿县朗诵人才推出了一个新栏目——"有声文学"，"品清风之韵、谱醉美人生"，深深吸引广大听众。曹植诗社社长杨士江做了很多扎实的工作。

文学评论一向是短板。2023 年东阿的文学评论没有沉默，没有缺席，而是熠熠生辉，卓然独立。张秀功以他广泛的阅读、深厚的理论功底写了很多读书随笔，在省级以上报刊发表了几篇有分量的评论，在聊城评论界引起强烈反响。我也写了一些评论，今年在《四川散文》等报刊发表了五篇，新书《大地的召唤》大部分也是评论。评论有学院派和实践派，无论哪一派，都能对文学创作起到积极的引领作用。越是高度物质文明的社会，我们越是需要高品质的文艺鉴赏活动以求得精神生活的平衡。我相信，东阿的文学评论肯定会再上升一个新台阶！

提到东阿的文学创作，在这里我要特别提及并感谢两个人，那就是高明久老师和鹿清江老师。高老师年逾古稀，但创作颇丰，诗词、散文、小说佳作连连，他的孺子牛、老黄牛精神特别值得每一个年轻人学习。鹿老师不辞辛苦、夜以继日地编辑稿件，令人感动。东阿作家公众号走入寻常百姓家，对宣传东阿、扩大东阿的影响力起到了很好的作用，鹿老师功不可没！我提议，让我们用热烈的掌声对这两位老作家表示真诚的感谢！

2023年，东阿文坛不仅文学创作取得了可圈可点的成绩，而且与文学有关的各项活动也开展得扎扎实实、风生水起。5月，在国胶堂举行《大地的召唤》新书首发式，来自北京、济南、聊城等地的作家、学者济济一堂，气氛热烈，相关文章、新闻见之于《济南时报》《聊城日报》《聊城文艺》等媒体。8月，东阿作协近20人在东阿消防演播大厅观看山东圣土影视文化传媒有限公司推出的反映东阿人战天斗地、无私奉献的影片——《沸腾吧，沉沙池！》，大家充分肯定影片的社会价值，并写评论进行热评。9月、10月、11月，东阿作协"乡村振兴采风团"先后到牛角店、鱼山、大桥、姜楼四个乡镇实地考察、采风，受到当地领导、村民的热情接待与欢迎。诗人作家们亲近自然、心贴百姓、感受时代跳动的脉搏，写出了大量接地气、有思想、暖人心的诗文、新闻报道，可谓吹皱一池春水，换来满目苍翠。东阿作协以实际行动践行习近平总书记"用情用力讲好中国故事，向世界展现可信、可爱、可敬的中国形象"的文艺思想。所以，无论从哪个角度，理性地说，采风都有其积极意义！我们有一个美好的愿景，就是对东阿县所有乡镇、街道办事处进行采风，最后结集出版一本书。对此，我们充满信心！

2023年，对东阿文坛来说是极其不平凡的一年。活动多，作品多，东阿作家公众号推出100多期，传播深远。东阿作家的影响力也越来越大。今年聊城市成立了"聊城文学学会"，会长、副会长共8人，东阿就有张军、王涛、范玮三人，他们是东阿文坛的领军人物。张秀功、高岩芳、吴福木为第一批会员。高岩芳、吴福木入选聊城市文联第五批签约作家。这必将进一步促进东阿文学的繁荣。

"士不可以不弘毅，任重而道远。"人才是第一资源，创新是第一动力。我们确实取得了一些成绩，但是，我们也应该看到我们的不足。目前，东阿文坛存在着青黄不接、创新乏力、精品不多的现象，我们要有一个清醒的头脑。我们要贯彻"百花齐放，百家争鸣"的方针，前进方向应该更加坚定，奋斗目标应该更加明确，那就是——多亲近人民与大地，多出精品力作，提升作家档次，着力培养青年作家，注入新鲜血液，增添无穷活力。只有这样，东阿文坛才能走得更实、更深、更远，才能经得起历史的检验。我们坚信：任何风浪都不能阻止东阿文坛前进的步伐！

今天举行的年会是对东阿作协2023年取得成绩的一个形象展示。我们将以这次年会为契机，踏实精进，不负使命，在文学创作上力求做到"三有"——有思想、有内容、有文学性，"坚持弘扬正道，在追求德艺双馨中成就人生价值""心系民族复兴伟业，热忱描绘新时代新征程的恢宏气象"，为东阿文学艺术事业的繁荣与发展贡献应有的力量。

谢谢大家。

2023年12月31日

后　记

　　我的第一部散文、评论集《大地的召唤》于2023年出版。故而第二部《沉浸在读写的海洋里》于此简言记之。

　　这部书收录了我从2021年至2024年写的散文随笔、各种评论、读书感悟文章百余篇，内容丰富，涉及鲁西风情、个人心路历程、中外名家名著、本土文学、影视作品、教育教学等。也不乏专题，有较强的学术性，如曹植诗文7000字，评述王涛先生文章12000字。

　　作为读者，往往关注作者的散文随笔，而作者倾注精力最多的则是评论文章。因为，首先必须认真研读原著，形成观点，叙析评有机结合，煞费心思。如，张中信、杨芸滔所著《红旗漫卷大巴山》近百万字，王涛《大河》三部曲近八十万字，你就可以想见阅读量、思考量有多大⋯⋯

　　非常感谢著名军旅作家、诗人、评论家晨曦先生为本书作序，我自当作为鞭策，奋蹄疾驰。

　　当然也要感谢一路支持我的每一个挚诚的文友，没有你们，就没有这部文集进展之顺利。更要感谢我的家人，你们是我力量的源泉！

2024年9月16日